Der Fäulnis-Mann

Die Triggerwarnung findet sich ganz am Ende des Anhangs, da diese kleine Spoiler enthält.

Samara Summer

Der Fäulnis-Mann

Bibliografische Information der Deutschen Nationalbibliothek:
Die Deutsche Nationalbibliothek verzeichnet diese Publikation in der Deutschen Nationalbibliografie; detaillierte bibliografische Daten sind im Internet über http://dnb.dnb.de abrufbar.

Buchcover: Zeichnung: YES_OT | Digitale Bearbeitung: Bastian Kratzer

Herstellung und Verlag: BoD – Books on Demand, Norderstedt
ISBN: 9783748158790

1: SECHZEHN

Seid ihr schon mal aufgewacht und wart auf einmal wieder 16? Mir ist es passiert. *Zehn Jahre einfach ausgelöscht*, dachte ich. Ich tastete blinzelnd nach meiner Brille auf dem Nachttisch und strich im Anschluss verwirrt über mein Haar, das ich auf einer Seite kurz rasiert trage. Mein Blick klärte sich und schweifte durch das Jugendzimmer. Alles unverändert. Alles wie damals.

Natürlich war ich nicht wirklich wieder 16, auch wenn es mir im ersten dämmrigen Moment des Erwachens so vorgekommen war. Aber hey – Was denkt ihr denn? Das hier ist keine übernatürliche Geschichte.

Außerdem passte ein Detail nicht. Ich bemerkte, dass sich ein Fremdkörper eingeschlichen hatte, der die perfekte Vergangenheits-Illusion in sich zusammenfallen ließ. Auf dem Schreibtisch stand eine Nähmaschine. Ich meine – eine Nähmaschine. In meinem Zimmer. Mein 16-jähriges Ich hätte damit genauso wenig anfangen können wie das Gegenwarts-Ich. Nadel im Finger, blutroter Faden. Das ist das einzige Kunststück, das ich mit einer Nähmaschine je zustande gebracht habe. Es gab nur eine Person innerhalb dieser vier Wände, die mit diesem Gerät etwas anfangen konnte.

Meine Mutter steckte den Kopf zur Tür herein:
»Hallo Sonnenblume.«
»Hallo Silberdistel.«

1

»Daran muss ich mich wohl gewöhnen, was?« Sie strich durch ihr von grauen Strähnen durchsetztes Haar. Genau wie ich es vorher mit meinem getan hatte. Eine Geste, die wohl irgendwann von ihr auf mich übergesprungen ist.

»Puh, war schräg, auf einmal hier aufzuwachen. Ich dachte im ersten Moment, ich wäre gekidnappt worden«, sagte ich stöhnend. Sie warf mir einen Blick zu, den ich zunächst nicht deuten konnte. Ärger? Nein, es war Besorgnis. Weil ich das Wort *gekidnappt* benutzt hatte.

»Hallo? Du musst schon zugeben, dass es verrückt ist, wenn ich hier aufwache und das Zimmer auf einmal wieder aussieht wie damals. Gestern Abend war ich hundemüde. Da ist mir das gar nicht aufgefallen.« Normalerweise blieb ich selten über Nacht, wenn ich zu Besuch war – und wenn, dann breitete ich mich auf der Schlafcouch im Wohnzimmer aus.

Weil meine Mutter mich immer noch schweigend musterte, fuhr ich fort:

»Das mit dem *gekidnappt* habe ich übrigens nur so dahingesagt. Gott, du hättest dein Gesicht sehen sollen.« Ich lachte ein bisschen zu laut und ein bisschen zu grunzend. Ihre Brauen zogen sich zusammen.

»Ich habe das Zimmer so vorbereitet, damit du dich wohlfühlst«, sagte sie. Humorlos wie immer.

»Das hättest du nicht machen müssen, Mama. Das hier ist dein Nähzimmer, seit ich ausgezogen bin. Ich wette, wenn ich die Schubladen öffne, quellen mir Garne und Stofffetzen entgegen. Du hast dir einen wahnsinnigen Stress gemacht, alles schnell aufzuräumen, oder?«

»Ja, warum nicht?«, sagte sie.

»Na, weil du deine Sachen genauso gut liegenlassen könntest? Es ist *euer* Haus."

2

»Aber *dein* Zimmer. Du wirst eine Weile bleiben und du sollst es gemütlich haben. Darum geht es. Dass du deine Ruhe hast und alle Zeit der Welt.«

Mein Zimmer, mein Gefängnis, dachte ich, aber ich sprach es nicht laut aus, sondern grummelte nur etwas vor mich hin, um meinen Unmut auszudrücken.

»Ellen…«

»Was habe ich verbrochen, um diesen Namen zu hören?«

»El«, korrigierte sie sich, wohlwissend, dass ich meinen vollen Namen hasse. Den Namen, den sie ausgesucht hat. »Ich verstehe nicht, warum du mir dafür böse bist, dass ich für dich aufgeräumt habe.« Ihre Stimme klang säuerlich, aber sie nahm sich sofort wieder zurück und fügte freundlicher hinzu: »Du solltest dringend was essen. Ich wärme das Mittagessen für dich auf.«

»*Mittag*-Essen?«

»Es ist drei Uhr am Nachmittag.«

»Verdammte Scheiße! Warum hat mich keiner geweckt?«

Willkommen in meinem verdammten Leben. Wie ich schon sagte: Das hier ist keine übernatürliche Geschichte und obwohl das Wort *gekidnappt* bereits mehrfach gefallen ist, ist es auch kein Thriller. Nur mein stinknormales Leben. Jedenfalls glaubte ich das zu diesem Zeitpunkt noch.

Falls ihr euch außerdem wundert, warum ich so mies drauf war, solltet ihr Folgendes wissen: Ich kann es nicht leiden, wenn Leute *sich kümmern.* Vielleicht denkt ihr jetzt, dass ich undankbar sei, aber das Problem am Kümmern ist, dass es grundsätzlich mit einer Erwartungshaltung verbunden ist. Die Person, die sich kümmert, erwartet nämlich meistens, dass durch das Küm-

3

mern eine schnelle Veränderung eintritt. So habe ich das zumindest immer erlebt.

Es ging mir schlecht, jemand kümmerte sich – und erwartete, dass es mir im Gegenzug ganz schnell wieder besser gehen würde. Aber das funktionierte eben nicht immer so. Dann hieß es: *Das bringt wohl gar nichts. Offenbar weißt du das alles gar nicht zu schätzen.* Oder: *Vielleicht brauchst du professionelle Hilfe.*

Nein, verdammt! Vielleicht möchte ich, wenn es mir nicht gut geht, einfach mal spüren, dass sich jemand kümmert, ohne ein schnelles Ergebnis, eine Art Gegenleistung, zu erwarten. Vielleicht möchte ich mich einfach mal zurücklehnen und spüren, dass jemand sich kümmert, auch wenn nicht sofort etwas zurückkommt. Wenn ich wissen würde, dass das erlaubt ist, würde es mir vielleicht gar nicht mehr schlecht gehen. Aber so genau kann ich das nicht sagen, weil ich diese positive Erfahrung nie gemacht habe.

Ich denke, dass die meisten Leute, die sich kümmern – Eltern, Freundinnen, Freunde oder was auch immer – sich gerne selbst auf die Schultern klopfen und sagen: *Heute habe ich was bewirkt.* Sorry, damit kann ich nicht dienen. Mir ist nicht zu helfen. Zumindest nicht so leicht.

Ich stieg aus dem Bett, starrte die Tapete mit den bunten floralen Ornamenten an und spürte, dass irgendetwas anders war. An mir. Ich blickte an meinem Körper herunter. Dünne Beine ragten aus mintgrünen Shorts. Über dem Hosenbund zeichnete sich die Narbe ab. Darüber wiederum wölbte sich mein kleiner Bauchansatz unter dem kurzen Trägertop. Ich bin von Natur aus schlank, musste noch nie auf meine Linie achten. Deshalb tue ich es auch nicht. Ich liebe Süßkram und Pizza. Aber seit ich die 25 überschritten habe, sieht man das meinem Bauch an. 26 – ganz fieses Alter. Meine Beine, Hüften und Arme waren dünn wie eh und je, aber ein Bauch wie ein Brett – das war Vergangenheit. *Irgendwie unproportioniert,* dachte ich, als ich mich so von oben herunter anschaute. Im nächsten Moment wusste ich, dass mir diese Erkenntnis nicht wichtig genug war, um etwas dagegen zu unternehmen. Viel zu anstrengend. Ich mag anstrengende Dinge nicht und halte Äußerlichkeiten für überbewertet.

Außerdem wusste ich, dass es etwas anderes war, das mich unterbewusst gestört hatte. Etwas fehlte. Ein Teil von mir. Es fiel mir schließlich wie Schuppen von den Augen: das Mobiltelefon! Ich schielte zum Nachttisch hinüber. Mein Telefon war nicht da. Deshalb hatte ich nämlich auch keinen Weckruf gehabt. Deshalb hatte ich nach dem Aufstehen nicht zuerst die Uhrzeit gecheckt.

Merkwürdig. In den letzten Tagen hatte ich das Teil nicht vermisst. Aber die letzten Tage waren ja auch wie ein Vakuum gewesen. Bitte aus meinem Leben streichen. Danke. Dann können wir ja weitermachen.

Das olle Ding war also weg. Ich war sicher, dass es weg war, weil die Polizistin danach gefragt hatte und ich mich jetzt erinnerte, mich nicht erinnert zu haben. Also ich erinnerte mich daran, ihr mitgeteilt zu haben, dass ich mich nicht erinnerte, wo das Ding geblieben war. War es schlecht, dass es fehlte? Fehlte es mir? Eigentlich nicht. Instagram, Twitter, Linus' Likes, Linus, YouTube, Linus' Kanal, Linus, WhatsApp, fünf Sprachnachrichten von Linus, Linus… Linus, verdammt! Eine Gänsehaut bildete sich auf meinen Armen. Nein, das Teil und all die damit verbundenen L…, lästigen Störungen fehlten mir ganz und gar nicht. Linus, Linus, Linus. Gerne hätte ich den Namen aus meinem Gehirn gelöscht. Ich wollte nie – nie – wieder von Linus hören. Ich gab ihm die Schuld an allem. An was? Das war eben die Frage. Eine weitere Frage war: Warum gab ich ihm die Schuld? Ich wusste es nicht. Ich wusste in diesem Moment ziemlich wenig. Ich wusste nur, dass ich ihn leid war. Ich berührte wieder mein Haar, ganz wie meine Mutter es tut, und beschloss, mit einfacheren Gedanken anzufangen. *Hunger*, dachte ich.

Dann mal los, auf ins Kleinstadtleben, sagte ich in Gedanken zu mir selbst. Ich werde euch übrigens den Namen des unbedeutenden Ortes, in dem ich aufgewachsen bin, nicht verraten. Ihr alle kennt kleine Städte, die man eigentlich nicht kennen müsste. In den zwei Altbausiedlungen finden sich Einfamilienhäusern gleich neben frischen lieblosen Blockbauten mit Platz für 12 Partien. Dazwischen gequetscht ist eine Fußgängerzone mit ein paar Einzelhandelsgeschäften und drei, vier Cafés oder Kneipen. Ganz am Rand gibt es noch einen Park, einen neuen großen Discounter und den letzten alten Bauernhof. Alles, was ein Mensch zum Leben so braucht, aber nicht viel mehr.

Auch wo sich der Ort befindet, hat keine Bedeutung für meine Geschichte. Also behalte ich das ebenfalls für mich und ihr müsst gar nicht erst denken: *Ach, die da* oder: *Ach, die dort.*

Ich zog die Klamotten vom Vortag an und schlurfte die Treppe hinunter. Es roch halbgut. Nach Lasagne, aber nach Lasagne mit einem *Aber*.

»Ich hab Lasagne gemacht. Aber nicht das Standard-Rezept, sondern das mit ganz viel ballaststoffreichem Gemüse aus der neuen *Futter dich gesund*«, erklär-

6

te meine Mutter, bevor sie nach dem mikrowellengeeigneten Gefäß griff. Das ballaststoffreiche Gemüse war übrigens nur das eine Aber. Das andere, das größere Aber, war die Gesellschaft. Dass man Konversation und ein Mindestmaß an Sozialverträglichkeit von mir erwartete. Als mir das klar wurde, wurde mir schlecht.

Ich setzte mich wortlos. Irgendwo zu meiner Rechten war ein Mensch hinter einer Wand aus Zeitungspapier verborgen. Mein Vater ist auch nicht gerade der kommunikative Typ. Vor allem nicht, wenn es um schwierige Themen geht, und um seine schwierige Tochter. Vor meinem Eintreffen in der Küche hatte er sich schon mal vorsorglich hinter der Tageszeitung versteckt. Daran hatte sich in den letzten zehn Jahren nichts geändert.

»Du weißt, warum ich dich geweckt habe, Sonnenblume?«, fragte meine Mutter, während sie ein fragiles Gebilde aus Grünzeug, überzogen mit verlaufenem Käse servierte.

»Du hast mich nicht geweckt. Ich war schon wach.«

»Darum geht's nicht, El. Worauf ich hinauswollte: Du weißt, dass du nachher einen Termin bei Dr. Brick hast?«

»Kann ich immer noch so tun, als hätte ich es vergessen, auch wenn du es eben gesagt hast?«

»Paps fährt dich.«

»Großartig. Ist ja auch so weit. Da spare ich mir bestimmt fünf Minuten und jede Menge frische Luft.«

»Ich dachte, es wäre nett. Paps hat sich extra freigenommen.« Ein Gesicht tauchte über der Zeitung auf und gab einen zustimmenden Laut von sich.

»Paps hat sich freigenommen, weil du es so wolltest und wir wissen ja, was passiert, wenn er sich dem Matriarchat widersetzt.« Ich schob den Teller weg. Meine Eltern tauschten einen schnellen ängstlichen Blick. Ich hatte sie empfindlich getroffen. Wenn ihr denkt, meine Bemerkung sei nur ein belangloser Scherz gewesen, täuscht ihr euch. Meine Eltern hatten sich ein Jahr zuvor schrecklich schlimm gestritten. Der Auslöser dafür war die dominante Art meiner Mutter gewesen und das Ganze war völlig eskaliert, bis sie schließlich einen Nervenzusammenbruch erlitten hatte. Um ein Haar hätten sie sich dann scheiden lassen. Ich zielte also bewusst unter die Gürtellinie. Warum? Ich weiß es nicht. Vielleicht wollte ich sie an meiner Misere teilhaben lassen.

Es war mein Arschloch-Ich in Reinform. Das Ich, das ich nicht kontrollieren kann. Weil ich – bis auf ganz wenige Ausnahmen – nicht so gut mit Menschen kann, bin ich am liebsten für mich. Das bedeutet nicht, dass ich still und schüchtern bin. Ich finde nur, die Welt verdient es nicht, ständig von mir bereichert zu werden. Wenn ich mich in die Ecke getrieben fühle, gehe ich automatisch in die Offensive. Das passiert beispielsweise, wenn mich die Erwartungen anderer erdrücken. Mein Mund öffnet sich dann von ganz alleine – und was herauskommt, ist oft nicht gerade freundlich. Wie meine Anspielung auf das Matriarchat. Aber statt etwas gegen meine Unverfrorenheit zu unternehmen, sagte Paps nur:

»El, du redest über mich, als wäre ich nicht im Raum.«

»Oh mein Gott, die Zeitung – Sie spricht«, gab ich zurück und riss in gespieltem Entsetzen die Augen auf. Nur die obere Hälfte seines Gesichts war hinter dem Blatt zu sehen.

»Auch eine Zeitung hat Gefühle«, gab er zurück. Ich seufzte und musste zugeben:

»Der war nicht schlecht, Paps.«

»Also läufst du nachher lieber?« Er nahm den praktischen Teil des Gesprächs wieder auf.

»Nein«, sagte ich. »Du darfst mich gerne fahren mit deinem schicken neuen Auto. Das ist es doch, was du hören willst, oder?«

»Gefällt dir der Benz? Ich wollte schon lang einen Benz.«

»Ich weiß, Paps, ich weiß.« Er hat überhaupt keine Ahnung von Autos. Aber ein Benz ist eben ein Benz – und irgendwo muss das hart verdiente Geld ja hinwandern. Das Leben meiner Eltern erscheint mir schon immer leer und manchmal fürchte ich mich davor, mich ebenfalls in eine große Leere hineinzumanövrieren. Dann denke ich wiederum, dass alles andere mit viel zu viel Anstrengung verbunden ist.

In dem Moment fiel meiner Mutter ganz offensichtlich etwas ein. Man kann es deutlich sehen, wenn ein Gedanke hinter ihrer Stirn einschlägt.

»Übrigens, eine gute Nachricht, El. Dein Freund…« Fast hätte ich laut geschrien. Die Worte *dein Freund* provozierten einen schwer unterdrückbaren Impuls. Vermutlich hätte ich geschrien, wenn mein müdes Gehirn diesen Impuls nicht so langsam an meine Stimmbänder weitergeleitet hätte, dass ich – noch bevor ich schreien konnte – den Wortanfang *Be* vernahm. Meine Mutter war nicht im Begriff von Linus zu sprechen, wie ich zunächst befürchtet hatte. Dann hätte ich ganz sicher geschrien. Aber es ging um einen anderen Freund. Der ganze Satz lautete:

»Übrigens, eine gute Nachricht, El. Dein Freund Benjamin kommt morgen hier an.«

»Ben? An einem Mittwoch? Er arbeitet doch.«

»Er hat eine ganze Woche frei.«

9

»Warte mal, Mama, du hast doch nicht etwa Ben gebeten, sich wegen mir freizunehmen, oder?«

»Nein, ach was. Er besucht seine Mutter, das ist alles.« Ich sah sie an, dann meinen Vater:

»Paps?«

»Ja, denke, er besucht Gabriella.« Er war schon wieder hinter der Zeitung verschwunden.

»Ich glaube einem Menschen, der sich im Sportteil versteckt, kein Wort.«

»Na ja«, meine Mutter knickte ein. »Ich habe eben mit Gabriella gesprochen und da kamen wir drauf, dass es ganz gut passt, weil er ihr sowieso helfen wollte, den Flur zu renovieren.«

»Oh Mann!« Ich vergrub mein Gesicht in den Händen. »Das heißt, du hast nicht nur mit Ben über mich gesprochen, sondern auch mit Gabriella. Konntest du nicht vielleicht gleich Flugblätter in der ganzen Nachbarschaft verteilen?«

»Ich habe gar nicht viel gesagt. Nur dass du herkommst, weil es bei dir gerade nicht so gut läuft. Die nette Ärztin, die dich entlassen hat, hat gemeint, es wäre gut für dich, wenn du selbst entscheiden kannst, wann und mit wem du über *das Ereignis* sprichst.«

Ich glaubte ihr – und das machte mich traurig. Weil es mir bewusst machte, dass es einen ärztlichen Rat brauchte, damit sie meine Privatsphäre nicht mit Füßen trat. Meine Wünsche – die zählten gar nichts.

»Aber du freust dich doch, Ben zu sehen, oder?«, mutmaßte sie.

Ich dachte darüber nach. Ben zu sehen, klang wirklich nicht übel. Aber wie war es, Ben *in dieser Situation* zu sehen? Sie hatte ihm gesagt, dass es bei mir nicht gut lief. Ich überlegte, wie das klang. Erbärmlich. Aber wenigstens nicht so verrückt wie die ganze Wahrheit. Damit konnte ich mich arrangieren. Dann fiel mir etwas Lustiges an ihrer Formulierung auf:

»Eigentlich passt das mit dem *nicht gut laufen* überhaupt nicht. Ich bin ja richtig gut gelaufen«, warf ich ein. »Man kann ja vieles sagen, aber in der Situation bin ich echt gut gelaufen.« Ich sah meiner Mutter an, dass sie noch nicht bereit für diesen Scherz war. Es war mir egal. Ich wollte Witze darüber machen. Am liebsten wollte ich den ganzen Tag alleine in meinem Zimmer herumsitzen und Witze machen, über die nur ich selbst lachen konnte. Ja, das wäre mir in dieser Situation am liebsten gewesen.

2: CHUCKY

Zweites Mal Erwachen im Jungendzimmer. Dunkle, runde Augen waren das Erste, was ich sah. Sie waren über mir und starrten in mein Gesicht. Ich wusste, dass sie nicht real waren. Sie waren bloß eine Einbildung. Das war mir klar, weil ich unfreiwillige Expertin für Mindfuck bin. Es ist nämlich so, dass ich früher oft Dinge gesehen haben, die nicht da waren. Als Kind habe ich mir vorgemacht, ich hätte übernatürliche Fähigkeiten. Ich nannte es: den *besonderen Blick*. Ich dachte, ich wäre so eine Art Superheldin mit der Fähigkeit Dinge zu sehen, die anderen verborgen bleiben. Ich hätte mich auch nicht gewundert, eines Tages durch meinen unaufgeräumten Kleiderschrank direkt nach Narnia zu stolpern...

Im Teenageralter folgte die Ernüchterung. Mir wurde klar, dass die Dinge, die ich sah, nichts als Einbildungen waren. Mein Gehirn verarschte mich. Es überinterpretierte und überreagierte. Dr. Richard hat es mir erklärt. Überreagieren ist natürlich keine offizielle Diagnose. Dr. Richard ist auch kein Psychologe. Er ist Allgemeinmediziner und fand meinen Fall, meine kindlichen Phantastereien, so unbedeutend, dass er es nicht für nötig befand, mich an einen Profi zu überweisen. Seine Theorie klang für mich plausibel. Mindfuck. Es war einfach nur Mindfuck. Sein Rat war es gewesen, mir nicht so viel Stress zu machen – und das hatte ich getan. Ich sah im Teenageralter manchmal immer noch diese Dinge und ich nannte es immer noch den *besonderen Blick*,

12

aber es war auf einmal keine Fähigkeit mehr, sondern eine Schwäche.

Damit ihr versteht, welche Art von Dingen ich durch meinen besonderen Blick sehen konnte, schildere ich euch ein konkretes Beispiel:

Ich bin 15. Mittagspause auf dem Schulhof. Danny Holler ist ziemlich gereizt. Ich sehe es ihm an. Wie ein gefangener Tiger tigert er hin und her. Auf einmal zieht er fluchend und wild entschlossen eine Pistole aus der Hosentasche. Ich schreie wie am Spieß. Die Szene friert um mich herum ein. Alle starren mich an. Mich, nicht Danny. Auch Danny starrt mich an. Die Pistole immer noch erhoben. Er stiert mich einfach an. Dann wirft er kurz einen Blick auf die Pistole. Ich bin starr vor Angst. Endlich lässt er die Waffe langsam sinken – und auf einmal ist sie nur noch ein Handy. Ja, ein Handy. Danny hat nämlich niemals eine Pistole in der Hand gehabt. Das habe ich mir nur eingebildet.

Das Besondere dabei ist, dass ich die Pistole ganz klar gesehen habe, während der ganzen schrägen Szene. Es war nicht nur eine optische Täuschung in einem Sekundenbruchteil. Die ganze Sache dauerte sicher eine halbe Minute, in der ich die Waffe genauso deutlich gesah, wie alles andere um mich herum.

So etwas passierte mir immer wieder und führte manchmal zu seltsamen Situationen wie dieser. Ich hatte ja aber beschlossen, keine große Sache draus zu machen und mich nicht zu stressen. So wie Dr. Richard es empfohlen hatte.

Tatsächlich hat das wohl geholfen. Denn irgendwann verschwand er, der besondere Blick. Ich wurde erwachsen und sah nur noch die Dinge, die andere auch sahen.

Bis zu diesem Moment jedenfalls. Denn ich war wie gesagt sicher, dass die runden Knopfaugen, die mich anstarrten, nicht real sein konnten. Ich rieb meine eigenen Augen. Dann bemerkte ich den Geruch. Ein Geruch, der zu echt für eine Einbildung war. Ich schreckte zurück und griff nach meiner Brille. Dann sah ich das ganze Gesicht, in dem die runden Knopfaugen saßen. Es war ein felliges Gesicht. Aus dem offenen Maul drang der Geruch von Verwesung und im nächsten Moment tropfte Hundesabber auf meine Hand. Ich krabbelte noch weiter zurück. Nicht sicher, ob das Biest, das die Vorderpfoten auf der Bettkante aufgestellt hatte, gekommen war, um mich zu verschlingen. Wir hatten keinen Hund. Nie gehabt. Ich hatte immer darum gebettelt, aber mein Flehen war unerhört geblieben.

Ich hörte jemand auf dem Gang.

»Hey! Hey Leute, da ist ein Tier! Es ist aufdringlich und stinkt!«, rief ich. Meine Mutter tauchte im Türrahmen auf.

»Nanu, kannst du etwa Türen aufmachen?«

»Kann ich schon, hab ich aber nicht getan.«

»Ich rede mit Chucky«, erklärte meine Mutter. Das Fellgesicht wandte sich ihr zu. Die riesige Töle wackelte stolz mit dem Staubwedel von Schwanz.

»Chucky, wie Chucky die Mörderpuppe?«, hakte ich nach.

»Keine Sorge, Sonnenblume, er ist ganz lieb«, erklärte meine Mutter. »Wir haben uns im Tierheim mit ihm angefreundet. Jetzt durften wir ihn endlich abholen.«

»Und ihr wolltet mich nicht vorwarnen?« Meine Hand tastete ganz vorsichtig nach dem braunen Kopf. Das Fell war viel weicher, als ich angenommen hatte.

»Du wolltest doch immer einen Hund, Sonnenblume. Außerdem wusste ich ja nicht, dass er Türen öffnen kann und sich gleich selbst vorstellt.«

»Warum *jetzt* auf einmal ein Hund?«

»Na ja, ich habe ja jetzt mit meinem Halbtagsjob viel mehr Zeit. Außerdem sind wir ja nun *drei* Erwachsene. Wir können uns die Verantwortung teilen.«

»Aber Mama, du kannst nicht dauerhaft mit mir planen.« Ich konnte meine Hand nicht aus dem weichen Fell nehmen. »Soll das mein Therapiehund sein oder so?«

»Er ist einfach nur unser Hund. Ein neues Familienmitglied.«

»Also *euer* Therapiehund.«

»Du solltest jetzt aufstehen. Du hast schon wieder 15 Stunden geschlafen.«

Nachdem meine Mutter verschwunden war, wollte ich mich umziehen. Ich griff nach den auf dem Boden verstreuten Klamotten. Runde Knopfaugen starrten mich an.

»Kannst du mir vielleicht mal etwas Privatsphäre geben?« Der Hund wollte nicht von meiner Seite weichen. Ich roch an meinem Shirt.

»Wow....« Ich starrte den Hund an. Er wedelte. »Wir riechen gar nicht so verschieden.«

Wie viele Tage hatte ich das Shirt bereits in Folge getragen? Wann hatte ich zuletzt geduscht? Wenn man sich nicht mehr daran erinnern kann, ist es zu lange her. Meinen Eltern und Dr. Brick hatten meinen Körpergeruch bestimmt bemerkt, aber sie hatten geschwiegen. Das war dann wohl ihr Problem. Ben konnte ich so allerdings nicht unter die Augen treten. Er war einer der wenigen Menschen, bei denen es mich interessierte, was sie über mich denken.

Also trottete ich unter die Dusche. Es kostete Mühe, den Hund aus dem Badezimmer auszusperren. Er hatte scheinbar beschlossen, wie eine Klette an mir zu kleben. Auch mein frisch geduschter Geruch änderte daran nichts.

Wir gingen gemeinsam zum Mittagessen und wir gingen gemeinsam zur Tür, als es klingelte. Auf der Schwelle stand ein Typ: Kinnlanges lockiges Haar, gestreifte Hippstermütze, Ring in der Nase, Polohemd mit Krokodil und Rolex am Handgelenk. Das war Ben. Der Rebell mit dem Spießerherz. Er arbeitet bei einer Bank, aber in irgendeiner Funktion, bei der man keinen Kundenkontakt hat. Ich habe nie wirklich kapiert, was er genau macht.

»Hey Schlampe!«

»Hey Arschgesicht!«

»Bitch!«

»Das ist doch dasselbe wie *Schlampe.*«

»Klugscheißerin!«

»Wichser!«

»Hey El! Total beschissen, dich zu sehen!«

»Gleichfalls!« Wir fielen uns um den Hals und grinsten. Es war unsere Standardbegrüßung. Zu Schulzeiten hatten wir uns die wüstesten Beschimpfungen über die Straße zugebrüllt. Wir fanden es lustig.

»Wenn du eines Tages umgebracht wirst und die Polizei fragt, ob du Feinde hattest, werden alle Nachbarn sagen: Na klar, diese Ellen. Sie sollten hören, wie die beiden sich gegenseitig nennen«, hatte ich mal zu Ben gesagt.

»Warum sollte *ich* umgebracht werden? *Du* wirst umgebracht und alle werden sagen, ich war's«, hatte er zurückgegeben.

In Wirklichkeit wollte keiner von uns den anderen umbringen. Wir waren beste Freunde. Ben war sogar mein erster fester Freund gewesen. Damals, als ich noch nicht gewusst hatte, dass die Art von Liebe, die ich für ihn empfand, nicht die war – und niemals sein konnte – die man in einer Beziehung empfinden sollte. Wir waren damals 12 und ein einsekündiger Kuss war das Höchste der Gefühle gewesen – ohne Zunge.

Kurze Zeit später brach Ben mir das Herz, indem er Cynthia Walter ebenfalls küsste. Mit Zunge. Ich fühlte mich hintergangen und wünschte ihm womöglich tatsächlich kurzzeitig den Tod. Jedenfalls gingen wir uns für ein paar Wochen aus dem Weg. Aber nur bis das Schicksal ihn zu meinem Nachbarn machte. Seine Eltern ließen sich nämlich scheiden und er zog mit seiner Mutter von der anderen Seite des Ortes in das Haus schräg gegenüber. Sein Vater behielt den luxuriösen Kasten, den sie zuvor gemeinsam bewohnt hatten. Es war eine schwere Zeit für Ben. Aber ich war für ihn da. Cynthia Walter war längst vergessen und Ben und ich waren zu dem geworden, was gut für uns war: beste Freunde. Ohne Küsse und ohne Streitigkeiten. In den letzten Jahren waren wir unserer Wege gegangen und in verschiedene große Städte gezogen, doch sobald wir wieder voreinander standen, war es wie nach Hause kommen. Denn darum geht es dabei: Menschen, mit denen man gerne Zeit verbringt. Nicht um das Nest, in dem man aufgewachsen ist.

»Wer ist das?«, fragte Ben mit einem Fingerzeig auf den Hund.

»Ach, das ist nur Chucky, der Mörderhund.«

»Ist der gefährlich?«

»Nur für Arschlöcher.« Wir verließen das Haus und Chucky folgte uns.

»Darf der das?«, wollte Ben wissen.

»Weiß nicht. Ich weiß nicht, wie das so genau mit Hunden funktioniert. Meine Eltern wollten ja nie einen. Bis auf jetzt ganz plötzlich.« Ich ahnte, dass ich eigentlich keine Erlaubnis hatte, den Hund mitzunehmen, aber irgendwie gefiel mir die Vorstellung, einen persönlichen Bodyguard mitzuschleifen, der mich vergötterte.

»Aufs Dach?«, fragte ich. Ben nickte. Es war unser Stammplatz. Schon als Teenager waren wir immer von Bens Zimmerfenster im ersten Stock auf das benachbarte Garagendach gesprungen. Der perfekte Platz zum Abhängen, mit den Ästen der großen Eiche über uns.

Im Vorgarten trafen wir auf seine Mutter, Gabriella, die gerade dabei war, das Haus in pinken Sportklamotten zu verlassen. Bereit für ihre Joggingrunde.

»Hey El«, rief sie mir zu, während sie sich auf der Stelle warmlief.

»Wow, Gabriella… Deine Haare… Krasse blonde Mähne und krasse pinke Klamotten.«

»War das ein Kompliment oder Kritik, El?« Sie sah mich schief an. Gabriella hält mich für ziemlich seltsam. Ich kann es ihr nicht verübeln. Ich weiß nicht, warum, aber ich neige dazu, mich ihr gegenüber besonders komisch zu verhalten.

»Na ja, also ich muss mich wohl dran gewöhnen. Du bist irgendwie ein ganz anderer Mensch.« Meine Stimme klang höher als sonst. Ich wusste nicht, warum.

»Freut mich, dass ich dir beweisen konnte, dass auch Menschen über 40 wandlungsfähig sind«, sagte Gabriella kopfschüttelnd.

Bens Eltern waren immer die jüngsten auf dem Elternabend gewesen. Alle hatten ihn beneidet, weil die beiden so gut aussahen und so cool waren. Gabriella war früh Mutter geworden. Sie hatte nicht nur eine heiße Figur, sondern arbeitete auch noch in einem Fitnessstudio.

Chucky stieß auf einmal ein tiefes Bellen aus. Ich erschrak so sehr, dass ich einen Satz machte. Bisher hatte ich nicht einmal gewusst, dass er bellen konnte. Er schaute Gabriella auf eine merkwürdige Art an. Misstrauisch.

»Ist der gefährlich?«, fragte sie skeptisch.

»Meine Eltern sagen *nein.*« Gabriella runzelte die Stirn, warf Ben eine Kusshand zu und joggte los. Chucky schickte ihr noch ein Bellen hinterher. Ich sah den Hund unschlüssig an und fragte mich, ob er wirklich harmlos war. War das ein aggressives Bellen gewesen? Oder vielleicht doch nur eine Aufforderung zum Spielen? Ich hatte keine Ahnung. Schließlich wusste ich nichts über Hunde.

»Schräg«, sagte Ben.

»Was?«

»Du und der Hund.«

»Was genau?«

»Weiß nicht… Aber irgendwie schräg.«

»Halt die Klappe, du herzloser Kapitalist.« Ich boxte ihm in den Oberarm. Etwas stärker als beabsichtigt. Er verzog das Gesicht. Ich zog ihn oft damit auf, dass er Banker geworden war, obwohl er seit der Mittelstufe davon gesprochen hatte, als Softwareentwickler durchzustarten.

Wir ließen den Hund vor dem Haus zurück.

»Du kannst nicht mit aufs Dach. Du bist ein Hund und keine Katze, aber wir sehen uns gleich wieder. Versprochen«, sagte ich zu ihm.

Als wir durch Bens Zimmerfenster im ersten Stock auf das Garagendach stiegen, stand er vor deren Tor und starrte wedelnd zu uns hinauf. Er fiepte ein paar Mal und lief dabei aufgeregt hin und her. Dann drehte er sich im Kreis und ließ sich einfach unterhalb von uns auf den warmen Asphalt fallen. Scheinbar gab er sich damit zufrieden, in Sichtweite zu bleiben. *Er ist echt okay als Bodyguard*, befand ich.

3: KREA-TIEF

Wir saßen an der Dachkante, ließen die Beine baumeln, gekühlte Limo in der Hand. So schwiegen wir für eine ganze Weile und die Welt war echt okay. Trinkbarer Zucker mit Orangengeschmack, mildes Sommerwetter, ein Freund neben mir, ein felliger Bodyguard unter mir. Irgendwann fragte Ben:

»Und? Was machst du zur Zeit so?«

»Oh, ich... Also ich bin richtig derb süchtig nach dem Beulenpest-Simulator.«

»Uff, wir sind doch irgendwie alle süchtig nach dem BP-Sim.« Ben kratzte sich unter seiner Mütze. »Ich wünschte, *ich* hätte das Teil entwickelt.« Ich verkniff mir, erneut auf seiner Berufswahl herumzureiten. Er hat sich damals von seiner Familie reinreden lassen. Von Gabriella und ihren Eltern, die seit der Scheidung an allen Ecken und Enden finanziell aushalfen. Er hatte kleinbeigegeben und darum nie die Chance bekommen, etwas wie den Beulenpestsimulator zu entwickeln. Aber er wirkte eigentlich ganz glücklich mit seinem Job und seinen Krokodil-Polos. Ich ging davon aus, dass er – im Gegensatz zu mir – erwachsen geworden war.

»Klar stehen alle irgendwie ein bisschen auf den BP-Sim. Aber ich bin *richtig derb* süchtig«, erklärte ich. »Ich meine: Echtes Leben, so was gibt's? Ich verbringe meine Zeit lieber im dunklen Mittelalter mit dem Schwarzen Tod.«

»Dann sag mal an: Was war dein Rekord bisher?«

»Den schlägst du nie!«

21

»Unterschätz mich nicht. Ich hab schon mal ganze sieben Tage überlebt!«

»Sieben Tage? Ein Witz für mich.« Ich winkte ab. »Mein bester Run ging 12 Tage, Alter!«

»Nicht wahr. Wie geht das denn bitte?«

»Das kann ich dir sagen: Ich habe einen immunen Mönch erwischt.«

»Du warst ein immuner Mönch? Nicht wahr! Wer hat schon so ein Glück?«

»Na ja, das hat weniger mit Glück zu tun, als mit der Zeit, die ich da reinstecke. Zu 90 Prozent war ich auch nur gewöhnlicher Bürger und bin nach einem halben Tag abgekratzt.«

»Woran bist du als immuner Mönch gestorben?«

»Plünderung des Klosters. Die haben es angezündet und ich bin verbrannt. Was für eine Scheiße, Mann.«

Ben nickte verständnisvoll:

»Scheiße, Mann.«

»Also…« Er kratzte sich wieder unter der Mütze. »Du bist irgendwie… Also ich dachte, du wärst richtig beschissen drauf.« Ich zuckte die Schultern.

»Dafür sehe ich richtig beschissen aus.«

»Da ist was dran.« Ich boxte ihn in die Seite.

»Nein, mal im Ernst. Du siehst aus, als hättest du nicht viel geschlafen.«

»Nicht viel geschlafen?« Ich lachte laut. »Ich habe die letzten Tage je 10 bis 15 Stunden gepennt.«

»Wow.«

»Na ja, ich brauche das gerade. Weißt du, ich bin in so einer Orientierungsphase. Es ist nicht so, dass irgendwas mit mir nicht stimmt. Tut mir leid, wenn meine Mutter die Pferde scheu gemacht hat und du extra hergekommen bist.«

»Alles gut. Ich muss die vielen Überstunden sowieso abbauen. Und ich freue mich, dich zu sehen. Außerdem gibt es ja noch die Flurrenovierung… und… eine Frau.«

»Eine Frau…«

»Also ich meine jetzt nicht dich, denn du bist meine beste Kumpelfrau. Es gibt da aber noch eine andere Art von Frau… Große Gefühle, du weißt schon…«

»Wow… Toll«, log ich.

Irgendwie gefiel mir der Gedanke nicht. Gestern hatte ich mich noch beschwert, dass meine Mutter Ben genötigt hatte, wegen mir herzukommen. Aber jetzt da ich mit ihm zusammen war, fühlte es sich verdammt gut an, einfach mit ihm auf diesem Dach zu sitzen. Er *kümmerte* sich nicht, erwartete nichts von mir, sondern war einfach ein Freund. Es war schön, dass er da war – und dass er *wegen mir* da war. Nur wusste ich jetzt, dass er gar nicht nur wegen mir da war. Dass da noch Gabriella, seine Mutter, war, das war okay. Aber dass da auch noch *eine andere* war, ein Love Interest – Das war nicht okay. Denn diese Frau würde sicher viel von seiner Aufmerksamkeit fordern. Ich fühlte mich in den Hintergrund gedrängt und dachte, dass es ja nur wieder so lief wie immer.

Manchmal habe ich das Gefühl, ich lebe in einer Netflix-Serie. Ich sage bewusst nicht: Mein Leben fühlt sich an wie eine Netflix-Serie, denn ich bin in dieser Serie nicht die Protagonistin. Ich bin nur eine Randfigur, die ab und an auftaucht, einzig und allein zu dem Zweck, alles durcheinanderzubringen und Verwirrung zu schaffen.

»Was ist mit dir?«, wollte Ben wissen.

»Ähm, nichts…«

»Ich meinte: Was hast du vor, in nächster Zeit? Hast du dir eine Weile freigenommen? Funktioniert das überhaupt so in deinem Job?«, wollte Ben wissen.

»Na ja, nein. Also ja – Ich könnte mir wohl schon freinehmen. Kann mir ja niemand verbieten«, murmelte ich. »Aber ich hab ganz aufgehört. Ich mach das nicht mehr. Also ich werd mir irgendwann was Neues suchen. Aber erst mal eine kreative Pause.«

»Wow. Also du machst das nicht mehr mit diesem YouTube-Kanal und den Lost Places und diesem nervigen Typen… Wie heißt er noch? Lenny?«, schlussfolgerte Ben.

»So ähnlich.« Ich weigerte mich, Linus' Namen auszusprechen. »Aber ich meine, ich mache das *gar nicht* mehr. Das mit dem Filmen war ja sowieso nur so eine Nebensache. Aber das mit dem Fotografieren ist auch vorbei.«

»Nein, oder? Das ist doch nur so eine Phase. Ein kreatives Tief. Ein Krea-Tief.« Ich musste lachen, auch wenn mir nicht danach war. Dann sagte ich:

»Es ist ein gewaltiges Krea-Tief und ich fürchte, es ist so tief, dass ich da nicht mehr rauskomme. Ich bin auf dem Grund gefangen und muss mir da unten eine neue Existenz aufbauen. Arbeit am Fließband oder so.«

»El…«

»Du weißt doch, dass ich nie was durchziehe, Ben. Du kennst mich. Ich bin einfach nicht für Jobs gemacht. Mir fällt es schwer, was dauerhaft zu machen. Du weißt ja noch, die Schule.«

»Du warst eigentlich nie da.«

»Ich war eigentlich nie da.« Ich nickte.

»Aber ich dachte, gerade deshalb machst du das mit der Fotografie und jetzt das mit den Videos: Weil der Job abwechslungsreich ist und du nicht jeden Tag zur gleichen Zeit im gleichen Büro aufkreuzen musst. Und ich dachte, du kommst sogar mit diesem unsäglichen Lenny-Typen bei deiner Film-Nebensache einigermaßen klar. Ich meine, seine Videos sind bescheuert. Aber nur, weil er im Bild ist. Dein Part ist toll, und deine Fotos sind auch toll.«

»Hast du schon mal Fotos von *richtig guten* Urbex-Fotografen gesehen? Außerdem ist Lenny ein Arsch.« Mir gefiel es, dass Ben ihm einen neuen Namen verpasst hatte. Ich übernahm ihn einfach. *Fick dich... Lenny!*

»Hat er... na ja, irgendwas Beschissenes gebracht? Soll ich ihn verprügeln?«, wollte Ben wissen. Ich schüttelte den Kopf. Schnell und heftig.

»Nein. Es ist nichts passiert. Du hast doch selbst gesagt, dass er ein Arsch ist.«

»*Unsäglich* und *nervig* waren glaube ich die Worte, die ich benutzt habe.«

»Siehst du... Ich glaube, ich muss jetzt mal wieder. Der Hund ist schon ganz nervös. Vielleicht muss er mal.« Ben warf einen Blick auf den Hund, der eingekringelt und reglos vor dem Garagentor lag.

»Bist du sicher? Ich würde nicht mal beschwören, dass der noch am Leben ist.«

»Ich als seine Besitzerin spüre so was.«

»Okay... Aber warte mal noch eine Sekunde.«

Ich war bereits aufgestanden, aber Ben griff nach meiner Hand und hielt mich zurück.

»Vielleicht brauchst du ja ein bisschen kreativen Anstoß, um aus deinem Krea-Tief zu entkommen?«

»Gras?«

»Na ja... Vielleicht würde das auch helfen, aber ich hatte etwas anderes im Sinn.« Bens große Augen funkelten schelmisch

»Muss ich jetzt fragen, was du im Sinn hattest?«

»Musst du. Ein kreatives Projekt, das dich auf ganz andere Gedanken bringen könnte… Erinnerst du dich noch an die Zwillinge? Amal und Amila. Sie stellen gerade ein Laienmusical auf die Beine.«

»Musical? Ben! Singen, albern auf der Bühne rumhampeln und dämliche Dialoge auswendig lernen, ist wirklich nicht mein Ding!«

»Aber du könntest bei *den coolen* Leuten mitmachen. Amal sucht noch jemanden an der Gitarre für die Band. Du kannst doch Gitarre spielen.«

»Ben, ich habe mal *Unterricht genommen*. Mit 16. Du weißt doch…«

»Ja, ja. Schon klar. Du ziehst nichts durch. Aber dein Lehrer hat gesagt, du hast Talent.«

»Eigentlich hat er gesagt, ich verschwende mein Talent, weil ich nie übe, und dann hat meine Mutter den Unterricht gekündigt.«

»Aber der Satz beinhaltet auch, dass du Talent hast.«

»Was für ein Musical ist es denn überhaupt?«

»Weiß nicht. Ich schreibe Amal eine Nachricht.«

»Bist du auch dabei?«, wollte ich wissen.

»Nur als Statist. Ich kann ja nicht ständig zum Proben kommen. Ich bin dann erst irgendwann später eingeteilt.« Ben zog sein Handy heraus.

»Warte. Schreib ihm erst mal noch nicht, dass ich dabei bin!«, protestierte ich.

»Nur, dass du Interesse hast.«

»Hab ich das?«

»Jetzt schon. Schau, es steht hier. Schwarz auf weiß!« Er hielt mir sein Telefon unter die Nase.

Ich hatte ziemlich schlecht geträumt – und ich hätte natürlich so tun können, als wäre dieser Traum die Realität. Ich hätte diesen Absatz kommentarlos mit den Erlebnissen aus meinem Traum beginnen können, nur um euch zu verwirren, aber das ist nicht mein Ding. Es gibt schon genug Verwirrung in meiner Welt. Da werde ich mir den Schriftstellerinnen-Scheiß sparen und klar und deutlich sagen, was Traum und was Wirklichkeit ist.

In Wirklichkeit bin ich nur im Bett gelegen. Im Traum ist mir etwas begegnet. Jemand. Die Traumwelt war hell, überbelichtet. Aber der, der mir entgegentrat, war aus einer farblosen Finsternis.

Ich stand auf einer weiten verwilderten Grünfläche und würde rückblickend sagen, dass ich den Ort kenne, auch wenn es mir in dem Traum nicht so erschienen ist. Es handelt sich um einen der verlassenen Orte, die ich mit Linus besucht habe. Genauer gesagt, um den Garten eines alten Kinderheims. Hohe Grashalme, die Samen trugen, verwachsene Apfelbäume, Wildrosen, die ein altes Schaukelgerüst umschlungen hielten – alles beleuchtet von grellweißen Sonnenstrahlen.

Und dann war da dieser Mann, der so wirkte, als würde ihn das Licht nicht berühren. Er wirkte so, als wäre er dauerhaft von Schatten umgeben. Nur dass dieser Schatten völlig absolut war. Es war Finsternis. Von seinem Körper konnte ich nur eine Silhouette erkennen und die war merkwürdig: Seine Schultern waren seltsam eckig und sein Kopf viel zu groß für den Rest des Körpers. Zudem war er kreisrund. Aber das Schlimmste an diesem Kopf war, was sich da befand, wo das Gesicht hätte sein sollen. In der Mitte des runden Gebildes war eine stinkende Kuhle. Das Gesamtkonstrukt erinnerte

27

mich an ein Nest. Es bestand aus verschlungenen Einzelteilen, die verwittert, verfault, vermodert waren. Außen nicht so stark wie in der Mitte, in der Vertiefung. All das konnte ich weniger sehen als spüren.

Er kam näher, ohne dass ich etwas dagegen tun konnte. Er wuchs mit jedem Schritt in die Höhe, bis er die Apfelbäume überragte. Dabei wurde der Gestank immer stärker. Aus der Kuhle in der Mitte seines Kopfes drang ein fast schon betäubender Fäulnis-Geruch. Ich weiß nicht, ob ich je schon mal etwas in einem Traum gerochen habe, aber in diesem war es so. Ich konnte mich sogar beim Aufwachen noch genau daran erinnern. Eine Mischung aus Verwesung und etwas Stechendem, das einem die Sinne vernebelt. Als mir dieser Gestank entgegenschlug, atmete ich ihn ein. Er füllte meinen ganzen Körper und machte mich schwach. Der Gestank tauchte ab in meinen Bauch und ließ meine Muskeln erschlaffen. Ich krümmte mich. Alles verschwamm und ich dachte, dass es vielleicht doch nicht nur eine Kuhle war, in der Mitte dieses Kopfes, sondern vielleicht eher ein schwarzes Loch. Es würde mich einsaugen und verdauen, bis von mir auch nur noch ein übler Geruch übrig war. Ich fiel auf den Boden und dachte nur noch: *Das ist der Fäulnis-Mann.*

Dann wachte ich auf. Der Nachmittag war bereits angebrochen. Mir wurde klar, dass ich das Wort, den Namen für diese Schreckgestalt, im Traum erfunden hatte. Ich hatte noch nie zuvor etwas von einem Fäulnis-Mann gehört. Ob das wohl etwas zu bedeuten hatte? Ich wollte es gar nicht wissen.

Drei Stunden später stand Ben vor unserer Haustür, um mich mit zu Amal und Amila zu schleppen. Oder besser gesagt, um *uns* mitzuschleppen. Chucky war mir seither nicht mehr von der Seite gewichen. Er hatte sogar in meinem Bett geschlafen. Na ja, eigentlich hatte es sich eher angefühlt, als hätte *er mich* gnädigerweise in *seinem* Bett schlafen lassen. Ihr müsst nämlich wissen: Neben einem zu groß geratenen Setter-Mischling bleibt auf einer 90 cm-Matratze nicht viel Platz. Es wird zumindest angenommen, dass in Chucky ein Setter steckt. So richtig sicher weiß keiner, was er ist, wie alt er ist oder wo er sich in seinem bisherigen Leben so rumgetrieben hat. Er stand eines schönen Tages einfach vor den Pforten des Tierheims und wedelte mit dem Schwanz, als man ihn hineinließ. Niemand kannte ihn, niemand vermisste ihn, und so war er 18 Monate später an meine Eltern vermittelt worden.

Er folgte Ben und mir konsequenterweise zu Amal und Amila. Sie wohnten ein paar Straßenblöcke weiter, ein paar Pissecken weiter, wie es der Hund wahrscheinlich formuliert hätte.

Die haben es bisher nicht aus ihrem Elternhaus raus geschafft, dachte ich. Zu ihrer Verteidigung muss ich allerdings sagen, dass sie erst 21 Jahre waren, ein eigenes Stockwerk im Souterrain bewohnten und ihr eigenes Geld verdienten. Drei Dinge, die ich zu diesem Zeitpunkt nicht von mir behaupten konnte.

Ich folgte Ben die Gartentreppe hinab, wo er einfach die Türe öffnete, ohne zu klopfen oder auch nur zu zögern. Mir fiel wieder ein, dass er und Amila für kurze Zeit ein Paar gewesen waren. Musste etwa ein Jahr her sein. Hatte aber nicht lang gehalten.

Die Tür führte direkt in das Wohnzimmer, wo Amal an einem PC saß und uns seinen lockigen Haarschopf zuwandte.

»Hello, hello«, rief er über die Schulter, ohne sich umzudrehen. Er erwartete uns offenbar schon. Wir traten hinter ihn. Ben, Chucky und ich. Chucky trat noch einen Schritt vor. Neben Amal. Der drehte sich mit gerümpfter Nase um und sagte:

»Ben, du solltest häufiger dusch… Großer Gott!« Er hatte den Hund entdeckt. »Hoffentlich haben meine Eltern den nicht gesehen.« Er saß vor einem Programm, das unheimlich kompliziert aussah und war gerade dabei, etwas auszudrucken.

»Hey El, lange nicht gesehen. Du hast also Interesse an der Gitarrenstimme?«, fuhr Amal fort, während er aufstand, um zum Drucker hinüberzugehen.

»Na ja…«, stammelte ich, die Hände in den Hosentaschen. »Was für ein Musical ist es denn? Cats? Tanz der Vampire?«

»Aber nein!« Amal winkte ab. »Hast du eine Ahnung, was die Lizenzgebühren für die bekannten Stücke kosten? Wenn man die Lizenz überhaupt bekommt, was für kleine Gruppen echt schwierig ist. Unser Stück heißt *Highway Stars*, und ist selbst geschrieben.«

»Abgefahren! Du kannst selbst Stücke schreiben?«, fragte ich und folgte Bens Vorbild, als dieser sich ganz selbstverständlich aus einem Glas mit süßem Gummizeugs bediente.

»Nein. Also ich meine: Ich *könnte*. Aber die Stücke sind bekannte Rocksongs. Wegen dem Wiedererkennungswert«, gab Amal zurück und zog einige Seiten Papier aus dem Ausgabefach des Druckers.

»Was ist dann daran selbst geschrieben?«, wollte ich wissen. Chucky drehte sich im Kreis und kratzte an dem dicken Perserteppich auf dem Boden.

»Könnte er das bitte lassen?«, rief Amal und wedelte mit dem Papier.

»Weiß nicht. Kannst du Chucky?« Er sah mich fragend an und ließ sich dann seufzend fallen.

»Amila hat die Geschichte selbst geschrieben«, erläuterte Amal. »Und *ich* habe die Stücke für unser Orchester arrangiert.« Er reckte das Kinn.

»Also hast du Noten aus dem Internet ausgedruckt?!«, mutmaßte ich.

»Natürlich nicht. Zwei Drittel der Noten aus dem Internet sind grob falsch, weil sie von unfähigen Idioten aufgeschrieben werden – und außerdem gibt es keine passenden Partituren für unsere ganz spezielle Besetzung.« Er wuchs zu seinen vollen 1,90 m vor mir auf und stemmte die Hände in seine breiten Hüften. Dann reichte er mir den Papierstapel, den er soeben ausgedruckt hatte.

Ich warf einen Blick darauf. Die Blätter waren mit *Gitarre 1* betitelt. Darunter ein Haufen... Ja, ein Haufen...

»Äh, was ist das?« Ich blickte verwirrt zwischen Amal und Ben hin und her.

»Na, was steht denn drüber? Das ist die Gitarrenstimme«, sagte Amal spöttisch.

»Das sehe ich. Aber was soll *das hier* alles?«, wollte ich wissen.

»*Das* – du Supergitarristin – sind deine Noten. Schon mal was davon gehört?«, versetzte Amal.

»Ja, aber was soll ich denn mit Noten – auf einer verdammten Gitarre, Mann? Woher soll ich denn wissen, welche Saiten und welche Bünde ich spielen muss?« Jetzt stemmte *ich* die Hände in die Seiten.

»Ja, Amal, ich glaube, sie hatte bisher immer diese Dinger mit den Zahlen«, kam Ben mir zur Hilfe und schob einen Lakritze-Drop in seinen Mund.

»Tabulatur.« Das Wort klang geradezu unanständig aus Amals Mund. »Fähige Gitarristen können normalerweise auch Noten lesen.« Ich warf Ben einen Blick zu. Hochgezogene Augenbrauen.

»Amal, kannst du da nicht was machen?«, fragte er.

»Schön«, sagte Amal und riss mir die Blätter aus der Hand. »Ich glaube, mein Programm kann auch Tabulatur generieren.«

»Ach, du lässt ein Programm die ganze Arbeit machen?«, stellte ich fest.

Amal warf Ben einen Blick zu:

»Bilde ich mir das nur ein oder versucht deine Freundin die ganze Zeit, meine Leistung als Arrangeur zu schmälern?«

Ben zuckte hilflos mit den Schultern.

In diesem Moment trat Amila in das Wohnzimmer und stolperte fast über den Hund. Sie schreckte zurück und riss die Augen auf.

»Großer Gott!« Ihre langen Locken flogen federleicht durch die Luft. Dann schenkte sie Ben dieses Millionen-Dollar-Lächeln. Sie war ein geborenes Model, arbeitete aber im örtlichen Supermarkt. Ben erwiderte das Lächeln. Ich konnte die Schwingungen in der Luft förmlich sehen. Wie in Zeitlupe bewegten sie sich aufeinander zu und fielen sich in die Arme. Küsschen links, Küsschen rechts. Ich verstand etwas. *Die Frau.* Amila war die Frau. Sie war *wieder die Frau.* Darum wollte Ben mich unbedingt zum Musical schleppen. Er wollte dem Musical eine Gitarristin liefern, um Amila zu beeindrucken. Schade nur, dass er dafür ausgerechnet mich ausgesucht hatte. Ich bin nicht die Freundin, mit der man angibt. Ich bin die, die alles versaut und alle enttäuscht. In diesem Moment hatte Ben das aber scheinbar noch nicht kapiert. Er drehte sich zu mir um, immer noch wie in Zeitlupe. Dümmlich grinsend. Er dachte, er hätte hier etwas gerissen. Wie falsch er doch lag.

»Hallo… ähm…?«, sagte Amila zu mir.

»El… Bitte nicht Ellen«, gab ich zurück. Amila nickte langsam. Irgendwie machte sie mich nervös, was meistens dazu führt, dass ich irgendwas plappere. In diesem Fall sagte ich:

»Und du hast die Geschichte für das Musical geschrieben?« Sie nickte wieder.

»Cool. Und worum geht's?«

»Oh, es geht um eine junge Frau, die große Pläne hat. Sie langweilt sich in ihrem Heimatdorf und möchte als Sängerin über eine Castingshow ganz groß rauskommen.«

»Okay«, sagte ich – und weil mein Gesicht offenbar sagte: *Hab ich so schon ungefähr tausendmal gehört,* fuhr sie fort:

»Aber nicht, dass du jetzt denkst, das wird die typische klischeehafte Aschenputtelgeschichte. Mit den Erfahrungen, die sie machen muss, sind wir nämlich ganz am Puls der Zeit. Sie erfährt, dass ihr Traum in der Realität nicht so aussieht wie… na ja, wie im Traum eben. Sie muss den ganzen Mist mitmachen. Sexismus, Belästigung. Also beschließt sie, dass sie die Show und das alles als Sprungbrett gar nicht braucht. Sie gründet einfach eine Rockband und fängt ganz klein an. Mit Kneipengigs und so. Das erfüllt sie. Das Stück ist also im Grunde sehr feministisch und bodenständig. Was mir sehr wichtig war.«

»Okay«, sagte ich noch einmal.

4: **A**USGERASTET

Ben begleitete Chucky und mich nach Hause. Als er sich im Vorgarten von mir verabschieden wollte, wurde er Opfer der mütterlichen Fürsorge. Er wurde zum Abendessen bei uns genötigt. Paps saß schon in der Küche, ein Buch in der Hand, wohl in der Hoffnung, dass es ihn vor dem Elend der Konversation bewahrte. Als ich mich gerade auf einen Stuhl fallenlassen wollte, bat meine Mutter mich, zur Feier des Tages eine Flasche Cola aus dem Keller zu holen. Ich ließ den Papierstapel mit den Tabulaturen auf den Esstisch fallen und machte mich grummelnd auf den Weg.

»Was ist denn das?«, hörte ich meine Mutter fragen, als ich den Raum bereits verlassen hatte und mich im Flur befand.

»Das ist so was wie Noten. Für ein Musical. Ich habe El da reingebracht. Sie war doch echt nicht schlecht mit ihrer Gitarre. Denke, das könnte cool werden.«, antwortete Ben. Meine Finger berührten bereits den Griff der Kellertür, als ich meine Mutter stammeln hörte:

»Ein… ein Musical, okay. Ich weiß nicht, Ben. Ich weiß nicht, ob das momentan eine gute Idee ist. Ich meine, das würde normalerweise ganz toll klingen, aber…« Eigentlich wollte ich einfach die Kellertür öffnen, hinuntergehen und die verdammte Cola holen, aber etwas hielt mich davon ab.

Eine Gesprächspause war entstanden, und ich konnte förmlich sehen, wie meine Mutter Paps anstarrte, um ihm seine Meinung zu entlocken. Oder besser gesagt:

Um ihm Zustimmung zu entlocken, denn eine andere Meinung hätte sie sowieso nicht akzeptiert. Und da war sie auch schon – Paps' Stimme:

»Hm, ja. Sie wäre dann ziemlich viel unterwegs... Wahrscheinlich wäre es besser, wenn sie die meiste Zeit hier ist.«

»Oh, das war mir nicht klar«, sagte Ben. »Ihr habt zwar gesagt, dass es El gerade nicht so gut geht, aber sie macht auf mich einen ganz entspannten Eindruck.«

»Es ist so...«, meine Mutter senkte die Stimme und ich musste angestrengt lauschen, um ihre Worte zu verstehen. »Die Ärzte finden, wir sollen niemandem etwas davon erzählen, bevor Ellen es selbst tut. Wie sagten sie es? Wir sollen ihr das Recht einräumen, sich ihren Vertrauenspersonen dann mitzuteilen, wenn sie bereit ist. Deshalb haben wir dir nichts gesagt. Aber es gab da einen Vorfall, den wir nicht so richtig einschätzen können.«

»Scheiße«, fluchte Ben, deutlich lauter. »Das... Das habe ich anders eingeschätzt. Ich dachte, sie wäre nur mal wieder ausgerastet.« Meine Finger krallten sich am kalten Metall des Türgriffs fest. *Kein Problem. Da ist nur die Art, wie sie mich sehen. Wie alle mich sehen. Ein unberechenbares Pulverfass. Jederzeit bereit, hochzugehen und sich selbst zu zerstören.*

»Vielleich war es auch nur das.« Die bemüht leise Stimme meiner Mutter. »Aber wir wissen es nicht genau. Es war in jedem Fall ernster als sonst.«

»Oh... Mist«, sagte Ben. »Aber die Sache mit dem Musical...«

Ich schnaubte, drehte mich um und kehrte laut trampelnd zur Küche zurück.

»Sorry, dass ich die Spaßbremse spielen muss, aber Cola ist aus«, sagte ich, als ich den Raum betrat. Ich ließ mich auf meinen Stuhl fallen. Einen Moment lang war die Szene wie eingefroren. Alle peinlich berührt. Als ich gerade fragen wollte, wo ich mein Geld einwerfen müsse, damit es weitergeht, lächelte meine Mutter gezwungen und winkte ab:

»Ach, na ja. Kein Problem. Dann gibt es eben nur Wasser. Dafür habe ich extra lecker gekocht. Es gibt mein berühmtes Chili.« Ich blickte in Bens Gesicht. Er ignorierte mich und sprang auf die Unschuldsnummer meiner Mutter an:

»Wow… Wenn ich irgendwas an diesem Ort vermisst habe, dann dieses Chili!«

»Sorry, mir fällt gerade ein, dass ich Vegetarierin bin«, sagte ich und griff nach den Tabulaturen. »Aber lasst euch davon nicht stören. Genießt eure Leichenteile. Ich gehe dann mal fürs Musical üben. Ich habe richtig Bock drauf! Richtig Bock!«

Ich sprang vom Stuhl auf. Chucky folgte mir, als ich durch die Küche und den Flur rauschte und die Treppe zum ersten Stock hinaufsprang. Rufe hallten uns nach. Ich zog mich mit meinem vierbeinigen Verbündeten, ich meine – mit meinem einzigen Verbündeten – in mein trauriges Jugendzimmer zurück. Die Türe knallte etwas lauter ins Schloss als beabsichtigt. Wenige Momente später hörte ich Bens gedämpfte Stimme dahinter:

»Hey El, sorry… Du hast uns gehört, oder?« Ich strafte ihn mit Schweigen.

»El, darf ich reinkommen?« Ich ließ ihn schmoren. Nachdem ein paar Momente verstrichen waren, ging die Türe sehr langsam auf und er streckte seinen Kopf durch den Spalt. Ganz vorsichtig. Ich saß auf dem Bett und beachtete ihn nicht.

»El, was ich gesagt habe, klang bestimmt scheiße.«

»Gut erkannt.« Ben trat unschlüssig in die Zimmermitte.

»Ich hab es nicht böse gemeint. Ich meine, es war nicht abwertend gemeint. Ich meine, wir rasten doch alle mal aus, und du bist mir einfach so… so stabil vorgekommen, dass ich nicht dachte, dass was Ernstes war. Es tut mir wirklich leid. Ich meine, mir tut leid, was ich gesagt habe, und auch, dass du irgendwas Beschissenes durchmachen musstest… Na ja, ich möchte nur, dass du weißt, dass ich für dich da bin, wenn du reden willst.« Ich wollte nicht reden.

»Kann ich dich umarmen?«, fragte Ben völlig unvermittelt. Ich warf ihm einen derart angewiderten Blick zu, dass er einen Schritt zurück machte.

»Na ja…« Er kratzte sich unter seiner Mütze. »Dann gehe ich jetzt besser, oder?« Ich nickte.

»Vergiss nicht, vom berühmten Chili mitzunehmen.«

Er schluckte, bevor er sich umdrehte. Als er gerade im Begriff war, das Zimmer zu verlassen, rief ich ihm hinterher:

»Ben!« Er drehte sich um. »Nur damit du es weißt: Es ist wirklich nichts passiert. Ich bin nur ein bisschen ausgerastet und es kotzt mich an, dass alle eine große Sache draus machen… Und ich werde bei diesem bekackten Musical mitmachen.« Ben nickte.

»Gut, dann hau jetzt ab.«

Die Friedensangebote meiner Mutter ließ ich ebenso an mir abprallen wie Bens zuvor. Wie erwartet war Paps der Schlauste von den dreien. Er versuchte gar nicht erst, sich bei mir anzubiedern. Der Schlauste von allen war jedoch Chucky, denn er hatte gar nicht erst meinen Ärger erregt.

Ich nahm die E-Gitarre aus dem Koffer, in dem sie jahrelang geschlummert hatte. Nein, stimmt nicht. Hatte sie nicht. Ich erinnerte mich, dass meine Mutter kürzlich angerufen hatte, um mir mitzuteilen, dass sie das vernachlässigte Instrument für ein paar Wochen an einen Nachbarsjungen verleihen wolle. Diesem Umstand hatte ich es wohl zu verdanken, dass die Saiten nicht allzu schlimm verstimmt waren.

Mir fiel ein, wie es gewesen war, als ich die Gitarre zum letzten Mal angefasst hatte. Beim Klang der Leersaiten hatte es mir förmlich die Fußnägel hochgerollt. Das Stimmgerät hatte wie verrückt in alle Richtungen ausgeschlagen – und ganz egal, wie ich die Mechaniken hin und her gedreht hatte: Es war nur immer schlimmer geworden – eine Kakophonie direkt aus der Hölle. Als schließlich eine Saite gerissen war, war es mir vorgekommen, als schreie die Gitarre um Gnade.

Doch jetzt sah es ganz anders aus. Anscheinend hatten die Nachbarn nicht nur die fehlende Saite ersetzt, sondern einen ganzen Satz neue Nickelfäden springen lassen. Sie glänzten, fühlten sich geschmeidig an und ließen sich mit ein paar Handgriffen in die richtige Stimmung bringen.

Zu faul, um nach dem Kabel zu suchen und das Instrument an den Miniverstärker anzuschließen, machte ich mich einfach *unplugged* über die Tabulaturen her. Die Titel hatte ich mir bereits gemeinsam mit Amal angesehen. Sie waren ganz okay. Das Standard-Repertoire, wenn man auf Rock steht, aber keine besonders ausgefallenen Vorlieben hat. Ich höre lieber die *Eagle Rock Gospel Singers* oder auch mal richtig alten Death Metal. Aber es kann ja nicht jeder Mensch über einen so exquisiten Musikgeschmack verfügen wie ich. Also würde ich mich während meiner Zeit als Musicalgitarristin mit Songs wie *Bohemian Rhapsody, Holy Diver* und *I don't Wanna Miss a Thing* anfreunden. Meine Finger waren sich da allerdings noch nicht ganz sicher. *Scheiße, das ist ja wie Gymnastik.* Amal verlangte verrückte Verbiegungen von mir. Er verlangte das volle Rockstar-Programm mit Solos und allem. *Ach so, nein, es heißt: Soli.* Außerdem hatte ich keine Ahnung, wie schnell ich die Töne eigentlich spielen sollte. Mein Gitarrenlehrer hatte mir immer über die Tabulatur geschrieben, was ich im Kopf zählen sollte. Das hatte Amals Programm nicht getan.

Die Töne, die ich aneinanderreihte, erinnerten mich nicht im Entferntesten an die Songs, die sie darstellen sollten. *Aber es ist ja schließlich auch Amals eigenes Arrangement,* sagte ich mir. *Außerdem fehlen ja all die anderen Instrumente.* Nach einer halben Stunde löste sich die Haut an meinen Fingerkuppen. Sie taten höllisch weh. Ich stellte die Gitarre beiseite. Das musste fürs Erste reichen. Ich war ganz zufrieden mit mir.

Nachts konnte ich lange nicht einschlafen. Ich weiß nicht, warum. Es war jedenfalls kein solches *Mir-geht-so-viel-im-Kopf-herum-Ding.* In meinem Kopf ging nichts herum. Womöglich hatte ich mich einfach in den vorausgegangenen Nächten überschlafen.

Es war weit nach Mitternacht und ich dachte daran, wie schön es wäre, einen kleinen Spaziergang zu machen. Vielleicht habt ihr es bereits verstanden, aber ich erkläre es trotzdem noch einmal in aller Deutlichkeit: Ich war an diesem Ort, bei meinen Eltern, gefangen, weil man sich um mich sorgte. Man traute mir momentan nicht zu, alleine klarzukommen. So sahen das meine Eltern, diese eine Ärztin, deren Namen ich vergessen hatte, und Dr. Brick. Niemand von ihnen hätte es befürwortet, dass ich nachts alleine draußen herumstreunte. Auch nicht mit Hund.

Aber meine Eltern schliefen schon. Also gab es keine Diskussionen, bevor Chucky und ich loszogen. Es war einfach wunderbar. Kleine Mückchen tanzten in den Lichtkegeln der Straßenlaternen und ich hatte Lust, es ihnen nachzumachen. Der milde Sommernachtswind streifte meinen Körper. Ich breitete die Arme aus. Nicht mehr lange und der Sommer wäre schon wieder vorbei. Die letzten Tage des Sommers sind die großartigsten und die traurigsten zugleich. Wie sterben, wenn es gerade am schönsten ist.

Ich bewegte meine Füße anmutig tänzelnd über die Bordsteinkante. Oder zumindest fühlte es sich für mich anmutig an. Die Arme immer noch ausgestreckt. In meinem Kopf spielte ein Song. Die Drums so dumpf, als wären sie in einer Rumpelkammer aufgenommen worden. Gitarre und Keyboard bildeten eine treibende Einheit und spornten sich gegenseitig an. Eine eingängige Gesangslinie. Ich war voll im Groove. Vielleicht war Musical doch mein Ding. Ich forderte Chucky zum Tanzen auf. Er war sofort dabei, sprang um mich herum, sprang an mir hoch. Ich wehrte ihn ab, weil er viel zu groß und zu schwer für so was war. Seine Pfote wischte über meine Hüfte und meinen Bauch. Ein kurzer schmerzhafter Stich. Er hatte meine Narbe getroffen.

Im selben Moment setzte mein Herz einen Schlag aus. Einer meiner Füße stolperte über den anderen. Ich fing mich gerade noch. Nicht dass der Schmerz so schlimm gewesen wäre. Aber da war etwas anderes. Eine Silhouette im Augenwinkel. In einem dunklen Vorgarten, neben einem Schaukelgerüst. Im Bruchteil einer Sekunde war aus einem vermeintlichen Busch eine Gestalt geworden. Der dunkelschwarze Umriss eines Menschen, eines Mannes. Groß. Wirklich groß. Mindestens zwei Meter groß. Breite Schultern und ein großer Kopf. Ich war stehengeblieben, meine Arme sanken nach unten. Er ging langsam auf mich zu. Ganz langsam. Viel zu langsam für jemanden, der irgendwo hinwollte. Er kam auf mich zu. Eine einzige Drohgebärde. Die Schultern irgendwie eckig. Es war kein Traum. Er trat auf den Gehsteig. Die nächste Straßenlaterne war direkt in seinem Rücken. Sie blendete mich, sodass ich nichts als seine Umrisse erkennen konnte. Trotzdem wusste ich sofort, dass ich ihn kannte. Nein, es war anders. Ich wusste, dass ich wissen sollte, wer er war. Aber ich wusste es eben nicht. In meiner Magengrube spürte ich ein so heftiges Drücken, dass mir ganz schlecht wurde. Es kam mir so vor, als hätte ich das alles schon einmal erlebt, als wüsste ich, was geschehen würde – und es war nichts Gutes. Ich japste, merkte, dass ich die Luft angehalten hatte. Denn da war dieser Geruch. Fäulnis. Dann vernahm ich Chuckys Knurren. Mein Herz hämmerte gegen die Rippen. Der Hund konnte ihn auch sehen. Er war keine Einbildung. *Schreien,* dachte ich. *Schreien, dann werden sie alle wach in ihren Häusern. Er wird mich nicht auf offener Straße angreifen, wenn ich laut schreie und alle aufwecke.* Aber es war wie in einem Traum, in dem man schreien will und merkt, dass man keine Stimme besitzt. Er war nur noch zwei Armlängen von mir entfernt und wollte sich einfach nicht in Luft auflösen. Er weigerte sich, nur eine Einbildung zu sein.

Irgendein urzeitlicher Überlebensinstinkt setzte ein und übernahm die Kontrolle. Ich machte auf dem Absatz kehrt und rannte. Rannte, ohne mich umzublicken. Erst als ich vor der Haustür anhielt und mit zitternden Fingern in der Hosentasche nach meinem Schlüssel kramte, sah ich über die Schulter. Niemand zu sehen. Auf den ersten Blick. Aber da waren so viele Schatten. So viele tote und dunkle Winkel. Der Schlüsselring hatte sich irgendwie im Innenfutter der Jeanstasche verheddert. Ich zerrte daran, während ich – schlimmer hechelnd als der Hund – immer mehr potenzielle Verstecke für meinen Verfolger ausmachte. Hinter den Mülltonnen, in dem kleinen Durchgang zwischen Garage und dem Haus gegenüber und... Ein tiefes Bellen kam aus Chuckys Kehle. In dem Moment, in dem ich eine Bewegung auf der anderen Straßenseite ausmachte, war er schon losgestürmt. *Oh mein Gott, Chucky, nein! Dummer Hund! Er wird dich töten! Das ist der Moment, in dem der Hund in einem Horrorroman draufgeht.* Da sah ich die Katze. Chucky stürmte auf eine Tigerkatze zu. Sie machte einen Buckel und stellte das Fell auf. Meine Finger entrissen der Hosentasche den Schlüsselbund. *Die Haustür. Der Hund.* Die Tigerkatze hatte kehrt gemacht. Rannte. Der Hund hinterher. Ich war wie versteinert. Ich wollte einfach nur ins Haus und mich verkriechen. *Aber der Hund.* Ich konnte ihn nicht alleine da draußen lassen mit… diesem Mann. *Das ist der Moment, in dem der Hund dich in einem Horrorroman ins Verderben führt... Und wenn schon: Scheiß drauf!*

»Chucky!« Ich rannte hinter dem Hund her. Hinter der Katze her. Die Straße entlang.

»Chucky!« Meine Augäpfel zuckten von links nach rechts. Der Schlüsselbund drohte aus meiner schweißnassen Hand zu rutschen.

»Chucky!« Die Tigerkatze wechselte die Straßenseite. Ich sah ein Auto nahen. Mit meinem Zeitlupenblick. *Viel zu schnell. Der fährt viel zu schnell.* Der Hund setzte an, der Katze zu folgen. Auf die Straße! Das Auto kam angerast.

»Chucky!« Der Hund rannte auf die Straße. Ich rannte hinterher. Das Auto kam angerast. Der Fahrer stieg in die Bremsen. Die Reifen quietschten. Der Hund drehte den Kopf in Richtung des Autos. Ich hechtete auf ihn zu. Wollte mich auf ihn werfen. Erreichte ihn nicht. Das Auto schlitterte an uns beiden vorbei. Der Fahrtwind fuhr durch mein Haar. Um eine Haaresbreite hätte der Seitenspiegel mich mitgenommen. Ich stolperte und fiel. Erhaschte gerade noch einen Blick auf den Fahrer. Als dieser an mir vorbeirauschte. Ich sah seinen Kopf, er war mir zugewandt. Aber da war kein Gesicht. Vielleicht war auch einfach nur alles zu schnell gegangen. Meine Knie und Handflächen schlugen hart auf dem Boden auf. Das Auto beschleunigte – erneut mit quietschenden Reifen. Es war längst weg, als ich daran dachte, dass ich mir Kennzeichen und Modell hätte merken sollen. Er war viel zu schnell für das Wohngebiet!

Chucky kam schwanzwedelnd auf mich zu und leckte mir übers Gesicht.

»Echt jetzt? Das ist deine Antwort auf eine Nahtoderfahrung?« Als ich erneut Motorengeräusche vernahm, zog sich alles in meinem Magen zusammen. Würde er zurückkommen, um es zu beenden? Ich ahnte, dass es sich beim Fahrer des Wagens um denselben Mann handelte, der schon zuvor auf mich zugekommen war. Irgendetwas stimmte nicht mit ihm. Wenn irgendetwas mit Dingen nicht stimmt, liegt das – wie ich ja bereits erklärt habe – meistens an meinem Kopf. Die Dinge stimmen nur in meinem Kopf nicht. Aber das hier war zu echt. Die Bremsspuren zeichneten sich schwarz auf dem Asphalt ab.

Panisch rappelte ich mich auf. Da die Katze längst verschwunden war, vermutlich über den Zaun eines angrenzenden Gartens, musste ich Chucky nicht bitten, mir zu folgen. Wir rannten zurück nach Hause. Meine Knie schmerzten. Ich drehte mich nicht mehr um, rammte den Schlüssel ins Schloss. Eine Drehbewegung und wir fielen mit der Tür ins Haus. Ich schlug sie hinter uns zu, so schnell ich konnte. Glücklicherweise blieb der Lärm unbemerkt. Meine Eltern haben einen tiefen Schlaf. Einen sehr tiefen Schlaf. Vermutlich könnte man sie nachts sogar ermorden, indem man sich mit einem Presslufthammer durchs ganze Haus rüttelt und sie schließlich... Na ja, lassen wir das. Zitternd huschte ich zurück in mein Bett und war froh, dass ich es mir mit einem großen, stinkenden Monster teilte.

So beschissen ich mich auch fühlte – eins konnte ich nun mit Sicherheit sagen: *Der Hund lebt noch und ich bin dem Verderben entkommen. Das hier ist kein Horrorroman! Nur mein Leben.*

Bin ich wieder ausgerastet? War das der besondere Blick? Da bemerkte ich das Blut auf meinem weißen T-Shirt. Mein Herz hämmerte. Ich riss das Shirt hoch. Die Narbe blutete. Rote dünnflüssige Tropfen rannen an der Naht hinunter. Ich zitterte. Schloss die Augen für einen Moment. Als ich noch einmal hinsah, war da kein Blut mehr. Nur die Narbe. *Mindfuck!* Ich atmete schwer.

5: WIR MUESSEN REDEN

Freitagmittag. Der erste Moment des Erwachens. Ein ungutes Gefühl. *Du hast allen Grund, dich schlecht zu fühlen. Warte, warum noch mal?* Langsam kehrten die Erinnerungen zurück. Meine Augen wollten sich nicht mehr als einen Spaltbreit öffnen. Mein Kopf tat weh, meine Knie taten weh. Ich setzte die Brille auf die Nase und betrachtete meine verschrammten Handflächen, tastete nach der Narbe. Erst als die Sonne aufgegangen war, hatte ich mir erlaubt zu schlafen. Vielleicht war es grundsätzlich sicherer so. Vielleicht sollte ich nur noch schlafen, wenn alle anderen wach waren.

Jedenfalls war mir eines klar geworden: Ich brauchte einen Verbündeten. Nicht Chucky. Keinen, der – wenn ich Todesangst hatte – losstürmte, um Katzen zu jagen. Keinen, der mir nur mit treuem Blick und Schwanzwedeln antwortete. So gut das auch tat.

Die Auswahl an menschlichen Kandidaten war nicht gerade groß. Meinen Eltern und Dr. Brick konnte ich nichts von den Ereignissen der letzten Nacht erzählen. Nicht, solange ich nicht wusste, was sie zu bedeuten hatten. Ich wollte keine große Sache daraus machen. Vielleicht machte ich mir ja einfach zu viel Stress, wie der Hausarzt damals vermutete hatte.

Also waren drei Personen raus, blieb nur noch Ben. Er hielt mich für hysterisch, für eine, die eben hin und wieder ausrastet. Aber konnte ich es ihm verübeln? Eigentlich wollte ich ja, dass er recht hatte. Dass ich nur

45

ausgerastet war. Dass ich nur einen wie ihn brauchte, der mich zurück auf den Boden holte. So oder so war er meine einzige Option, wenn ich nicht mit der Fäulnis allein sein wollte.

Mein erster Weg führte unter die Dusche. Danach packte ich das Schminktäschchen aus, das ich seit meiner Ankunft nicht angerührt hatte. Concealer, Wimperntusche, Lidschatten, Kajal, Lippenstift… Puder? Rouge? *Ach, komm schon, hau drauf!* Um an diesem Tag nicht so bemitleidenswert auszusehen, wie ich mich fühlte, musste ich die ganz schweren Geschütze auffahren.

»Wow, Ellen, du siehst toll aus.« Meine Mutter. Wann hatte sie mir zuletzt ein Kompliment für mein Aussehen gemacht? Gut zu wissen, dass ihr mein völlig überschminktes Gesicht nach einer Horrornacht besser gefiel als meine ganz natürliche Alltags-Visage.

»Danke, Mama, ich liebe dich auch.«

Ben war sichtlich erleichtert, mich zu sehen, als ich mit Chucky vor seiner Haustür aufkreuzte. Er umarmte mich ungefragt und ich machte mich verlegen los.

»Es tut mir echt leid, dass ich Scheiße über dich geredet habe«, erklärte er.

»Hast du Gras?«, wollte ich wissen. Er sah mich prüfend an.

»Ist dir klar, dass es diskriminierend ist, anzunehmen, dass ein Mensch, der mal Dreadlocks hatte, automatisch Gras besitzt?«

»Heißt das, du hast keins?«

»Das heißt, dass ich es äußerst verletzend finde, auf Stereotype reduziert zu werden. Außerdem dachte ich, du hast damit aufgehört?«

»Hab ich, seit ich erwachsen bin. Aber gerade könnte ich einen Zug vertragen.«

In meinen späten Teenagertagen hatten Joints mir dabei geholfen, mich abzureagieren, wenn ich wieder am Durchdrehen gewesen war. Ich hatte sie genutzt, um mich selbst zu therapieren. Aber sie hatten mich träge und gleichgültig gemacht. Noch mehr als sonst. Ich hatte mich gehasst, wenn ich so war. Also hatte ich aufgehört. Es war ein klarer Schnitt gewesen. Ich hatte jahrelang nichts mehr geraucht und wollte auf keinen Fall wieder damit anfangen. In diesem Moment brauchte ich aber einen Zug, um mich Ben anvertrauen zu können. Ich kannte mich gut genug, um zu wissen, dass meine Lippen andernfalls aneinanderkleben würden.

»Ich hab auch aufgehört«, erklärte er. »Aber eventuell habe ich noch eine kleine Ration für Notfälle. Ist nur nicht mehr so frisch.«

Das war immer Bens Art des Kümmerns gewesen. Ich hatte nie selbst Gras gekauft. Hatte nicht mal eine Ahnung, wie man das anstellte. Woher man das Zeug bekam, wie so was ablief. Ich kannte das nur aus Fernsehserien und fand die Vorstellung, mich mit einem abgewrackten Typen im Park zu treffen und im Vorbeigehen Päckchen zu tauschen, echt gruselig.

Zwanzig Minuten später lagen wir rücklings auf dem Garagendach und beobachteten fasziniert, wie der Wind mit den Blättern der Eiche spielte und die Sonne dahinter glitzerte. Ich hatte Ben eigentlich besucht, weil ich jemanden brauchte, der mich zurück auf den Boden holte. Dem Boden war ich in diesem Moment so fern wie nur was. Joints und Dächer sind generell eine gefährliche Kombination. Es ist verwunderlich, dass wir während unserer Teenagerzeit nie heruntergefallen sind und uns das Genick gebrochen haben.

Zurück zum Thema: Ich fühlte mich ganz gut. Erleichtert irgendwie. Es war vielleicht doch besser, dem Boden etwas ferner zu sein.

Irgendwann drehte Ben den Kopf zur Seite und blinzelte mich an:

»Du wolltest über was reden?«

»Huh? Wow, ja… Ja,« Reden fühlte sich anstrengend an. »Ich brauch noch 'n bisschen...«

Eine unschätzbare Zeit später sprudelten die Worte einfach so aus mir heraus:

»Ich wollte mit dir eigentlich über gestern Nacht reden. Ich war mit dem Hund draußen und – heilige Scheiße – zum Glück haben wir's überlebt. Es war ziemlich knapp. Da war so 'n Arsch, der ist viel zu schnell gefahren. Vorher habe ich ihn aber erst stehen sehen. Oder es war ein anderer.

»El…«

»Na ja, wie soll ich denn so genau wissen, ob sie beide derselbe waren und ob sie beide auch echt waren?«

»El, ich verstehe ja kein Wort.« Ich nickte. Wie sollte er auch begreifen?

»Das war auch der völlig falsche Punkt zum Anfangen... Weißt du… Du musst ja erst mal die ganze Vorgeschichte kennen. Warum ich überhaupt hier bin… Benjamin, bist du bereit, die ganze Vorgeschichte zu hören?«

»Ja, Mann, leg los.« Ben nuschelte ein wenig. Er hatte einige Züge mehr gehabt als ich und wir waren das beide nicht mehr gewohnt. Außerdem waren wir beide über 25 und jeder weiß, dass alles schlimmer wird, wenn man dieses Verfallsdatum überschritten hat.

»Also es fängt an mit Li… Lenny. Mit Lenny und mir. Du weißt, was wir so gemacht haben?«

»Jap.«

»Ich erzähle es dir trotzdem noch mal. Ich meine, du weißt es vielleicht so ungefähr. Du hast eine grobe Vorstellung, weil du die blöden Videos gesehen hast, die ich dir geschickt habe, aber du musst es spüren, Benjamin.«

»Okay.«

»Wir sind zusammen zu diesen Orten gefahren. Lost Places, verlassene Orte, Orte des Verfalls. Aber es waren nicht einfach nur leerstehende Häuser. Li… Lenny hat da diesen YouTube-Kanal, bei dem es um düstere Orte geht, Orte mit einer dunklen Aura, mit einer tragischen Vorgeschichte. Schrecklich manchmal sogar. Es geht um die negative Energie, die Präsenzen – die Geister, könnte man sagen – die an diesen Orten zurückgeblieben sind. Von den meisten dieser Orte hieß es, sie wären verflucht oder heimgesucht.«

»Wow. Du hast ganz schön oft *Orte* gesagt.«

»Hab ich das? Okay, ich werde weniger oft *Orte* sagen. Auf jeden Fall hatte… Lenny… diesen Kanal schon früher. Ohne mich. Er hat das mit seiner Freundin gemacht, aber sie hat Schluss gemacht und die beiden konnten sich nicht mehr riechen und irgendwie kam er dann über Maya, die Besitzerin vom Fotostudio, für das ich manchmal Aufträge übernehme, auf mich.«

»Wusste gar nicht, dass das über Maya war.«

»Ich sag doch, du kennst nur einen Teil der Geschichte, aber nicht die ganze Geschichte.«

»Ist das ein wichtiges Detail, ja?«

»Nein. Jetzt lass mich weiter reden.« Ich brauchte das. Ich musste alles noch einmal zusammenfassen, in eine Ordnung bringen – und es laut aussprechen.

»Lenny kannte mich also durch Maya und er hat mich gefragt, ob ich nicht ab jetzt das mit dem Filmen übernehmen kann. Der sagte, er muss ja vor der Kamera rumhampeln und reden. Reden, reden, reden. Er ist ein ziemlicher Ego-Dingens… Das hat er übrigens nicht gesagt. Er hat nur gesagt, dass er vor die Kamera muss. Der Rest ist Anmerkung der Redaktion.«

»Aber ist 'ne gute Anmerkung. Der Junge redet viel… und er wirkt ziemlich von sich überzeugt.«

»Sag ich ja. Egal. Das mit den Lost Places klang trotzdem gut für mich. Du weißt ja, ich brauche immer was Neues, was Spannendes. Plätze ohne Menschen finde ich gut. Gruselgeschichten auch.

Ich hatte also schon Lust einzusteigen, dachte nur, ich kann das eigentlich gar nicht. Bin ja schließlich Fotografin und keine Kamerafrau. Aber er sagte, seine Freundin konnte das mit dem Filmen ja auch nicht richtig. Es sollte ja auch authentisch und laienhaft und gruselig aussehen.

Er meinte außerdem noch, ich könne dann immer gleich noch fotografieren und ein richtig cooles Insta-Profil starten, über das wir noch mehr Reichweite generieren können und so. Das hab ich gemacht, aber eigentlich hatte er es nicht nötig. Sein Kanal war ja schon groß und was durch die Werbung so rumkam, wollte er mit mir teilen. Also sagte ich *ja*. Obwohl er so viel redete. Immer, ständig. Aber ich dachte, bestimmt lässt sich das irgendwie ausblenden.«

»Und ging das?«

»Na ja, ich muss zugeben, es war nicht leicht. Wir saßen oft stundenlang zusammen im Auto, übernachteten sogar ziemlich häufig irgendwo, denn man findet ja nicht genug heimgesuchte *Orte*… Buden… für regelmäßigen Content direkt vor der Haustür. Ich habe lange an der Lösung getüftelt, wie man einen wie Lenny am besten ausblenden kann. Die Lösung war: Ohrstöpsel und Death Metal. Ich habe zuerst jede Menge andere Musik probiert. *Phoebe Bridgers*, *Tiny Deaths* und so. Aber das hat

50

halt alles nicht funktioniert. Mit Death Metal ging es gut. Ich stehe inzwischen ziemlich auf alten Death Metal. Ja, und es lief. Mir hat das Ganze irgendwie gut getan. Bin viel organisierter geworden, durch das Pläne schmieden mit dem Kanal – und ja, auch, weil ich eben das mit dem Kanal und meinen Fotojobs koordinieren musste und…«

»Sind wir noch bei der Vorgeschichte?«

»Halt die Klappe, Ben. Ich kann vielleicht ein bisschen was überspringen. So ungefähr zwei Jahre.«

»Wow. Zwei? Jahre?«

»Ja.

Zuletzt waren wir in einem alten Kinderheim. Und jetzt musst du wissen: Wenn wir in einem Lost Place angekommen sind, sind wir immer erst mal getrennt losgezogen. Jeder hat seine Ideen gesammelt. Dann haben wir uns wieder getroffen und das Skript mit unseren Ideen angepasst.«

»Wow. Ihr hattet ein Skript.«

»Benjamin, das was wir da machten, war vielleicht keine Wissenschaft. Aber es war schon irgendwie professionell.« Auf das, was wir da auf die Beine stellten, nur zu zweit, war ich nämlich schon irgendwie stolz. Wir recherchierten, wir erzählten spannende Geschichten, die es wert waren, gehört zu werden. Auch wenn die Art, wie der gute Lenny sie erzählte, nicht ganz mein Fall war und auch, wenn das Ganze dadurch reißerische Züge annahm und nicht immer fair war. Aber dazu später mehr.

»Ja, ich wollte auch nicht… Na ja, was ist dann passiert? In dem Seniorenheim«, sagte Ben.

»Kinderheim. Sag mal, hörst du überhaupt zu?«

»Ja, na klar.« Es wirkte aber eher, als zähle Ben die Schäfchenwölkchen über uns, anstatt mir aufmerksam zu lauschen. Das war der Moment, in dem ich die Bombe platzen ließ:

»Tja, dann bin ich verschwunden.«

»Was?« Ben rollte sich auf die Seite und sah mich verständnislos an.

»Ich bin verschwunden«, wiederholte ich.

»Aber wo warst du denn, als du verschwunden warst?«

»Das ist es ja. Ich weiß es nicht.«

»Und du warst wie lange verschwunden?«

»Ungefähr 36 Stunden.« Ben rappelte sich hoch. Auf einmal wirkte sein Blick ganz klar.

»Okay, das klingt ziemlich beängstigend«, sagte er und griff nach meiner Hand. »Kannst du mir das genauer erklären?« Ich zog die Hand weg, nickte und gab zu:

»Leider weiß ich ja selbst viel zu wenig drüber.« Ben reichte mir eine Dose Limo. Nachdem ich sie halbleer getrunken hatte, fühlte sich mein Kopf wieder ganz klar an. Ich war dem Boden nahe. Zu nahe für meinen Geschmack. Trotzdem zwang ich mich fortzufahren:

»Na ja, ich bin in dieser Hütte aufgewacht…«

»Also in dem Kinderheim?«

»Nein, eben nicht in dem Kinderheim. Ich bin in einer winzigen Hütte aufgewacht, die ich noch nie gesehen hatte. Es war ein kleiner Raum. Ich lag auf einer Eckbank hinter einem Tisch. Alles war aus Holz, morschem, vergammeltem Holz. Der Tisch, die Bank, die Wände, die Türe, der Boden. Durch den Boden wuchsen Pflanzen.

Ich konnte mich nicht erinnern, wie ich da hingekommen war. Das Letzte, an was ich mich erinnern konnte, war, dass ich durch das alte Kinderheim gewandert bin. Ich habe so was gedacht wie: *Da könnten wir einen Strahler aufstellen, sodass Li… Lennys Schatten*

52

gespenstisch an die Wand fällt, direkt neben dem großen unheimlichen Graffiti. Und auf einmal war ich an einem anderen Ort.

Alles, was ich spüren konnte, waren Angst und Schmerzen. Ich wusste nicht, wovor ich Angst hatte, aber ich war erleichtert, dass ich alleine war und der Riegel vorgelegt war. Da war ein ziemlich schmutziges Fenster, durch das ein bisschen Sonnenlicht fiel. Es war orangerotes Licht und ich dachte mir, dass es aussah, als ob es bald Nacht werden würde. Als ich das Kinderheim erkundet hatte, war es zehn Uhr morgens gewesen.

Ich weiß nicht, was mir mehr Angst einjagte: Die Vorstellung, dass es bald dunkel sein würde oder das Licht, das durchs Fenster kam. Ich hatte Angst, gefunden zu werden. Aber ich wusste nicht, von wem. Es ist ziemlich gruselig, wenn man nicht weiß, wovor man eigentlich Angst hat.«

»Kann ich mir vorstellen«, sagte Ben und schüttelte den Kopf. »Ich meine, ich kann es mir eigentlich nicht vorstellen, aber es klingt wirklich ziemlich übel.« Ich nickte.

»Es war so beängstigend, dass ich mir zuerst mal gar keine Gedanken über die Schmerzen machte. Irgendwann schaute ich aber dann doch an mir runter, in die Richtung, aus der die Schmerzen kamen, und mein Shirt – Es war voller Blut. An meinem Bauch, gleich über der Hüfte war irgendeine Art von länglicher Wunde. So als hätte jemand versucht, mich aufzuschlitzen.«

»Großer Gott!«

»Ich hatte so große Angst, dass ich mich nicht bewegen konnte. Ich war wie versteinert. Dann wurde es dunkel und irgendwann wieder hell. Ich traute mich immer noch nicht, mich zu bewegen. Aber irgendwann war ich die Furcht – das Warten, dass irgendwas passieren

53

würde – so leid, dass ich mich doch bewegte. Ich stand auf und ging raus.

Ich war mitten im Wald. Die Hütte, in der ich gelegen hatte, hatte vermutlich mal einem Jäger gehört. Aber sie sah ziemlich heruntergekommen aus. Das Dach war ganz schief und die Tür hing schräg in den Angeln.

Es gab eine Art Weg, aber nur so ein Trampelpfad. Ziemlich überwuchert. Ich lief einfach los. Und lief und lief und lief. Irgendwann erreichte ich einen richtigen Weg mit Schotter. Dann lief ich weiter und erreichte nach einer ganzen Weile eine Straße.

Es wurde langsam schon wieder dunkel, aber ich hoffte, dass ein Auto mich mitnehmen würde. Ich war inzwischen nämlich einfach nur noch so erschöpft, dass da kein Platz mehr für Angst war. Ich wusste, wenn ich noch lange laufen würde, würde ich einfach umfallen und sterben. Darum war es mir egal, wer mich mitnahm und wohin. Wenn ich mich nur in einen Autositz werfen konnte. Aber es hielt niemand an. Ich glaube, es waren fünf Autos, die vorbeikamen und ich winkte jedes Mal wie verrückt. Vermutlich war das das Problem. Sie hielten mich für verrückt – und das bin ich ja vermutlich auch.«

»Nein, das bist du nicht«, sagte Ben und versuchte, meinen Blick einzufangen. »Das klingt nicht, als ob du verrückt wärst, sondern als ob dir was echt Beschissenes passiert ist – und als ob du ziemlich stark warst. Und ich Idiot sage so was wie…«

»Schon gut, schon gut.« Ich winkte ab.

»Was ist dann passiert? Wann hat dich endlich jemand mitgenommen?«

»Na ja, das war, als ich schon nicht mehr laufen konnte und mich einfach an den Straßenrand gesetzt hatte. Es war die Polizei. Einer der Vorbeifahrer hatte sie angerufen.« Ben sah mich vorsichtig von der Seite an.

»Und? Haben Sie was rausgefunden? Was ist mit diesem Lenny? Und mit der Wunde an deinem Bauch?«

»Na ja, die haben mich zu einem Arzt geschickt und untersuchen lassen. Natürlich haben sie auch mit Lenny geredet. Der hatte sie auch schon längst alarmiert. Anscheinend hat er mich an dem Morgen im Kinderheim schreien hören. Der Gebäudekomplex war ziemlich groß und dunkel. Er wusste nicht, wo ich war und konnte keine Spur von mir finden. Bis er irgendwann einen Teil meiner Ausrüstung in einem Flur im Erdgeschoss entdeckt hat. Dann bemerkte er auch Blut an einem zerbrochenen Fenster. Die Polizei sagt, ich hätte mich durch das kaputte Fenster gelehnt und selbst verletzt.« Ben sah mich stirnrunzelnd an. Ich zuckte die Schultern:

»Es wurden Glassplitter in der Wunde gefunden. Oder eigentlich waren es mehrere kleine Wunden. Das hatte ich nur zuerst nicht gesehen, weil ich verwirrt war und alles mit Blut verkrustet. Aber die Wunden passten wohl schon gut zu den Zacken am Fenster. Und meine Kamera lag draußen unter dem Sims. Von daher…

Na ja, jedenfalls: Lenny hat mich dann überall im Gebäude gesucht und gerufen, danach in der näheren Umgebung. Und dann ist er zur Polizei gefahren. Das hat er denen wohl zumindest so gesagt. Ich hab seither nicht mehr mit ihm gesprochen.«

»Glaubst du… Na ja, glaubst du, er hat die Wahrheit gesagt? Oder glaubst du, das Ganze hat was mit ihm zu tun? Dass er dir irgendwas… na ja?« Ich zuckte die Schultern.

»Tja, ich weiß, dass ich sauer auf ihn bin. Mehr als sauer. Ich will ihn einfach nie wiedersehen. Aber ich habe keine Angst, wenn ich an ihn denke. Und wenn er was Schlimmes gemacht hätte, wäre da doch Furcht. Ich kann mich gut an die Panik erinnern, die ich in dieser Hütte gespürt hab. In meiner Vorstellung hat die aber nichts mit Lenny zu tun. Da ist eher so ein großes *Fuck You*, wenn ich an ihn denke… Ich weiß nicht. Ist schwer zu erklären. Es sind halt alles nur so Gefühle. Mein Arzt meint, die Erinnerungen kommen vielleicht zurück, wenn ich alles verarbeitet habe und mich nicht mehr selbst blockiere.« Ich zuckte erneut hilflos die Schultern.

»Außerdem… Die Ärztin, bei der ich zuerst war, hat mich untersucht und nichts bemerkt außer der Wunde am Bauch. Und die Polizei hat sich auch die Hütte angeschaut: Kein Hinweis darauf, dass noch jemand dort war. Und den Flur im Kinderheim, in dem meine Sachen waren: Auch hier keine Hinweise auf irgendwas anderes, als dass ich mich einfach in meiner Dummheit selbst verletzt habe. Dafür haben wir Ärger wegen unbefugten Betretens bekommen. Aber der Besitzer sieht wohl von einer Anzeige ab. Ups, noch mal Glück gehabt.«

Ben verzog das Gesicht.

»Das wäre ja wohl auch das Letzte, nach allem, was dir passiert ist. Außerdem seid ihr ja keine Vandalen. Lennys Geschwafel nervt mich zwar, aber er weckt wenigstens Interesse dafür, sich mit solchen Orten auseinanderzusetzen und sie nicht mutwillig auseinanderzunehmen...« Ich trank die Limo leer.

»Also, du arbeitest jetzt dran, dich zu erinnern, was passiert ist, was?«, fragte Ben dann.

»Na ja, wahrscheinlich bin ich einfach nur ausgerastet. Ich hab bestimmt irgendwas gesehen, was nicht real war. Der besondere Blick. Mein Kopf hat mir einen Streich gespielt und ich bin vor Angst weggelaufen.«

»Spielt keine Rolle, ob da echt was war, El. Deine Angst, die war echt. Das Ganze ist wirklich eine riesengroße Scheiße. Und ich meine: Kannst du wirklich sicher sein, dass dieser Lenny nicht doch was damit zu tun hat? Oder irgendein anderer Verrückter, der in diesem alten Kinderheim rumhing? Fühlst du dich sicher? Warte mal, was hattest du wegen gestern Nacht gesagt?«

»Ach, das war nichts.« Es war für mich in diesem Moment unmöglich, noch mehr verrücktes Zeug zu erzählen. Ohnehin hatte es sich nicht gut angefühlt, Ben von meinem Verschwinden zu erzählen. Es hatte sich angefühlt wie Striptease. Aber es war nötig gewesen, denn ich hatte Ben jetzt genau da, wo ich ihn haben wollte. Er war für mich da und hatte es mit *eine riesige Scheiße* perfekt auf den Punkt gebracht. Ich wollte, dass es genau so blieb. Er sollte einfach mein bester Freund sein, und sich genau das richtige Maß an Sorgen machen: Genug Sorgen, dass sie ihn dazu bewegten, voll für mich da zu sein, aber nicht so viele, dass er mich damit nervte.

»Ich war gestern Nacht nur dumm und wäre fast von irgendeinem Raser überfahren worden«, log ich, damit er nicht weiter nachfragte.

»Du solltest vielleicht nachts nicht rausgehen. Warst du alleine?« Ich seufzte. Er machte sich vielleicht doch schon so viele Sorgen, dass er mich bald nerven würde. Also sagte ich:

»Mache ich auch nicht mehr. Das hat mir gereicht.«

»Okay, gut... Und wenn du... Na ja, wenn du noch mehr reden möchtest. Ich bin da. Jederzeit.«

Wir legten uns wieder auf den Rücken und starrten in den Himmel.

57

6: ROLLEN

Gerne wäre ich ewig auf diesem Dach liegengeblieben, aber ich hatte noch einen Termin bei Dr. Brick, dem Psychologen. Ihr fragt euch bestimmt, ob wir Fortschritte machten. Na ja, der Gute hatte schon einiges über Lost Places gelernt und darüber, wie man einen YouTube-Kanal pusht. Ich nahm an, dass er bald seinen eigenen starten würde. In den Videocredits würde stehen: *Und vielen Dank an Ellen, die mir eine große Inspiration war und ohne die das alles hier nicht möglich gewesen wäre. Ach ja, und die bis heute nicht weiß, warum sie damals verschwunden ist. Leider kann ich ihr nun auch nicht mehr dabei helfen, es herauszufinden. Mit der Kohle, die ich mit meinen Psycho-Tipps auf YouTube verdiene, habe ich mich auf die Bermudas abgesetzt. Vergessen Sie nicht, das Video zu liken, den Kanal zu abonnieren und mit einem Klick auf die Glocke die Benachrichtigungen zu aktivieren.*

Ich vermisste den Hund, während ich in dem bemüht gemütlich eingerichteten Büro von Dr. Brick saß. Seit Chucky mich an meinem zweiten Morgen bei meinen Eltern überfallen hatte, waren wir nicht mehr getrennt gewesen. Oder zumindest nur dann, wenn ich unter der Dusche oder auf dem Klo gewesen war. Ohne meinen Bodyguard fühlte ich mich schutzlos. Mir war überhaupt nicht danach, über Dinge zu sprechen, die mich verletzlich machten. Also redete ich viel. Unglaublich viel. So viel, dass Dr. Brick nicht einmal zu Wort kam, um nach den *wichtigen* Dingen zu fragen. Ich erzählte ihm dafür all die unwichtigen. Bis die Sitzung endlich vorbei war und meine Mutter mich wieder nach Hause fuhr.

Als wir dort ankamen, war Chucky sehr erleichtert, mich wiederzusehen – ganz normal bei Hunden. Weniger normal war, dass ich mindestens genauso erleichtert war, ihn wieder an meiner Seite zu haben, obwohl ich gerade mal eineinhalb Stunden fort gewesen war. Er war eben mein Bodyguard.

Während er meine Hände ableckte und so stark mit dem Schwanz wedelte, dass sein ganzes massives Hinterteil vibrierte, dachte ich daran, dass er keine Vergangenheit hatte. Okay, eigentlich hatte er schon eine. Nur kannte die niemand und er konnte nicht darüber reden. Also war es im Prinzip so, als hätte er keine.

Oft habe ich das Gefühl, mir geht es genauso. Ich habe das Gefühl, ich kenne mich gar nicht, sondern bin eigentlich eine Alien-Präsenz, die in einen zufällig ausgewählten menschlichen Körper gerauscht ist. Als wüsste ich gar nicht, wen ich da vor mir habe, wenn ich in den Spiegel schaue. Als hätte ich zu dieser Frau, die zurückstarrt, gar keinen Bezug. Ich habe ihren Körper übernommen und bin jetzt eben sie – und so schlecht habe ich es vielleicht gar nicht erwischt – das nicht. Aber das Ganze bedeutet mir nichts. Was sie bisher so getrieben hat und wer sie ist, das bedeutet mir nichts, weil es nichts mit mir zu tun hat und ich nichts darüber weiß.

Ich stehe dann einfach so da und starre mein Spiegelbild an, eventuell die Zahnbürste im Mund. Es fühlt sich an, als würde ich von oben auf mich herunterschauen und als wäre nichts, aber auch gar nichts real und von Bedeutung. Als wäre alles nur ein zufällig erträumter

Moment. In der Mitte eines unendlichen und unmöglichen Universums.

Aber ich schweife ab. Am besten, ich springe direkt zum nächsten Tag.

Samstag

Ich musste etwas früher raus als sonst, weil ich schon um elf Uhr vormittags meine Audition für das Musical hatte. Aber ich war bereit. Auch wenn ich es mir wieder verboten hatte, in der Dunkelheit zu schlafen. Oder zumindest hatte ich es versucht. Ich war im Bett gelegen und hatte auf dem Laptop Beulenpestsimulator gespielt. Irgendwann gegen drei Uhr morgens muss ich doch eingepennt sein. Als ich aufwachte, war auf dem Bildschirm die Nachricht *You died* zu lesen.

Ich schnappte die Gitarre, den Miniverstärker und die Noten und zog guten Mutes los – den Hund im Schlepptau. Die anderen Bewerberinnen und Bewerber hatten ihre Noten schon lange vor mir erhalten und bereits vier Wochen Zeit zum Üben gehabt. Amal hatte aber gesagt, ich brauche mir deshalb keinen Stress zu machen. Er hatte gemeint, ich solle mich einfach auf den ersten Song konzentrieren. Es gehe nur darum, zu zeigen, dass ich das generell hinbekam. Bis zur Aufführung im Winter wäre schließlich noch genug Zeit zum Üben.

Außerdem gab es keine Konkurrenz um die Stelle der Gitarristin. Ohne mein spontanes Auftauchen wäre das Instrument unbesetzt geblieben. Für den Rest des Orchesters hatte Amal den örtlichen Big Band Verein gewinnen können, samt des Dirigenten. Aber die hatten niemanden an der Gitarre. Die Big Band bestand lediglich aus einem Bläsersatz, Bass, Keyboard, Schlagzeug und dem arg verpeilten Dirigenten Herbert, der den Job innehatte seit ich denken konnte.

Trotz Amals Nachsicht hatte ich in den zwei Tagen bereits alle Songs angespielt und fand das ziemlich professionell von mir. Wirklich, ich war irgendwie stolz darauf.

Als Ben das mit dem Musical aufgebracht hatte, hatte ich mich dort zunächst nicht sehen können. Schließlich war ich bisher die Frau hinter der Kamera gewesen – und jetzt sollte ich eine auf der Bühne werden. Aber vielleicht war das gar nicht so schlecht: Mal was ausprobieren, das so anders war, als alles, was ich zuvor gemacht hatte. Etwas, das mich in eine andere Welt eintauchen und vielleicht zu einer anderen Person werden ließ. Außerdem wollte ich – seit meine Mutter Bedenken geäußert hatte – beweisen, dass ich das hinbekam. Dass ich irgendetwas hinbekam.

Ich hatte Ben verboten, mich zur Audition zu begleiten, weil ich darauf verzichten konnte, dass er mich nervös machte – und weil das meine Sache war. Ich musste das alleine hinbekommen. Außerdem hatte ich meinen Eltern geradeso ausreden können, mich zu fahren. Immerhin war es heller Tag und die Wohnung nur ein paar Häuserecken entfernt. Aber natürlich war mir vorzuwerfen, dass ich es auch geschafft hatte, auf dem Weg durch ein einziges Gebäude zu verschwinden.

Schließlich hatte ich mich jedoch durchsetzen können und erreichte mein Ziel zu Fuß.

Ein blondes Mädchen, höchstes 18, vermutlich jünger, stand oberhalb der Treppe, die zur Kellerwohnung der Zwillinge führte und absolvierte gymnastische Verrenkungen, während sie irgendetwas vor sich hin murmelte. Vermutlich einen Songtext. *Scharf auf eine Hauptrolle*, dachte ich. Zum Glück musste ich mich nicht mit so was rumschlagen, da ich außer Konkurrenz antrat. Die anderen, die heute hier aufschlugen, bewarben sich um Gesangs- oder Tanzrollen.

Ich fragte die Möchtegern-Hauptdarstellerin, ob es eine Verspätung im Zeitplan gebe. Da ich ziemlich spät aufgebrochen war, musste es schon annährend elf Uhr sein und ich nahm an, dass sie vor mir dran war. Aber sie schüttelte den Kopf und erklärte mir, dass sie schon eine halbe Stunde früher gekommen war, um sich vor Ort aufzuwärmen. Wow. Das war Ehrgeiz. Es war nur ein von Laien organisiertes Kleinstadtmusical, aber jetzt wurde mir bewusst, dass diese Kleinstadt einfach nichts Besseres zu bieten hatte. Das Muscial bot die bestmögliche Bühne für alle, die dort hinwollten.

Amal empfing mich im Wohnzimmer und warf einen skeptischen Blick auf meinen Verstärker.

»Du hast aber schon auch einen richtigen, oder?«, wollte er wissen.

»Das ist ein richtiger Verstärker.«

»Na ja, er ist etwas klein.«

»Größe ist nicht alles im Leben.«

»Hast du einen Fußschalter, um die Sounds umzuschalten?«

»Auch Fußschalter sind nicht alles im Leben, Amal.«

»Na ja, egal. Ich denke, die Musikschule wird schon was Geeignetes haben. Wir proben künftig in der Musikschule.«

»Fein.«

»Fein.«

Ich packte die Gitarre aus, stimmte sie, schloss sie an den Miniverstärker an und zog meine Tabulaturen hervor. Ich war so bereit wie ich nur sein konnte.

»Was soll ich spielen? Ich hab mir alles mal angeschaut.«

»Am besten unseren ersten Song nach der Ouvertüre. Wie gesagt, den wollen wir nächste Woche schon proben.« Ich nickte, schlug *School's out for Summer* auf, testete meinen Sound und begann zu spielen. Es lief gut. Ich erwischte jede einzelne Note, war voll drin, vergaß Amal komplett, ging total in meinem Spiel auf. Kein einziger falscher Ton. Am Ende atmete ich tief durch und sah zu Amal hoch, bereit sein Lob zu empfangen und es bescheiden auszuschlagen. Er sagte:

»Ähm, ich weiß nicht, wie ich es dir schonend beibringen soll, also sag ich es einfach freiheraus: Das klang nicht annähernd so, wie es sollte.« Stille. Ich sah ihn völlig verdutzt an. Veräppelte er mich? Oder lag es am Verstärker? Na klar, es musste am Verstärker liegen.

»Also, du meinst den Sound?«

»Nein, ich meine, was du gespielt hast.«

»Aber ich habe doch genau das gespielt, was da steht. Kein einziger falscher Ton.«

»Womöglich. Aber nicht mal das kann ich sagen, weil der Song nicht wiederzuerkennen war. Du hast nicht nur in Zeitlupe gespielt, sondern auch mit einem Fantasie-Rhythmus.«

»Aber woher sollte ich auch wissen, in welchem Rhythmus ich spielen soll?«

»Er steht doch hier. In den Noten über der Tabulatur.«

»Ich hab doch gesagt, dass ich keine Noten auf der Gitarre spielen kann.«

»Aber ich dachte, du kannst zumindest Notenwerte lesen.«

»Noten… was?«

»Alternativ hättest du dir den Song anhören und den Rhythmus daraus erschließen können.«

Peinliche Stille. Ich begann zu begreifen. Fantasie-Rhythmus. Ich hatte mir einfach vorgestellt, eine tolle Gitarristin zu sein und mir meine Welt, so gemacht, wie sie mir gefällt. Ich war die Pippi Langstrumpf der Musik. Nur, dass ich im Gegensatz zu ihr nicht damit durchkam. Fairerweise muss man sagen, dass Pippi Langstrumpf den Vorteil hat, selbst nur eine Fantasiegestalt zu sein und ich mich mit der echten Welt herumschlagen muss.

Ich war verlegen und enttäuscht zugleich.

»Na ja, kannst du vielleicht einen anderen Song besser?« Amal warf mir einen Rettungsanker zu. Doch ich konnte den Anker nicht auffangen. Ich hätte es versuchen können, aber ich war alle Songs auf die gleiche Weise angegangen. Ich hatte einfach alle Songs so gespielt, wie ich dachte und ich hatte leider falsch gedacht. Es würde nur noch peinlicher werden. Also schüttelte ich den Kopf. Ich muss sehr verzweifelt ausgesehen haben, denn Amal fragte weiter:

»Brauchst du mehr Zeit? Meinst du, du kriegst das noch hin?« Ich wusste, dass ich es nicht hinkriegen würde. Ich hatte schließlich keine Ahnung, was ich da tat oder wie ich es besser machen sollte, und konnte nicht bis zur Aufführung alle Grundlagen des Instruments neu lernen. Also schwieg ich.

»Okay«, meinte Amal. »Na ja, sorry, dann hat es eben nicht funktioniert.« Ich dachte krampfhaft nach. Eine Zeit lang hatte ich mal Keyboard-Unterricht genommen. *Erfolgreicher als Gitarren-Unterricht?*, fragte ich mich. *Nein,* antwortete ich mir selbst.

»Vielleicht kann Herbert mir ja beibringen, wie ich das spielen muss«, schlug ich vor. Amal zog die Brauen hoch.

»Der hat schon genug mit seinem Bläsersatz zu tun. Das wird nichts werden, El.« Er sah mich prüfend an. »Warum ist dir die Sache denn auf einmal so wichtig? Ich hatte das Gefühl, du wolltest sowieso nicht unbedingt mitmachen.«

»Doch, natürlich.«

»Hast du nicht die ganze Zeit versucht, unsere Ambitionen klein zu reden, als du mit Ben hier warst? Ach so, mit Ben. Liegt es an Ben? Willst du ihn vielleicht beeindrucken?«

»Ben beeindrucken?« Ich dachte an ihn und Amila. »Ben ist mein Sandkastenfreund, mein bester Kumpel. So was wie mein Bruder. Ich habe es überhaupt nicht nötig, ihn zu beeindrucken. Dass ich mitmachen will, ist meine Sache ganz allein… Und es wäre echt eine Katastrophe für mich, wenn ich versage.« *Mist, zu dick aufgetragen*, dachte ich zuerst. Aber dann verriet mit irgendwas in Amals Blick, dass ich damit Sympathiepunkte gesammelt hatte. Er fragte:

»Kannst du vielleicht tanzen oder singen?«

»Na ja… Ich singe manchmal vor mich hin. Wenn keiner zuhört.«

»Kann ich eine Kostprobe haben? Hier und jetzt? Wir müssen noch dieses Wochenende alle Rollen verteilen.«

»Aber was soll ich denn singen?«

»Am besten einen der Songs aus dem Musical. Warte mal…« Er wühlte in seinen Unterlagen. »Was würde denn zu dir passen? Ah, ja. Vielleicht *Complicated*?« Ich warf ihm einen Blick zu.

»Nein, so hab ich's doch nicht gemeint«, verteidigte er sich. »Der Song ist easy und müsste zu deiner Stimme passen.« Ich wusste, dass der Titel eigentlich besser zu mir passte als die Stimmlage, ergab mich aber meinem Schicksal.

Amal ließ ein YouTube-Playback laufen, bei dem der Text über den Bildschirm tanzte. Ich konnte mich so ungefähr an die Gesangslinie erinnern, holte Luft, versuchte, die unangenehme Gesamtsituation zu vergessen und sang drauf los. Sicher wollt ihr wissen, wie es lief, aber ich würde mich ungern auf eine konkrete Aussage festlegen. Ich traf bestimmt einen gewissen Prozentsatz der Töne. Dieser lag aber auf jeden Fall unter hundert Prozent. Weiter möchte ich das Thema nicht vertiefen. Nach dem ersten Refrain drückte Amal auf Stopp, atmete tief durch und sagte:

»Okay, weißt du was, ich denke, wenn du ein bisschen übst, wird es für eine Nebenrolle reichen.«

»Oh… Das ist toll.« Ich strahlte.

»Eine Nebenrolle mit hauptsächlich Ensemble-Gesang. Vielleicht zwei oder drei Zeilen Solo«, relativierte er.

»Degradiert von einer Nebenrolle auf Netflix zu einer Nebenrolle bei einem Kleinstadt-Musical«, stellte ich fest.

»Was? Du warst in einer Netflix-Serie?«

»Was? Nein… Das ist nur so ein kleiner Running Gag.«

»Okay.«

»Ja, ich hab den Gag so mit mir selber…«

»Okay.«

Amal sah auf die Uhr.

»Ich glaube, es ist Zeit für die nächste Bewerberin.«

7: GEISTER

Sonntag

»Darf ich dich mal was fragen?«

»Das war doch schon eine Frage«, sagte ich zu Ben, als wir auf den Treppen vor unserem Haus herumlungerten. Weil Sonntag war, hatte Gabriella uns verboten, auf dem Garagendach abzuhängen. Sie hatte gesagt, das sehe komisch aus für all die braven Bürger, die auf dem Weg zur Kirche vorbeikämen. Sie hatte sich dann selbst zum Gottesdienst aufgemacht. Ich verstand nicht, was sie hatte. Schließlich hatte Gott an Sonntagen ja die Arbeit verboten und nicht das Herumlungern. Aber Gabriella hatte diesbezüglich nicht mit sich reden lassen.

Ben gingen wohl ganz andere Dinge im Kopf herum. Er sah mich an und fragte:

»Wie ist das mit den Geistergeschichten auf dem YouTube-Kanal? Glaubst du an so was?«

»Hrm…« Ich räusperte mich umständlich. »Hmhrm.« Die Frage war gar nicht so leicht zu beantworten. Zumindest zum Zeitpunkt, zu dem er sie stellte. Mein Erklärungsansatz begann mit:

»Früher, also als ich eingestiegen bin, hätte ich ganz klar *nein* gesagt.« Dann überlegte ich, wie ich die zwischenzeitliche Entwicklung erklären sollte. Mir wurde klar, dass ich etwas weiter ausholen musste:

»Anfangs war es so, dass mich die Lost Place-Touren auf die Art interessierten, wie ich gerne Horrorfilme schaue. Ich wollte in alten verfallenen Häusern herumstöbern, Gruselgeschichten hören und ein bisschen Gänsehaut haben. Aber eben nur so viel Gänsehaut, wie man bekommt, wenn man weiß, dass die Gruselgeschichten eigentlich nicht wahr sind und es keine Geister gibt. Außerdem fand ich es irgendwie interessant, zu erkunden, was von uns übrigbleibt.«

»Siehst du das so? Staubige Zimmer, ein paar gefüllte Ordner mit Papier und ausgelatschte Schuhe – Denkst du wirklich, das ist das, was von uns bleibt?« Ich wusste, dass Ben gläubig war, auch wenn er Gottesdienste nicht mochte.

»Na ja, das sind die Spuren, die wir hinterlassen, wenn sich niemand mehr an das erinnert, was wir sonst noch waren.«

»Das klingt traurig«, murmelte Ben. Er machte eine Handbewegung. »Aber ja, wenn es deine Sichtweise ist, erzähl weiter, ich wollte dich nicht unterbrechen.« Wir hatten beide an diesem Sonntagvormittag keine Lust auf eine Grundsatzdiskussion, an deren Ende er mich eine Fatalistin und ich ihn einen Träumer nannte.

»Wie gesagt, das war das, was mich angetrieben hat: Spurensuche und ein bisschen Gruselstimmung mit den urbanen Legenden. Lenny hat mich…«

»Linus… Er heißt doch Linus, oder? Ich habe gestern noch mal den Kanal gecheckt.«

»Ich möchte diesen Namen aber nicht sagen. Du hast ihn Lenny getauft und ich finde, das ist gut so.«

»Gut, Lenny.«

»Gut. Was wollte ich sagen? Ach ja: Das war meine Sichtweise, aber Lenny hat mich tatsächlich unter anderem angehauen, weil ich früher diese seltsamen Dinge gesehen habe. Der besondere Blick. Du weißt schon.«

»Woher wusste er denn davon?« Ich rollte mit den Augen:

»Maya aus dem Fotostudio… Ihr hätte ich's eigentlich auch nicht erzählen sollen. Aber anfangs stand ich auf sie und da war dieser eine Abend. Wir hatten einiges getrunken und da wollte ich sie wohl beeindrucken. Sie hat eine spirituelle Ader und ich war so dumm und habe es ihr so erzählt, als wäre es nicht nur hysterischer Kinderquatsch.« Ben wusste, dass ich unter normalen Umständen niemals über dieses Thema sprechen würde.

»Und hat es funktioniert?«, wollte er wissen. »War sie beeindruckt?«

»Nicht beeindruckt genug, dass da was lief. Aber immerhin beeindruckt genug, dass sie es sich gemerkt und ausgeplaudert hat.«

»Und Li… Lenny dachte dann, du bist eine spirituelle Geister-Tussi? Ein Medium?«

»Hm, ja, wahrscheinlich dachte er, ich könne mit dem besonderen Blick coole Ideen beisteuern.« Eigentlich wusste ich längst, dass der besondere Blick Linus noch aus einem ganz anderen Grund faszinierte, aber ich hielt es für besser, diese seltsame Geschichte für mich zu behalten.

»Ich sagte Lenny, dass ich eigentlich schon lange keine seltsamen Dinge mehr sehe und dass ich auch nicht gerade stolz auf diese alte Geschichte bin, aber er wollte mich trotzdem dabeihaben.

Das Ganze lief echt ziemlich gut an. Wir entwickelten eine Routine: Zuerst recherchierten wir immer zusammen – oder meistens erst mal getrennt – weil man in Lennys Gegenwart kaum arbeiten kann. Wir informierten uns über neue interessante Ziele, schrieben Skripte, fuhren hin und drehten. Lenny hat mir beigebracht, wie man im Netz nützliche Informationen zur Lage von vergessenen Orten findet und wie man mehr über ihre Geschichte in Erfahrung bringen kann.

Da gibt es natürlich ganz viele Anlaufstellen: Insta, YouTube, WhatsApp-Gruppen, Google StreetView, diverse Foren, aber auch Zeitungsartikel, digitale Stadtarchive und so weiter. Natürlich ist es auch sinnvoll, mit den Menschen vor Ort zu sprechen.

Besonders spannend sind gerade die Orte, die nicht sofort auftauchen, wenn man *die besten Lost Places* bei Google eingibt. Denn je schwerer ein verlassener Ort zu finden und zu erreichen ist, desto besser erhalten und authentischer ist er in der Regel. Vandalismus ist ein ziemlich großes beschissenes Problem, wenn man nach Spuren aus früheren Zeiten sucht. Weißt du, an den bekannten – den überlaufenen Orten, kann man schon sagen – überdecken die Spuren von Saufgelagen oft die eigentliche Geschichte. Solche Szenarien hätten mich nie dazu gebracht, meine Meinung über den Geisterkram zu überdenken.

Aber manchmal fanden wir Lost Places, die – na ja, wie soll ich es sagen – die viel von ihrer ursprünglichen Atmosphäre behalten haben. Oder zumindest fühlte es sich so an. Es klingt vielleicht dumm, aber Orte können sich wirklich völlig unterschiedlich anfühlen.

Ich sehe mich nicht als Person, die besonders empfänglich für diesen Kram ist. Wenn ich was über *Aura* und *Schwingungen* in unsere Skripte geschrieben hab, dann hab ich das nur gemacht, weil Lenny mir eingeschärft hat, dass das gut für unsere Klickzahlen ist. Ich hab mich beim Schreiben immer ein bisschen darüber lustig gemacht. Mir selbst kam das nämlich wie Bullshit vor.

Aber die Art, wie sich manche Orte anfühlen, hat mich irgendwann schon ins Grübeln gebracht. Ja, ich habe mich doch manchmal gefragt, ob da nicht mehr von uns bleibt. Mehr als ausgelatschte Treter, die irgendwann aufhören nach unseren Füßen zu stinken und nur noch nach Staub riechen.«

»Wie meinst du das? *Wie sich Orte anfühlen*? Kannst du das konkreter beschreiben?«, hakte Ben nach.

»Na ja, wie soll ich das erklären? Am besten ich erzähle dir von Orten, die eine ganz besondere Atmosphäre haben.

Da war diese riesige Villa, aus dunklem Stein gebaut. Sie war ganz einsam gelegen auf einem kleinen Plateau an einem Berghang, ziemlich nahe bei den Klippen über dem Meer. Mit dem Auto kommt man nicht mal in die Nähe. Man kann entweder unten beim Strand parken und einen schmalen Pfad hinaufsteigen, bei dem man immer wieder klettern muss und dann durch verwilderte Wiesen wandern. Oder man nähert sich vom Berg aus, also von hinten. Da gibt es eine Straße, an der man halten kann. Ein Weg führt von da aus durch den Wald zur Villa. Früher war das mal die private Zufahrtsstraße, aber sie ist längst so zugewuchert, dass man mit dem Auto nicht mehr durchkommt.

Egal, welchen Weg man nimmt: Man ist so oder so um die zwei Stunden zu Fuß unterwegs. Wir haben die zweite Option gewählt, weil wir die Ausrüstung dabei hatten und die Leute von dem Hotel, in dem wir gewohnt haben, gemeint haben, die Kletterpartie vom Strand aus sei nicht ohne.

Wir erwischten schlechtes Wetter und das Haus kam uns auf den ersten Blick mit seinen Türmchen, Erkern und Gaupen wie ein gotisches Gruselschloss vor. Alles war grau: Die Wolken, die im Sturm über den Himmel fegten. Das Meer unterhalb, die Schieferschindeln, die Steinwände und die Felsen. Sogar die Bäume – es waren hauptsächlich hohe Kiefern – sahen bei diesem Wetter irgendwie grau aus.«

»Es wirkte also total düster und bedrohlich und wenn man ganz allein – oder mit Lenny – an einem solchen einsamen Ort ist, kann man schon anfangen, an Geister zu glauben?«, versuchte Ben zu erschließen.

»Warte. Ganz so einfach ist das nicht. Ja, es sah unheimlich aus, aber lass mich erst mal weiterreden. Fast alle Fensterläden waren geschlossen. Vor manchen waren zusätzlich auch noch dunkle Metallgitter. Aber es gibt immer ein Schlupfloch. Dieses Mal war es ein Lichtschacht auf der Rückseite. Wir konnten runtersteigen und durch ein Kellerfenster rein. Es kam nicht viel Licht in das Untergeschoss, aber wir hatten immer gute Taschenlampen und natürlich auch die Strahler dabei. Die benutzten wir aber nur, wenn wir Szenen drehten.

Bevor ich aber jetzt sage, wie es da drinnen aussah, muss ich erst mal die Geschichte der Villa erzählen.

Vom Aussehen her, hätte ich gedacht, sie wäre bestimmt aus dem 18. Jahrhundert oder älter, aber sie ist erst um 1900 rum gebaut worden. Der altmodische Stil war wohl ganz nach dem Geschmack der Auftraggeber. Falls die überhaupt wussten, was eigentlich ihr Geschmack war. Die Bauphase muss nämlich ziemlich chaotisch abgelaufen sein und 15 Jahre gedauert haben. Das Ehepaar, das das Haus bauen ließ, ließ die Pläne anscheinend immer wieder in spontanen Launen ändern und manche Wünsche waren ziemlich unrealistisch.«

»Muss Unsummen gekostet haben«, überlegte Ben und warf einen Blick auf das Haus seiner Mutter. Er hatte mir verraten, dass dort bei genauerem Hinsehen bei Weitem nicht nur der Flur renovierungsbedürftig war, um den er sich gerade kümmerte.

Ich erinnerte mich, dass die Bude bei Gabriellas und Bens notgedrungenem Umzug nach der Scheidung in ziemlich erbärmlichem Zustand gewesen war. Meine Eltern hatten sich sehr gewundert, dass die elegante Gabriella in einer solchen Bruchbude wohnen wollte. Aber eigentlich wollte sie ja nicht. Es blieb ihr nur nichts anderes übrig, weil ihrem Ex nach der Scheidung das schicke Haus auf der anderen Seite des Ortes zustand. Wie ich von Ben wusste, hätte sie keinen Kredit bekommen und die Raten nicht begleichen können, wenn ihre Eltern nicht ausgeholfen hätten. Bens Vater zahlte zwar Unterhalt für seinen Sohn, jedoch keinen Cent mehr, als er musste.

Über die Jahre hatte Gabriella vieles an dem Haus richten lassen und nach außen hin machte es einen guten Eindruck, aber das änderte nichts an der maroden Substanz, wie Ben mir erklärt hatte.

Aber wieder zurück zu unserem Lost Place:

»Geld spielte wohl keine Rolle. Dafür hatte das Ehepaar ganz andere Sorgen. Die Frau war verrückt nach Kindern und hat sich eine große Familie gewünscht, aber es funktionierte einfach nicht. Sie hatte anscheinend mehrere Fehlgeburten, nachdem sie in das Haus gezogen sind. Das erzählt man sich zumindest. Irgendwann muss sie so verzweifelt gewesen sein, dass sie sich die Klippen runtergestürzt hat.«

»Großer Gott. Das ist eine düstere Geschichte«, merkte Ben an.

»*Das* schon, aber der Rest nicht. Ihr Ehemann wollte nämlich nicht mehr alleine an diesem Ort wohnen und hat die Villa einer Gesellschaft überschrieben, die ein Kinderkrankenhaus daraus machte. Es ging dabei vor allem um Lungenkrankheiten. Die frische Luft, so weit weg von der nächsten Stadt und besonders die Meerbrise, tat diesen Patienten natürlich besonders gut.«

»Klingt für mich immer noch düster. Ein Haus voller kranker Kinder? Jesus!«

»Ein Haus, in dem kranken Kindern geholfen wurde, Ben. Ja, sie waren an diesem abgelegenen Ort weit weg von ihren Familien, aber es war trotzdem ein Ort der Hoffnung und das Personal, also hauptsächlich die Schwestern, taten wirklich alles dafür, dass die Kinder sich wohlfühlten. Das hat zumindest eine Frau in einem Forum geschrieben, die als Kind dort behandelt wurde und die dadurch den Keuchhusten überstanden hat.«

»Aber was ist mit den Geistern? Li… Lenny und du – ihr wart doch immer auf Geisterjagd. Ich stelle mir die Geister in einem Kinderkrankenhaus besonders gruselig vor.«

»Nicht in diesem. Da gab es einen guten Geist. Die Menschen aus der Gegend behaupten, die Oberschwester, Schwester Anna, eine besonders freundliche Frau, würde immer noch über das Gebäude wachen.

Sie war bei den Kindern besonders beliebt und hat sich alle möglichen Spiele und Aktivitäten für sie ausgedacht. Ihre erste Regel war es, dass nie ein Kind traurig sein sollte. Für den Fall, dass sie einem weinenden Kind mit Heimweh im Gang begegnen sollte, hatte Schwester Anna anscheinend immer ein paar Bonbons in der Tasche von ihrem Kasack…«

»In der Tasche von ihrem *was*?«

»So nennt man die Kittel von Krankenschwestern. Egal. Auf jeden Fall erzählen die Leute in der Gegend, man könne sie manchmal bei Einbruch der Dunkelheit sehen, wie sie mit gefalteten Händen vor dem Haus steht und lächelt.«

»Okay.«

»Ja, und als wir durch das Haus gelaufen sind, habe ich das irgendwie gespürt.«

74

»Den Geist von Schwester Anna?«

»Nein. Oder doch? Da war einfach so eine Wärme. Ich meine, ich hab keinen Geist gesehen, aber je länger ich im Gebäude war, desto wohler fühlte ich mich. Es kam mir irgendwie vertraut vor. Da war nichts mehr von einem Spukschloss. Versteh mich nicht falsch. Es war ein verrücktes Haus. Das reinste Labyrinth und in vielen Ecken so dunkel, dass wir die Taschenlampen brauchten.«

»Weil die Fensterläden fast alle geschlossen waren«, erinnerte sich Ben. Prima. Er hatte aufgepasst.

»Ja, aber nicht alle. Durch einige Fenster fiel Licht – oder manchmal kroch auch ein dünner Strahl zwischen zwei Läden durch – und dann klarte der Himmel auf. Sonnenstrahlen fielen zu uns rein. In einen großen Raum mit einer weißen Holzverkleidung. Auf einmal war alles freundlich und hell. Da war ein hoher Kamin mit bunt bemalten Schnitzereien. Die Fensterrahmen waren babyblau gestrichen – genau wie das Geländer der Galerie über uns. Eine Treppe führte da rauf. Sie war geschwungen und neben einen Erker gequetscht, so eng, dass wir uns mit unserem Equipment seitlich drehen mussten, um überhaupt hochgehen zu können. Überhaupt war das ganze Haus voll mit schmalen Gängen und Treppen, kleinen Kriechecken und Winkeln. Es ging mal einen Absatz rauf, um eine Ecke, dann wieder zwei Absätze nach unten. Wir fanden keinen anderen Weg vom einen Trakt in den anderen, als einen, der über einen niedrigen Dachboden mit Wandschrägen führte. Unter den Schrägen waren Einbauschränke und da brüteten Vögel. Wie gesagt: Es war ein Labyrinth und wir fragten uns, ob wir je wieder zum Ausgangspunkt zurückfinden würden.«

»Lag wahrscheinlich an der eigenwilligen Planung«, schlussfolgerte Ben. »Muss schwierig gewesen sein, darin ein Krankenhaus zu führen.«

»Waren andere Zeiten«, sagte ich. »Jedenfalls machte es mich irgendwie glücklich, das Haus zu erkunden. Da waren so viele schöne Details. Wir haben ein Spielzimmer gefunden, da waren die Wände voller Kinderzeichnungen. Ich habe mich dort wohlgefühlt und gedacht, wie schade es ist, dass das Haus so einsam ist und langsam verfällt. Ich denke immer noch oft daran, was für ein Gefühl mir dieses Haus vermittelt hat. Es klingt bestimmt komisch, aber es gab mir dieses Gefühl von einem Zuhause, und wenn ich mich schlecht und rastlos fühle, schaue ich mir die Fotos an, damit sie mich beruhigen. Klingt das komisch?«

»Irgendwie ja, aber irgendwie auch nicht.«

»Na ja, was ich jedenfalls sagen will: Es kommt nicht drauf an, wie etwas auf den ersten Blick aussieht. Das mit dem Gefühl, das kommt erst, wenn man den Ort richtig *erlebt,* sozusagen.

Unsere meisten Ziele hatten düstere Hintegrundgeschichten. Da war eine andere Villa. Die sah auf den ersten Blick viel freundlicher aus als das Kinderkrankenhaus. Mehr südländisch, aus Sandstein gebaut, mit einem roten Ziegeldach, auch wenn das halb eingestürzt war, und großen Balkonen. Aber als ich einen Schritt über die Schwelle machte, hatte ich sofort ein ungutes Gefühl. Wir waren an einem schönen Frühlingstag dort und durch die riesigen Fensterfronten fiel von allen Seiten Licht. Ich hatte aber so ein Gefühl, als wäre es stockdunkel und keiner könnte uns sehen. So ein Gefühl, als könnte sofort was Schreckliches passieren und niemand würde es bemerken oder uns je finden. Schwer zu erklären.

Wir waren in einem großen Wintergarten. Da waren jede Menge Pflanzen, die über den Boden und an den Wänden wucherten. Und dann waren da Buchseiten. Der ganze Boden war voll mit ausgerissenen Buchseiten. Sie sahen noch relativ frisch aus. Lost Places werden ab und an besetzt und die Hausbesetzer benutzen gerne alles an Papier, was sie finden, um Feuer zu machen. Aber das hier war unheimlich. Erstens, weil es keine Spuren von Hausbesetzern gab. Es gab sogar nicht mal Graffitis oder Spuren von Partys. Als ob jeder das Haus meiden würde. Zweitens war es gruselig wegen der Geschichten, die es über dieses Haus gab.

Es gab nämlich wirklich düstere Legenden. In den 60ern hat dort eine Familie gelebt, Vater, Mutter, Tochter. Der Vater ist ziemlich überraschend gestorben und die Tochter im selben Jahr verschwunden. Anscheinend wurde ihr Fall nie offiziell aufgeklärt. Es wurde aber behauptet, die Mutter wäre überfordert gewesen, hätte das Kind im Schlaf mit einem Kissen erstickt und ihre Leiche in der Parkanlage irgendwo hinter dem Haus vergraben. Der Geist, um den es in diesem Video ging, war also logischerweise der wütende Geist der ermordeten Tochter.

Ich habe irgendwo gelesen, die Putzfrau habe die Hausherrin direkt nach dem Verschwinden der Tochter erwischt, als sie heulend neben einem Bücherstapel saß und die Seiten aller Bücher ausriss. Niemand konnte sich so recht erklären, warum sie das tat oder was es zu bedeuten hatte. Alle konnten es sich nur so erklären, dass sie psychisch vollkommen am Ende und nicht mehr zurechnungsfähig war. Kurze Zeit später wurde sie in eine Klinik eingewiesen.«

»Aber die Buchseiten lagen da ja sicher nicht seit den 60ern rum«, bemerkte Ben.

»Ja, eben. Das machte es ja irgendwie gruselig. Na ja, ich meine, es ist ziemlich wahrscheinlich, dass jemand das absichtlich für eine Fotosession so arrangiert hat. Eben wegen der Geschichte. So was kommt ständig vor. Viele Leute verschandeln verlassene Gebäude weit schlimmer, nur für ein paar dämliche Fotos. Manchmal haben wir Kunstblut und solchen Scheiß gefunden.«

»Ziemlich beschissen«, sagte Ben. Ich nickte.

»Na ja, wie auch immer. Irgendwie fühlte sich trotzdem alles komisch an und die Buchseiten waren nicht das Einzige, was unheimlich war. Als wir aus dem Haus rausgegangen und drum herum gelaufen sind, da war noch was. Normalerweise bin ich wirklich keine Schisserin. Ich hatte – wenn ich ganz allein durch die alten Häuser gewandert bin – mehr Angst, durch einen Fußboden zu brechen, als einem Geist zu begegnen. Aber da war es anders: Wir haben uns getrennt, Lenny ist um eine Hausecke verschwunden – und auf einmal hatte ich so ein scheiß blödes Gefühl. Ich hab ihm hinterhergeschrien, er soll schnell zurückkommen. Einfach nur, weil ich nicht wollte, dass er da alleine verschwindet. Er war total verwundert und hat sich ein bisschen über mich lustig gemacht. Wir sind dann zu zweit weiter in die Richtung gegangen, in die er gerade gehen wollte – und das Seltsame war: Da war ein Loch in der Erde. Es kann natürlich einfach ein Fuchsbau oder so was gewesen sein, aber natürlich mussten wir beide an die Geschichte mit der Tochter denken. Daran, dass man sagte, die Mutter habe sie im Garten vergraben – und dieses Loch sah eben aus, als wäre etwas aus der Erde wieder hochgekommen. Eine ziemlich gute Geschichte für das Video übrigens. Der Punkt ist nur: Was mich verwundert ist nicht das Loch, sondern die plötzliche Angst, die ich gespürt habe, noch bevor ich gesehen habe, dass da was Ungewöhnliches ist.«

»Vielleicht hast du ja aber doch vorher schon aus dem Augenwinkel bemerkt, dass da ein Loch ist? Durch ein Fenster oder so?«

»Ne, eben nicht. Dass ich nicht wollte, dass Lenny da alleine langgeht, war nur so ein Gefühl. Ich hatte die ganze Zeit, während wir da waren, ein mieses Gefühl. Deshalb ist auch das Video richtig beschissen. Ich war total hektisch und hab mir keine Zeit für Details genommen.«

»Hm… Aber du hast da nichts *gesehen*, oder? Also nicht der besondere Blick?«, wollte Ben wissen. Ich schüttelte den Kopf.

»Nie. Ich hab auf unseren Touren nie etwas Seltsames gesehen… Ich meine, ich habe jede Menge seltsame Dinge gesehen, aber nichts, was nicht real war.«

»Hm. Okay, dann ein anderer Gedanke: Du hast gerade diese plötzliche Angst beschrieben. Egal, warum du sie gespürt hast. Glaubst du nicht, es könnte sein, dass du so was auch im Kinderheim gespürt hast? Dass du deshalb weggerannt und verschwunden bist?« Mein erster Impuls war es, den Kopf zu schütteln, aber ich tat es dann doch nicht und dachte stattdessen schweigend darüber nach.

Die Furcht, die ich in der Waldhütte gespürt hatte, während ich verschwunden war, war eine ganz andere gewesen wie die, die mich im Garten der Villa mit Lenny befallen hatte. Die Angst in der Waldhütte war eine Art von Panik gewesen, die meine Gedanken gelähmt hatte. Die Angst in der Parkanlage war ein dumpfes Gefühl gewesen. Es hatte meine Gedanken angeschoben, mich dazu gebracht, über das nachzudenken, was wir da taten und mich zu fragen, ob es wirklich so cool war, wie ich dachte.

Die Vorstellung, Ben den Unterschied erklären zu müssen, überforderte mich in diesem Moment.

Es war schwül geworden. Chucky hechelte. Ich wusste, dass Ben übernatürlichen, spirituellen Kram ablehnte. Tat ich ja eigentlich auch. Aber Ben hatte nicht die Erfahrungen gemacht, die ich gemacht hatte. Darum ging seine Ablehnung noch weiter. Er konnte sich sicher nicht vorstellen, dass Orte sich so seltsam, so unterschiedlich anfühlen konnten.

Darum war die Frage für ihn nur, ob die Touren mit Lenny eine psychische Belastung für mich dargestellt hatten. Ob diese psychische Belastung zu groß für mich geworden war und ich deshalb im Kinderheim ausgerastet war. Womöglich hatte er recht damit. Womöglich stellte er die richtigen Fragen, aber gerade war es mir zu viel, darüber nachzudenken. Ich fühlte mich mental erschöpft. Darum sagte ich nur:

»Können wir jetzt über was anderes reden?«

»Klar. Oder ich habe eine noch bessere Idee. Wie wäre es mal wieder mit einer Sonntags-Skate-Session? Wie in guten alten Zeiten.«

»Ich bin ewig nicht geskatet.«

»Dann wird's Zeit.«

»Ich hab gar kein Board mehr.«

»Echt?«

»Na, du weißt doch. Das letzte Mal bin ich mit dir geskatet. Das Deck ist gebrochen.«

»Aber doch nur das Deck, oder? Du hast den Rest noch?« Ich nickte. *Achsen, Rollen und Kugellager müssten im Keller liegen,* dachte ich.

»Ich hab in der Garage noch ein übriges Deck. Wir
können dir was zusammenbauen.«

8: SCHOOL'S OUT

Ben behielt recht: Es war wirklich höchste Zeit, mich wieder auf ein Board zu stellen, denn es gibt wohl nichts Entspannteres, als an einem Sonntag ziellos die Gehsteige entlang zu cruisen. Dabei lässt sich ausblenden, dass die Welt eigentlich ernst ist und es immer darum geht, irgendetwas zu erreichen. Chucky jagte uns mit heraushängender Zunge hinterher und bellte.

Entgegen meiner Erwartungen fühlte ich mich sofort wieder cool und sicher, obwohl ich bestimmt zwei Jahre kein Board mehr unter den Füßen gehabt hatte. Ich versuchte mich an Ollies. Bordsteinkante rauf und runter. Ben spornte mich an, indem er mit seinen Kickflips angab und eine Parkplatzbegrenzung für einen ziemlich amtlichen 50-50-Grind nutzte. Beim Versuch mitzuhalten, legte ich mich mehrmals auf die Nase, aber das war egal. Ich lachte und versuchte es noch mal. Und noch mal.

Wir hatten das Skaten nie mit Ehrgeiz betrieben. Ja, ein paar Mal hatte Ben hart an einem Trick gearbeitet und schließlich – stolz wie Oskar – Clips auf YouTube gestellt. Schon kurze Zeit später waren die ihm aber peinlich gewesen, hauptsächlich wegen seines viel zu angestrengten Blicks, und er hatte sie wieder gelöscht.

Den Großteil der Zeit skateten wir nur zum Spaß – und um die Nachbarn zu ärgern. Darum sagte mir dieses Hobby auch mehr zu als der Gitarren- oder Keyboardunterricht. Nein, nicht wegen der Sache mit den Nachbarn. Die kann man auch mit lauten falschen Tönen auf der Gitarre piesacken. Es geht darum, dass Skaten Freiheit ist, ganz ohne Verpflichtungen. Niemand schreibt dir vor, wie oft du was dafür zu üben hast. Du musst nicht wöchentlich zu einer festgelegten Zeit irgendwo erscheinen und abliefern, sondern kannst das Board schnappen, wann du willst.

Ich konnte allein skaten oder spontan Ben anhauen. Zumindest war das so gewesen, als wir noch Nachbarn gewesen und zusammen zur Schule gegangen waren. Alles ganz zwanglos und easy.

Als ich am Nachmittag verschwitzt und müde in der Einfahrt meines Elternhauses stand, merkte ich, wie viel Druck von mir abgefallen war. Meine Schultern, die ich vorher dauerhaft hochgezogen hatte, konnten endlich loslassen. So fühlte es sich zumindest an. Ich weiß nicht, ob es tatsächlich so gewesen ist. Ich nahm meinen Herzschlag ganz bewusst wahr und spürte eine Art Flimmern in meinen Schläfen. Zufrieden stellte ich fest, dass der Effekt des Skatens sich besser anfühlte als der Zug am Joint. Ich fühlte mich high und tiefenentspannt zugleich.

Erst dadurch begriff ich, wie sehr ich vorher unter Strom gestanden hatte. Das war mir nicht bewusst gewesen.

Hätte man mich gefragt, wie ich mich fühlte, seit ich bei meinen Eltern untergebracht war, hätte ich sicherlich gesagt: Müde, lethargisch, genervt. Aber jetzt begriff ich, dass da die ganze Zeit ein tiefsitzender innerlicher Stress gewesen war. Ich musste den Mist dauerhaft loswerden. Das Skaten würde mir dabei helfen, genau wie Ben und Chucky – und vielleicht auch dieses verdammte Musical.

Ich hatte in dieser Nacht einen seltsamen Traum. Ja, richtig gelesen: Nacht. Ich hatte mir vorgenommen, wieder nachts zu schlafen und vor dem Mittagessen aufzustehen. Im nächsten Schritt würde ich versuchen, so früh aufzustehen, dass es sich rentierte, vor dem Mittagessen noch zu frühstücken. Aber eins nach dem anderen.

Jedenfalls hatte ich nachts geschlafen – sogar ziemlich gut – und natürlich hatte ich vom Skaten geträumt. Kaum verwunderlich. Das gute Gefühl hatte bis zum Schlafengehen angehalten und im Traum fühlte sich das Skaten noch mehr an wie Schweben. Ich absolvierte irre Tricks in einer Halfpipe, während ich im echten Leben immer beim Streetskaten geblieben bin. Mir fiel beim Aufwachen der Text von *Heaven is a Halfpipe* ein. *Nicht nur im Himmel kann man besser skaten als in der Realität*, dachte ich. Auch im Traum geht das ziemlich gut.

Aber irgendwann übertrieb ich es. Ich sprang viel zu hoch, flog in der Luft herum, spürte das flaue Gefühl in der Magengrube. Das, mit dem man gerne aus Fallträumen aufwacht. Wahrscheinlich wäre ich um ein Haar aufgewacht, aber mein Hirn hatte da noch mehr zu verarbeiten.

Ich stürzte und mein Bauch blutete. Ja, das ist unrealistisch. Sicher hätte ich mir die Knie aufschlagen sollen – oder noch schlimmer: den Schädel. Oder ich hätte mir beide Beine und Arme bei einem solchen Sturz brechen können. Im Traum blutete aber nur mein Bauch und ich wusste, dass ich Hilfe brauchte. Als ich mich umsah, entdeckte ich sie: Schwester Anna. Sie stand oben auf der Halfpipe, verschränkte Arme, ein Lächeln auf den Lippen. Ich wette, sie hatte auch Bonbons in der Tasche ihres Kasacks. Aber gerade, als ich glaubte, dass

84

jetzt alles gut würde, ich gerettet sei, kam etwas auf allen Vieren durch den Skatepark auf mich zu gekrochen. Es war eine junge Frau, aber ihre Haut war verfault, blauschwarz verfärbt, mit weißen Schimmelsporen überzogen. Die Haut war trocken, aufgesprungen und pellte sich von ihrem ebenso verrotteten und violetten Fleisch ab.

Deutlicher muss ich wohl nicht werden. Ihr versteht schon, worauf ich hinaus will: Das war eine ziemlich ekelhafte Zombiefrau. Der springende Punkt war aber, dass ihre abgeriebenen Fingerkuppen, mit denen sie sich über den Boden zog, lange Blutspuren auf dem Asphalt hinterließen. Die Fingernägel waren abgesplittert oder fehlten gänzlich. Aus ihren Mundwinkeln lief außerdem giftgrüner Speichel, ihre Augäpfel waren verdreht. Ein Auge blickte in den Himmel, eins starrte mich direkt an. Ich wusste, dass ich von einer Leiche mit diesen Merkmalen schon mal gehört hatte. Ich wusste, wer sie war. Ich wusste, dass mein Ende kommen würde, wenn sie mich nur erreichte. Aber ich konnte nicht weg. Ich war verletzt – und Schwester Anna verschwunden.

Die kriechende Frau erreichte mich. Der Traum endete.

Ich wachte am späten Vormittag auf und dachte über den Traum nach. Dr. Brick hatte mich nach meinen Träumen gefragt. Er hatte mir erklärt, dass traumatische Erfahrungen oft im Traum verarbeitet würden. »Klar, deshalb heißt es ja auch *traum*atisch«, hatte ich gesagt und über meinen eigenen Witz gelacht. Ich hatte ihm nichts von dem Traum mit dem Kinderheim und dem Fäulnis-Mann erzählt. Warum? Ich weiß nicht genau. Es hatte sich einfach nicht relevant angefühlt. Oder vielleicht auch zu unbequem.

Nach dem Gespräch mit Ben und dem Intermezzo der letzten Nacht war ich ziemlich sicher, dass Dr. Brick recht hatte: Mein Gehirn verarbeitete nachts die Dinge, die tagsüber in einer tieferen Bewusstseinsebene herumspukten, aber nicht an die Oberfläche drangen, weil die Welt zu laut war – und vielleicht auch, weil ich keinen Bock auf diese Dinge oder das Verarbeiten an sich hatte. Ich wollte einfach nur, dass alles normal war. Darum beschloss ich, auch an diesem Morgen – okay, wie ich schon sagte, eigentlich Spätvormittag – die Gedanken an den Traum zu verdrängen und mich auf die Musicalprobe am Abend zu konzentrieren.

An sich gab es nicht viel für die Probe vorzubereiten, denn dieses erste Treffen war eher als Kennenlernen statt als ernsthafte Übungssession gedacht. Da ich von der Gitarristin zur Nebendarstellerin degradiert worden war, würde meine einzige Rolle darin bestehen, in einer Gruppe von Leuten zu stehen und ab und an *school's out for summer* und noch eine weitere Zeile zu brüllen. Das Orchester hatte den Song anscheinend schon eingeübt und die Hauptrollen und den Leadgesang würden Amal und Amila übernehmen. Amal hatte am Sonntag auf dem Festnetz angerufen und mir mitgeteilt, dass ich die Rolle einer Freundin der Protagonistin spielen würde und bei unserem ersten Song nicht viel zu tun habe.

Ben hatte an diesem Tag keine Zeit für mich, weil er nur noch bis Mittwoch freihatte, die Flurrenovierung schleppender voranging als gedacht und Gabriella langsam Stress machte.

Also verbrachte ich den Tag damit, mir den *Alice Cooper*-Klassiker mehrmals anzuhören, zu skaten und meine Mutter dabei zu beobachten, wie sie versuchte, Chucky Grundkommandos wie *Sitz* und *Pfote* beizubringen und mit ihm übte, dass er vernünftig an der Leine

86

ging. Er hörte ziemlich gut auf sie. Wie gesagt, hat meine Mutter diese dominante Art. Alle hören auf sie. Auf mich hörte Chucky nicht so gut, aber dafür hatte er mehr Spaß mit mir, denke ich. Das war sicherlich der Grund, warum er mir auf Schritt und Tritt folgte und nicht meiner Mutter, die das ganze Hundeding professionell durchziehen wollte.

Am Abend – nach einer kurzen BP-Sim-Session mit schnellem Tod – war ich schließlich bereit, zur Musicalprobe aufzubrechen – und war aufgeregter, als ich je erwartet oder zugegeben hätte. Ich hatte das blaue Sweatshirt angezogen, das mir gut steht und ein dezentes Makeup aufgelegt. Meine Mutter hatte mich überredet, den Hund zu Hause zu lassen, auch wenn der damit gar nicht einverstanden war und das durch lautstarkes Heulen ausdrückte.

Paps fuhr mich zur Musikschule, die ich in einer Viertelstunde auch zu Fuß erreicht hätte. Eigentlich hätte Ben mich begleiten sollen, weil es ja so gedacht war, dass sich an diesem Abend alle kennenlernten – auch die Statistinnen und Statisten. Aber Ben war nach dem langen Arbeitstag unter Gabriellas strenger Aufsicht völlig erledigt und litt unter Kopfschmerzen. Verständlicherweise. Ich sollte ihn entschuldigen.

Wir waren spät dran, weil man mit Paps eigentlich immer spät dran ist. Er zieht sich die Schuhe zwar jedes Mal schon viel zu früh an – mindestens eine Stunde bevor man losmuss – kann dann aber nicht gehen, bis er einen Artikel oder ein Buchkapitel fertiggelesen hat. Meine Mutter meint, das sei krankhaft.

Ich stieg aus dem Auto. Nur im Erdgeschoss der Musikschule brannte Licht. Ich war schon lange nicht mehr dort gewesen, wusste aber, dass dort ein Konzertsaal war, den die Musicalgruppe als Proberaum nutzte. Ich zögerte etwas, bevor ich das große alte graue Gebäude betrat, das ich immer als etwas abweisend empfunden hatte. Im Eingangsbereich empfing mich der gewohnte Geruch von warmem Staub. Ich sage das so, *warmer Staub*, weil alte Gebäude, die noch genutzt werden, ganz anders riechen, als solche, die leerstehen. Beide riechen alt, aber auf unterschiedliche Arten. Ich behaupte gerne, das sei der Geruch von warmem und kaltem Staub.

Als ich als Letzte durch die Tür zum Konzertsaal mit dem Fischgrätenparkett und der hölzernen Bühne schlüpfte, drehten sich nicht wie befürchtet alle zu mir um. Es herrschte viel zu viel Gewusel, als dass ich auch nur aufgefallen wäre.

Ich versuchte, mir einen Überblick zu verschaffen. Das Orchester hatte die Seite rechts vor der Bühne in Beschlag genommen. Der Schlagzeuger war noch dabei, sein Set aufzubauen. Die Leute an den Blechblasinstrumenten saßen auf Klappstühlen und unterhielten sich, während Herbert, der Dirigent, zwischen ihnen herumwuselte. Der Keyboarder drückte ein paar Tasten und schaute zu Amal hinüber, der auf der Bühne ein Mischpult bediente. Amila stand in seiner Nähe, in jeder Hand ein Mikrofon. Sie erteilte einer kleinen Gruppe Anweisungen, bei der es sich offensichtlich um das Tanz-Ensemble handelte. Alle Mitglieder trugen enge Leggins und vermittelten den Eindruck eines Ameisenhaufens, der keinen Moment stillstehen konnte. Links vor der Bühne stand ein weiteres Grüppchen beisammen und unterhielt sich. Das waren vermutlich diejenigen, die singen und schauspielern würden – also meine Gruppe. Sollte ich mich zu ihnen gesellen? Mich vielleicht sogar vorstellen? Mir fiel auf, dass fast alle Anwesenden entweder älter oder jünger als ich sein mussten. Anscheinend zogen Laienmusicals eher Menschen unter 20, wenn nicht unter 18 oder über 40 an.

Gerade als ich versuchte, mir einen Ruck zu geben, fielen die Deckenstrahler auf der rechten Seite des Raumes aus und aus den P.A.-Boxen ertönte ein lautes Krachen, das alle zusammenfahren und verstummen ließ. Auch die Tasten des Keyboards gaben keine Töne mehr von sich. Nach einem Moment völliger Stille redeten auf einmal alle durcheinander und ignorierten Amal, der mit den Händen in der Luft wedelte, um sich Gehör zu verschaffen.

Erst eine helle Stimme, die ein freundliches *Hallo* in die Runde rief, sorgte dafür, dass das Geplapper erstarb. Alle drehten sich zur Besitzerin der Stimme um, die soeben durch die Tür trat. Ich inklusive. Dabei fühlte ich einen Stich in der Magengrube. Wärme stieg in meinen Wangen auf. Ich musste schlucken – und wusste nicht mal, warum. Ihre ganze Erscheinung faszinierte mich einfach vom ersten Moment an, ohne dass ich sagen kann, was daran es war: Sie hatte eine zierliche Statur, trug High Waist Jeans und Rollkragenpulli, weil sie einfach nichts anderes nötig hatte. Ihre glatten Haare waren kinnlang und unter ihrem Pony saßen Rehaugen und süße runde Bäckchen. Zumindest traten sie rund hervor, wenn sie lächelte – und das tat sie. Im Gegensatz zu den meisten anderen hier schätzte ich sie grob auf mein Alter.

Ich ging ihr aus dem Weg, als sie auf die Raummitte zusteuerte und Amal ihr hektisch entgegen joggte. Obwohl ihre Stimme weich und mädchenhaft war, redete sie laut und alle hörten ihr zu.

»Na, wie steht's? Habt ihr es euch schon gemütlich gemacht?«, fragte sie, als sie an mir vorbeiging ohne mich zu bemerken. Dann warf sie einen Blick zu den ausgefallenen Deckenleuchten und sagte: »Ich seh schon. Die blöde Sicherung ist wieder rausgeflogen.« Dabei nahm sie ihre Schultertasche herunter, zog ein Klemmbrett und einen Kuli hervor und winkte Amal charmant zu. Er stand jetzt direkt vor ihr und überfiel sie mit Fragen.

»Die Sicherung? Meinst du? Aber die Lampen sind ja nur auf einer Seite vom Raum ausgefallen. Außerdem haben wir uns gefragt, ob wir hier nicht irgendwo Notenständer herbekommen. Das Orchester hat keine dabei, weil ich ihnen gesagt habe, wir proben ja in einer Musikschule. Da wird es schon Notenständer geben.« Die Frau mit dem Rollkragenpulli, für den es übrigens draußen an diesem Sommerabend fast zu warm, hier in dem alten Gebäude aber genau richtig war, hatte mehrmals genickt und winkte dann ab.

»Na klar, aber eins nach dem anderen. Früher waren das hier zwei Räume. Für den Konzertsaal wurde '99 ein Wanddurchbruch gemacht. Darum hängen die zwei Hälften vom Raum an verschiedenen Sicherungen. Ich mache die Sicherung gleich wieder rein.« Sie schaute sich um und fuhr fort: »Damit sie aber nicht sofort wieder rausfliegt, würde ich vorschlagen, dass ihr nicht alle elektrischen Geräte auf der rechten Seite anschließt. Der Bassverstärker da, das E-Piano, die Anlage, die zwei Stehlampen. Besser ihr verteilt das. Ich kann auch gleich Verlängerungssteckdosen besorgen.« *Wow,* dachte ich – und das dachten wohl auch alle anderen, Aber gut möglich, dass ich noch ein bisschen mehr *wow* dachte.

Sie war noch nicht fertig:

»Notenständer gibt es auch, klar. Jede Menge sogar. Ich muss nur schauen, wo die abgeblieben sind. Früher standen sie nämlich gleich hier an der Wand. Wenn ich sie gefunden habe, sage ich euch Bescheid. Dann könnt ihr euch bedienen. Aber bringt sie später bitte wieder zurück – und ach ja, verbiegt sie bitte nicht beim Zusammenklappen. Ihr wisst, was ich meine.« *Wow*, dachte ich.

»Aber zu allererst«, sagte sie dann, »brauche ich jetzt die Unterschriften wegen der Versicherung, wenn ihr den Raum hier nutzt. Amal, das machst du, richtig?« *Wow*, dachte ich wieder. *Wow, sie weiß Dinge. Sie kommt klar. Sie ist perfekt organisiert. Sie ist eine, die Dinge in die Hand nimmt. Sie ist gut vertraut mit Klemmbrettern. Sie ist all das, was ich nicht bin.*

Ich stand jetzt dicht bei den Nebenrollenleuten und raunte einem jüngeren Typen zu:

»Wer ist das? Macht sie auch mit?« Er schüttelte den Kopf:

»Ne. Das ist Nola. Sie ist nur wegen dem Raum da. Sie ist irgend so ein Kultur-Dings beim Rathaus.«

»Kulturbeauftragte?«, fragte ich. Er zuckte die Schultern.

»Weiß nicht. So Dings. Sie kümmert sich um Konzerte und so Zeug.«

Als Amal mit den Unterschriften fertig war – Inzwischen war wieder ein allgemeines Gemurmel entstanden – erklärte Nola, dass sie jetzt die Sicherung wieder reinmachen und nach Notenständern und Verlängerungskabeln Ausschau halten würde.

»Ich komme mit«, hörte ich mich sagen. Ich erschrak, weil Nola sich zu mir umdrehte und spürte, wie die Röte in meine Wangen schoss.

»Ich meine, ich dachte, vielleicht brauchst du Hilfe«, stammelte ich verlegen.

»Ja, na klar, kann nicht schaden«, erwiderte Nola auf ihre freundliche Art.

»El, wo steckt eigentlich Ben?«, wollte Amal wissen. Nola blickte zwischen Amal und mir hin und her. Einen Moment lang dachte ich, dass sie etwas sagen wollte, aber sie schwieg.

»Kopfschmerzen. Soll ihn entschuldigen. Hat den ganzen Tag für seine Mutter geschuftet wie ein Irrer«, sagte ich dann. Amal und Nola nickten beide verständnisvoll.

Dann folgte ich ihr in den Flur und eine Vielzahl an Treppenstufen hinauf und konnte noch gar nicht glauben, dass ich tatsächlich alleine mit ihr war. Vielleicht existierte sie ja gar nicht und ich sah sie nur mit meinem besonderen Blick. Sie war einfach zu perfekt.

»Sorry, ein paar Stufen sind's noch«, sagte Nola, als ob sie etwas dafürkönnte. »Der Sicherungskasten ist tatsächlich auf dem Dachboden – ganz blödes Horrorfilm-Klischee.«

»Ich mag Horrorfilme«, sagte ich und grinste.

»Ich nur mit einem heißen Kakao, der mich beruhigt und einer Decke, unter der ich mich notfalls verstecken kann«, erklärte sie und grinste zurück. »Und natürlich am besten in guter Gesellschaft.« Flirtete sie etwa? Das traf mich völlig unvorbereitet.

»Ähm, du bist Nola, hat jemand gesagt?«, brachte ich hilflos hervor, unfähig den zugespielten Ball aufzunehmen. »Du bist Kultur-Dings im Rathaus, wurde mir gesagt.« Sie lachte.

»Ja, so könnte man es nennen. Sorry, ja, ich hab mich gar nicht vorgestellt. Du heißt El?« Wir stiegen eine enge steile Holztreppe mit weiß bemaltem Geländer hinauf. Sie führte zum Dachboden.

»Ja, nenn mich unbedingt El. Ellen kann ich nämlich nicht ausstehen.« Weil ich nervös war, plapperte ich weiter, während sie den Sicherungskasten öffnete und die rausgeflogene Sicherung wieder umlegte. »Ich habe nur eine Nebenrolle im Musical. Eigentlich sollte ich Gitarre spielen. Aber ich wurde degradiert. War zu schlecht.« Nola zog nur die Brauen zusammen und sagte:

»Gitarrespielen ist ja auch verrückt. Man braucht zwei Hände für die meisten Töne. Gleichzeitig mit der einen anschlagen und mit der anderen greifen.« Sie ahmte es pantomimisch nach. »Wer kann so was schon?«

»Ja, wer kann das schon?«, stimmte ich zu. Wir lachten und stiegen die Treppe wieder hinunter.

Nola hatte bereits eine Idee, wo der Musikschulleiter die Notenständer versteckt haben könnte. Sie erklärte, dass er ein launischer alter Kautz sei und die Dinger womöglich absichtlich weggeschafft habe. Es war ihm nämlich eigentlich nicht recht, dass das Laienmusical im Konzertsaal probte. Aber bei den Dingen, die nicht den Musikschulalltag, sondern nur die Räumlichkeiten und das Inventar betraf, hatte er nicht das Sagen, sondern Nola – und ein bisschen ihr Vorgesetzter, dem sie aber alles irgendwie schmackhaft machen konnte. Da es die städtische Musikschule war, wurde alles hier mit den Mitteln der Stadt finanziert und gehörte in den Kultur-Etat. Ich hörte ihr fasziniert zu, war froh, dass ich selbst nicht reden musste und weniger Gelegenheit hatte, mich zu blamieren. Wir spürten die Notenständer und Verlängerungssteckdosen dort auf, wo Nola sie vermutete hatte und machten uns – jede mit einer Steckdose bewaffnet – auf den Rückweg. Mir war klar, dass meine Zeit allein mit Nola in weniger als einer Minute enden würde. Verzweifelt fragte ich:

»Du machst nicht beim Musical mit?« Sie schüttelte den Kopf, ohne zu erklären, warum. Das hatte ich nicht erwartet, da sie offensichtlich gerne redete.

»Schaust du bei der Probe zu?«, fragte ich weiter. Erneutes Kopfschütteln.

»Amal erlaubt so früh noch nicht, dass jemand zusieht.« Sie würde also gleich gehen. Unser nächstes Wiedersehen wäre ungewiss. Ich konnte sie nicht nach ihrer Nummer fragen. Völlig unmöglich. So weit waren wir noch nicht. Nicht, nachdem ich ihr geholfen hatte, eine Verlängerungssteckdose zu tragen – was, wie ich zugeben muss, nicht sehr hilfreich ist. Denn das hätte sie mit Sicherheit auch alleine geschafft.

Ich fühlte Verzweiflung aufkommen, während wir uns der Flügeltür näherten, hinter der die anderen warteten. Aber bevor wir den Konzertsaal betraten, drehte Nola sich völlig unerwartet zu mir um und sagte:

»Hey, am Donnerstag ist ja wieder Open Mic-Nacht im Café Visage. Kommst du zufällig?«

»Ja… Ja, hatte ich fest vor«, antwortete ich, obwohl ich zum ersten Mal von der Veranstaltung und dem Café hörte. Musste neu sein. Beides vermutlich.

»Schön.« Ich kam nicht mehr dazu, sie zu fragen, ob sie auch da sein würde, weil sie die Tür öffnete und uns ein großer Lärmpegel entgegenschlug. Das Orchester wollte umgehend erfahren, wo die Notenständer zu finden seien. Aber da Nola mich gefragt hatte, ob ich kommen würde, war davon auszugehen, dass sie auch vor Ort war. Wiedersehen am Donnerstag also.

9: ANSTECKEND

Als Nola ging, hinterließ sie eine Leere in dem Saal voller Menschen. Das klingt etwas melodramatisch, aber genau so empfand ich. Es war, als wäre wieder die Sicherung rausgeflogen und auf einmal alles dunkel. Beim Betreten des Konzertsaals war mir das Ganze noch so wichtig gewesen. Ich wollte bei diesem Projekt mitwirken, beweisen, dass ich etwas zustande brachte, dass ich zurechnungsfähig war. Aber jetzt auf einmal… Ich weiß auch nicht. Nachdem Nola wie eine Erscheinung aufgetaucht und wieder verschwunden war, wirkte die ganze Musicalsache auf einmal banal und langweilig. Sie war nicht dabei – Was sollte das dann? Ich kannte sie gerade mal fünf Minuten und sie füllte trotzdem meine Gedanken aus. Egal. Ich musste das jetzt durchziehen.

Amal wies mir meinen Platz auf der linken Seite der Bühne zu – vom Zuschauerraum aus gesehen – und ich folgte brav seinem Fingerzeig. Nun hieß es Gesangs-Warm Up: *Do re mi fa so* und *pa ta ka ta* unter Amilas Anleitung. Ich tat eigentlich nur so, als würde ich aktiv an der Aufwärmübung teilnehmen. In Wirklichkeit bewegte ich nur die Lippen, weil ich nicht sicher war, ob ich die Töne treffen würde. Besonders die ganz hohen und ganz tiefen. Ich wollte vermeiden, dass mein Mangel an Musikalität den benachbarten Personen gleich bei der ersten Probe auffiel. Nein, mir war das Musical auf einmal nicht mehr so wichtig, aber ich konnte keinen Rückzieher mehr machen und wenn ich schon dabei war, wollte ich zumindest meine Nebenrolle behalten – und nicht am Ende mit der Triangel im Orchester stehen.

Ich war froh, als das Warmup beendet war und wir die Aufgabe erhielten, still zu stehen und nicht zu nerven, während Amila der Tanzgruppe Anweisungen erteilte. Aus der Orchesterecke ertönte das ein oder andere *Tröt*. Es wurde ernst. Auf einmal war ich froh, dass Nola gegangen war. Auch wenn ich nur *school's out for summer* brüllen musste, wäre ich vor Angst gestorben, wenn sie zugesehen hätte.

Amal gab dem Orchester die Anweisung, den Song anzuspielen, woraufhin Herbert eine wichtige Miene aufsetzte und seinen Taktstock schwang. Das Ergebnis war – nun ja – ernüchternd. Ja – das fiel sogar mir auf, obwohl es mir, wie bereits erwähnt, an Musikalität fehlt. Es war nicht so, wie schlechte Orchester in Filmen dargestellt werden. Nicht so, dass man sich die Ohren zuhalten wollte. Keine Kakophonie des Schreckens. Die Töne passten schon. Es klang nur so, als würde jeder den Song für sich selbst spielen und es wollte dem armen Herbert einfach nicht gelingen, die losen Enden zusammenzuführen, so angestrengt er auch guckte und wedelte.

Mir kam es vor, als würden manche Musiker die Töne eckig abhacken, während andere sie rund spielten und ganz weit ausbeulten. Immer wieder hatte ich das Gefühl, es wollte sich alles eingrooven. Ich hatte das Bedürfnis, mit dem Kopf mitzunicken. Dann brach wieder alles auseinander, sodass ich innehalten musste. Ich sah, dass es nicht nur mir so ging. Herberts Kopf wurde rot und auf seiner Halbglatze glänzten Schweißtröpfchen.

Nach dem ersten Refrain war Schluss mit Anspielen. Jetzt sollten Gesang und Tanz dazukommen. Die Zwillinge kommentierten die Darbietung des Orchesters

96

nicht und auch niemand sonst ließ sich dazu hinreißen. Aber alle Gesichter, in die ich blickte, wirkten auf einmal sehr viel angespannter und ernster. Man wusste jetzt wohl, worauf man sich einstellen musste. Das hier war nicht der Broadway, sondern ein Laienmusical in einer unbedeutenden Kleinstadt – und genau so würde es klingen. Immerhin hatte das Orchester schon einen ganzen Monat nur an dem einen Song geprobt. Zweimal die Woche, wie ich mitbekommen hatte.

Amila und Amal gaben trotzdem alles. Sie waren voll in ihrem Element, performten, sangen, tanzten, auch wenn die stolpernde musikalische Untermalung sie immer wieder sichtlich aus dem Konzept brachte. Ich brüllte lauthals mit den anderen *school's out for summer,* denn das war auch schon egal. Vielleicht war mein Gitarrenspiel so schlecht, dass es nicht einmal für dieses eher laue Orchester reichte, aber ein paar Worte brüllen – das brachte sogar ich. Zumindest auf dem hier gebotenen Niveau. Irgendwie machte es sogar Spaß, jetzt da ich nicht mehr so viel Respekt vor dem Ganzen hatte.

Auf der anderen Seite der Bühne mühte sich die Tanzgruppe mit ihrer Schrittfolge und ausladenden Armbewegungen ab. Es sah halbwegs synchron aus, aber ab und an gab es kleinere Kollisionen. Am Ende des Songs herrschte allgemeine Verwirrung. Offenbar waren sie mit ihrer Choreografie noch nicht fertig gewesen. Da bestand also auch noch Nachholbedarf. Ich war bemüht, nicht bis über beide Ohren zu grinsen, während alle um mich herum so ernst dreinsahen.

Peinliche Stille setzte ein. Amal fing sich noch vor seiner Schwester wieder und sagte:

»Na ja… ähm… Wir haben noch ein wenig Arbeit vor uns, aber das kriegen wir bis Weihnachten schon hin. Kriegen wir das hin?« In diesem Moment geschah etwas

Seltsames. Alle streckten ihre Handflächen in die Luft, wedelten mit den Fingern und den Armen und machten *Wooohooo*. Musste irgendein geheimes Ritual sein. Danach lachten alle wieder.

»Jetzt haben Amila und ich noch eine kleine Überraschung für euch. Ihr müsstet euch nur einen Moment gedulden, solange wir uns in Schale werfen«, erklärte Amal, nachdem wieder Ruhe eingekehrt war. Die Zwillinge verschwanden ganz hinten auf der Bühne hinter dem mächtigen Vorhang, während der Keyboarder zur Anlage schlurfte, um auf die Tasten eines Laptops einzuhacken. *Eine Überraschung?* Ich war sehr skeptisch.

Auf einmal ertönte ein langgezogener schwebender Ton. Dann vernahm ich die Stimmen der Zwillinge: *Is this the real life...* Zu sehen war allerdings nichts von ihnen. Ihre Stimme wurde über die P.A.-Boxen zu uns getragen, während sie hinter dem Vorhang sangen.

Ich verstand. Der Keyboarder hatte ein Playback zu *Bohemian Rhapsody* gestartet. Ein Song, der später im Programm dran war und den die Zwillinge nun als Überraschung solo performten. Eine Art Motivations-Aktion, nahm ich an.

Beim Wort *Mama* traten sie unter Johlen und Klatschen der Meute aus ihrem Versteck hervor. Als ich sie sah, konnte ich mich gar nicht dagegen wehren, ebenfalls die Handflächen aufeinander zu schlagen. Sie hatten ihre Alltagsoutfits gegen krasse Kostüme getauscht, auch noch schnell ein bisschen Bühnenmakeup aufgelegt – und dazu sangen sie echt gut. Nicht nur das: Sie waren einfach in ihrer ganzen Erscheinung gigantisch und füllten die Bühne voll aus. Ich würde sogar behaupten, sie hätten eine weitaus größere Bühne mit ihrer Performance ausgefüllt.

Amal trug einen hautengen schwarz-roten Ganzkörperanzug aus glänzendem Material, das sich so eng an seine Körperform anschmiegte, dass ich nicht wagte, zu weit nach unten zu sehen. Dazu Schuhe mit gigantischen Plateauabsätzen und rote falsche Wimpern. Zu seinen großen Gesten sang er mit glasklarer, sicherer Stimme. Noch eine ganze Nummer besser als Amila, fand ich – und eventuell kam er sogar höher als sie.

Amilas Acting war dafür noch intensiver. Sie riss die Augen weit auf in ihrem türkisfarbenem Pendant zu Amals Outfit, das eine reptilienartige Schuppenprägung aufwies. Es war außerdem um einen Reifrock ergänzt. Ihr dramatisches Augenmakeup in der Farbe des Anzugs verstärkte die Wirkung ihres Mimikspiels und die turmhohen Pfennigabsätze auf denen sie völlig sicher stand, machten mir nur beim Hinsehen Angst.

Dann ging es auf einmal richtig los. Amal haute ein beeindruckendes *For me*-Falsett heraus. Standing Ovations. Die Musik schwoll an. Gleichzeitig begannen die Zwillinge zu tanzen, als gäbe es kein Morgen mehr. Das volle Programm mit in die Luft werfen, auf dem Boden rumrutschen und so. Sorry, besser kann ich es nicht beschreiben. Mit Tanz kenne ich mich wirklich nicht aus. Noch weniger als mit Musik.

Eigentlich stehe ich auch nicht auf – wie ich es normalerweise bezeichnet hätte – affige Tanzeinlagen, aber das, was mir hier hautnah geboten wurde, hatte eine Energie, der ich mich einfach nicht entziehen konnte. Es kann sein, dass ich mit meiner Begeisterung maßlos übertreibe, aber ich kann nur erzählen, wie es mir in diesem Moment erschien. Der krasse Gegensatz zu der Ernüchterung davor und der volle Einsatz der Zwillinge war so mitreißend, dass ich – genau wie alle anderen – einfach anfing zu tanzen. Bei einem Song, den ich bisher nicht mal besonders gemocht hatte.

Ich verstand es auf einmal: Ich verstand *Bohemian Rhapsody* – und ich verstand das berühmte Musicalfieber. Es hatte mich genauso erwischt wie alle anderen. Ich war kein immuner Mönch.

Nachdem die Performance beendet war, stimmte ich in den hysterischen Applaus voll mit ein. Gleichzeitig wurde mir bewusst, dass es mit dem Orchester später anders klingen würde und dass ich das auf der Gitarre im Leben nicht hinbekommen hätte. Zum Glück spielte ich nicht besser, denn ich denke, selbst wenn man besser spielt, ist es ganz schön stressig, sich so was draufzuschaffen. Nolas Worte kamen mir in den Sinn: *Zwei Hände für einen Ton. Verrückt.*

Die Probe endete damit, dass Amal allen einschärfte, nachzuschauen, ob sie die E-Mail mit dem Probeplan erhalten hätten und diese auch nicht im Spam-Ordner gelandet war. Dann tippte er mich an und sagte:

»Hey El, deine Handynummer brauche ich übrigens noch, damit ich dich zur WhatsApp-Gruppe zufügen kann.«

»Oh«, sagte ich.

Ich hatte mich bisher erfolgreich um das Thema E-Mails und Handy gedrückt. Mir wurde bewusst, dass das künftig schwierig werden würde, wenn ich soziale Kontakte zu Menschen halten wollte, die nicht im selben Haus wie ich oder schräg gegenüber wohnten. Zuerst wehrte ich mich gegen den Gedanken. Dann fiel mir ein, wie dumm es gewesen wäre, wenn Nola mich nach meiner Nummer gefragt hätte und ich dann hätte sagen müssen:

»Sorry. Hab gerade kein Handy. Hab es verloren, als ich verschwunden war, weil ich wahrscheinlich mal wieder ausgerastet bin. Aber so genau weiß ich das nicht mehr, weil mir ein Teil meiner Erinnerung fehlt. Aber ich arbeite mit meinem Psychiater dran.«

Okay, natürlich hätte ich es unverbindlicher formulieren können. Das tat ich nun auch Amal gegenüber. Trotzdem wäre es dumm, im unwahrscheinlichen Fall, dass Nola meine Nummer haben wollte, keine nennen zu können.

Amal sagte ich, dass mein Handy kaputt sei und ich ihm in der nächsten Probe meine neue Nummer mitteilen würde. Er wollte wissen, ob der Probeplan angekommen sei. Ich sagte *ja*, weil ich nicht sagen wollte, dass ich zu feige war, meine E-Mails zu checken, und weil der blöde Plan bestimmt angekommen war.

10: LOST PLACES

Dienstag

Ich wünschte, mein Gehirn wäre so scharf darauf, großartige Erlebnisse im Traum zu verarbeiten wie unheimliche. Der Abend hätte genug Inspiration geboten. Aber nein: Die Nacht zog völlig traumlos vorbei.

Als ich am nächsten Vormittag – ja, ich bin beim Plan, früher aufzustehen geblieben – bei Ben vorbeischaute, war er schon wieder in voller Montur dabei, den Pinsel zu schwingen, um den Flur in neuem Glanz erstrahlen zu lassen. Er versprach aber, sich am späten Nachmittag Zeit für mich zu nehmen.

»Wie war eigentlich die Musicalprobe?«, rief er mir noch hinterher, als ich gerade dabei war, das Feld zu räumen.

»Magisch«, rief ich über die Schulter und hörte Ben laut auflachen. Natürlich hatte er meine Aussage als puren Sarkasmus missverstanden. Ich würde ihn später aufklären. Zunächst hatte ich Wichtigeres zu erledigen.

Meine Mutter fuhr mich in ein Elektronikfachgeschäft, damit ich ein neues Handy kaufen konnte. Übrigens: Vielleicht habt ihr euch schon gefragt, ob ich offiziell als zu labil galt, um mich selbst hinters Steuer zu setzen. Die Wahrheit ist jedoch, dass das gar nicht zur Debatte stand, weil ich keinen Führerschein besaß. Ich war durch die Prüfung gerasselt und hatte zu viel Angst gehabt, es ein zweites Mal zu vermasseln. Dann war ich in eine große Stadt gezogen, in der man gut ausschließlich mit dem Nahverkehr klarkommt und hatte behauptet, ich brauche kein Auto und könne es mir auch gar nicht leisten. Ende des Themas. Und jetzt saß ich in dieser Kleinstadt fest, in der die Busse – je nach Ziel – höchstens einmal in der Stunde abfuhren. Auf dem Weg zum Laden wurde mir klar, dass es bisher nicht viel in meinem Leben gab, worauf ich hätte stolz sein können. Was übrigens eine gute Überleitung zu dem Fakt bietet, dass meine Mutter das Handy bezahlte. Ich war zwar noch nicht völlig pleite, aber wir machten uns nichts darüber vor, dass ich es bald sein würde. Schließlich war ich arbeitslos und hatte keine Ahnung, was ich in Zukunft mit mir anfangen sollte. Das winzige Zimmer in meiner chaotischen WG musste ich weiter bezahlen, bis die Nachmieterin einzog, was glücklicherweise schon Mitte des nächsten Monats geschehen würde. Bis dahin wären meine bescheidenen Rücklagen jedoch aufgebraucht, wenn kein Wunder geschah.

»Geht eigentlich deine Kamera noch?«, fragte meine Mutter, während ich mir verschiedene Telefone ansah. »Wenn wir schon hier sind«, fügte sie hinzu. Ich verstand. Sie war bereit, in meine finanzielle Zukunft zu investieren. Aber alles, was ich erwidern konnte, war:

»Öh…« Tatsächlich hatte ich das nämlich noch gar nicht gecheckt. Die Kamera war, wie ihr euch vielleicht erinnert, auf der Außenseite des Kinderheims unter einem Fenster im ersten Stock gelegen. Es war also gut möglich, dass sie beschädigt worden war. Allerdings hatte man mir gesagt, dass sie in einem Busch gelegen hatte. Vielleicht hatte der den Sturz abfedern können. Außerdem war da ja noch etwas anderes: Ich wollte nicht mehr fotografieren. Ohne zu wissen, warum eigentlich. Das konnte ich aber meiner Mutter, die offensichtlich die Hoffnung für meine Zukunft als richtige Erwachsene mit Job noch nicht aufgegeben hatte, jetzt nicht gestehen. Also sagte ich nur:

»Das muss ich erst noch checken.« Damit konnte ich sie zunächst einmal davon überzeugen, kein Geld für eine neue Kamera zum Fenster hinauszuwerfen. Lustig. Also lustig, dass ich es so ausgedrückt habe. Denn ich habe die alte Kamera ja im Wortsinn zum Fenster hinausgeworfen.

Jedenfalls kauften wir ein Handy, aßen noch Pommes am Stand auf dem Parkplatz und waren kurz nach Mittag wieder zu Hause. Chucky war im Kofferraum mitgefahren und hatte während des Einkaufsbummels dort auf uns gewartet. Meine Mutter traute sich noch nicht, ihn alleine zu Hause zu lassen. Als wir wieder zu Hause waren, meinte sie, ich könne ja mal mit ihm spazieren gehen. Also nur im Viertel, um die nächstgelegene Blocks herum. Aber eben so wie mit einem richtigen Hund. Mit einer Leine und fokussiert auf den Spaziergang und nicht, um ihn zu meinen Terminen mitzuschleppen. Ich war eigentlich der Auffassung, dass Chucky viel zu schlau und menschlich für eine Leine war, aber wir wussten beide, dass man sich dem Alphaweibchen im Rudel unterordnen muss. Außerdem machte das Zugeständnis mich wirklich glücklich. Sie traute mir zu, alleine das Haus zu verlassen. Auch wenn sie betonte, dass ich in der Nähe bleiben solle, war das ein großer Fortschritt. Also tat ich, wie mir befohlen worden war. Das heißt: Fast…

Als ich in der Einfahrt stand, überlegte ich, wohin ich laufen sollte. Einfach nur um die Wohnblocks zu ziehen, wie mir aufgetragen war, erschien mir zu langweilig, das kleine Stadtzentrum mit der Fußgängerzone zu dieser Tageszeit, in der alle Mittagspause hatten, zu stressig.

Das alte Sägewerk fiel mir ein. Es lag ein Stück außerhalb des Wohngebiets zwischen Bahnschienen und Waldrand. Der Lost Place, neben dem ich aufgewachsen bin. Trotzdem – oder vielleicht gerade deshalb – hatte ich ihm nie viel Beachtung geschenkt. Vielleicht würde ja jetzt, wenn ich ihn mit meinem geschulten Auge betrachtete, meine Lust auf das Fotografieren zurückkehren.

Also machten wir uns auf den Weg. Streng genommen war das vielleicht schon wieder kein Hundespaziergang zum Selbstzweck, aber da beim Sägewerk keiner meiner Termine stattfand, konnte man auch nicht behaupten, dass ich den Hund wieder zu einem solchen mitschleppte. Wir gingen durch das Wohngebiet, über den Großparkplatz, nahmen die kleine Sackgasse, welche den Autos mit massiven Betonstoppern die Zufahrt verwehrte und die schließlich in eine Staubpiste mündete. Eine schmale Brücke ohne Geländer trug uns über einen Bach und dahinter begannen Wiesen und Felder. Hier und da stand ein vereinzelter Baum und das langgezogene Flachdach des Sägewerks war in der Ferne zu sehen.
Chucky schien die Leine zu irritieren, aber er wehrte sich nicht dagegen. Die meiste Zeit hing sie durch, während er hinter, neben oder dicht vor mir her trottete. Aber ab und an nahm er irgendwo einen interessanten Geruch wahr, trabte darauf zu und wunderte sich dann, dass er ab einem bestimmten Punkt abgebremst wurde.
Ein starker Wind fuhr durch die Blätter der Bäume. Die Böen waren auffällig kälter als in den letzten Tagen. *Herbstwind,* dachte ich und schüttelte mich. Ich hoffte, er würde die letzten Sommertage nicht zu schnell wegpusten.

Wir gelangten auf den riesigen, recht kargen Platz vor dem Sägewerk. Nachdem ich so viele Lost Places gesehen hatte, war ich verwundert, dass dort nicht viel mehr Büsche und Bäume wucherten. Asphaltierter Boden stellt normalerweise kein Hindernis dar. Es wirkte gerade so, als hätte die Natur keinen Ehrgeiz verspürt, die Fläche zurückzuerobern. Dicke Moospolster und Bodengewächse machten den Großteil der Vegetation aus. Das Gebäude selbst war von oben bis unten mit knallbunten und wenig künstlerischen Graffitis überzogen. In einem offenen Unterstand, in dem die Arbeitenden wahrscheinlich in der Mittagspause abgehangen hatten, erzählten Berge von Dosen, Flaschen und Plastikmüll die Story von zügellosen Partys. Aber die waren mit Sicherheit erst veranstaltet worden, als die Arbeit hier schon längst eingestellt worden war.

Chucky untersuchte die Überbleibsel interessiert. Mit der Nase dauerhaft am Boden folgte er einer Geruchsspur nach der anderen. Ich ging davon aus, dass die Urin-Düfte, die er inhalierte nicht nur von Tieren hinterlassen worden waren.

Das Gebäude brauchte ich gar nicht erst zu betreten, um zu wissen, was dort zu finden war: Kahle Wände und Fußböden, Feuchtigkeit, Müll, Graffitis, ein stechender Geruch, gemischt mit dem von altem Staub. Wie ihr euch vorstellen könnt, wurde meine Passion für das Fotografieren dadurch nicht wiedererweckt.

Lustlos ging ich auf einen rostigen, umgefallenen Forstschlepper zu, der hinter dem Unterstand lag. Da sah ich es. Ich erstarrte. Stieß einen zischenden Luftstrom aus. Auch Chucky hielt inne, hob den Kopf. Folgte meinem Blick. Da lag ein Skelett! Direkt neben dem Schlepper. Bleiche Knochen, weit aufgeklappter Kiefer, leere Augenhöhlen, die Beine gestreckt, die dürren Armknochen weit über den Kopf gereckt. Die Gedanken rasten: *Oh verdammt, so eine Scheiße! Jetzt bin ich eine dieser Spaziergängerinnen mit Hund, die zufällig über eine Leiche gestolpert ist. Garantiert ein Mordopfer. Was ist jetzt zu tun? Die Polizei rufen? Notruf? Was ist noch die Notruf-Nummer? Der Mord muss schon lang her sein. Ist schließlich nichts mehr außer dem Skelett übrig. Aber wenn niemand vor dir die Knochen entdeckt hat, können die noch nicht lange da liegen. Die muss erst kürzlich jemand so arrangiert haben. Der Mörder! Er will eine Botschaft senden! Er will, dass sie gefunden werden!* Ich fuhr herum und drehte den Kopf in alle Richtungen. Fühlte mich beobachtet. Panisch. Fast, als würde eine kalte Hand auf meiner Schulter liegen. Als ich den Kopf wieder zurückdrehte und in meine Hosentasche griff, um das Handy herauszuziehen, war da nur noch ein toter Baum. Eine kleine Birke mit weißer Rinde, ohne Blätter. Skelettartige bleiche Äste. *Oh verdammt!*

Da war kein Skelett. Es war nur ein umgestürzter, kaputter Baum! Es fing also wieder an! Nach so langer Zeit. Der besondere Blick. *Ich raste wieder aus!* Genau wie damals: Ich hatte das Skelett ganz deutlich gesehen, mit all seinen Details. Ich hatte es eine ganze Weile lang angestarrt und war dabei kaum mehr als zweieinhalb Armlängen entfernt gewesen. Eine Distanz, auf die meine Brille normalerweise wunderbar funktioniert. Aber das Skelett war nicht verschwunden, als ich mich darauf konzentriert hatte. Es war weiter vor mir gelegen und in meinem Kopf war mein ganz eigener Film abgelaufen. Sogar den Hund hatte ich verunsichert.

Ich ließ mich ganz langsam auf den Boden sinken. Das Moos war weich und erstaunlich trocken. Chucky wedelte und leckte mir aufmunternd übers Gesicht. Ich dachte an Bens unausgesprochene Vermutung, dass die düsteren Geschichten der Lost Places meine Psyche überfordert hatten. Ich dachte an das Kinderheim und an meinen Traum. Ben hatte recht. Trotzdem konnte ich mich nach wie vor nicht daran erinnern, was geschehen war. Ich versuchte mir vorzustellen, wie ich mich durch das kaputte Fenster im Kinderheim gelehnt, ein Foto geschossen und dabei irgendetwas Beängstigendes gesehen hatte. Mit meinem besonderen Blick. Aber der Moment existierte in meinen Erinnerungen nicht. Es war wie die Suche nach einem fehlenden Foto. In meinem Hirn gab es keine Aufnahme von der Sache, die ich mir vorzustellen versuchte.

Vielleicht musste ich nur darüber sprechen. Ich hatte am Abend wieder einen Termin bei Dr. Brick. Viel lieber wollte ich jedoch mit Ben sprechen. Ich rappelte mich hoch.

»Komm, Chucky. Wir hauen hier ab.«

Ich ging im Laufschritt in Richtung Wohnviertel zurück und ließ Chucky keine Gelegenheit zum Schnüffeln. Eine elegant gekleidete Frau mittleren Alters kam uns entgegen, in einer Hand ein Handy, die andere auf ihrem Designer-Umhängetäschchen. Als sie noch ein gutes Stück entfernt war, ging auf einmal ein lautes Rascheln durch das Feld neben uns. Bevor ich kapierte, was los war, hatte sich ein kleines Fellknäuel von hinten auf Chucky gestürzt, sprang keifend an seinem Hinterteil hoch und biss ihm in den Schwanz. Chucky heulte erst verwirrt auf und knurrte dann. *Oh mein Gott, ein Gremlin,* dachte ich. Bevor ihr fragt: Nein, das dachte ich nicht wirklich. Ich wusste, dass es sich nur um einen schlecht erzogenen kleinen Köter handelte, der einen Scheiß darauf gab, dass seine Besitzerin laut nach ihm rief. Aber er erinnerte mich an einen Gremlin. Gerne hätte ich zurückgerufen:

»Sie hätten ihn nicht nach Mitternacht füttern dürfen. Das weiß doch jedes Kind!« Aber ich war zu beschäftigt damit, zu verhindern, dass Chucky die kleine Töle auffraß. Er war ziemlich empört, was ich ihm nicht verübeln konnte, weil das Vieh ihm in die Hinterbeine zwickte. Trotzdem drängte ich mich zwischen seinen Kopf und das kleine hysterische Biest und versuchte, Chucky die Schnauze zuzuhalten. Hätte er einmal zugebissen, dann wäre das kleine Vieh weg gewesen.

»Tinkerbell«, rief die Frau und bahnte sich mit ihren hohen Absätzen ihren Weg zwischen Steinen und Schlaglöchern. Für meinen Geschmack hatte sie es nicht eilig genug.

»Würden Sie vielleicht mal was machen?!«, rief ich und begann mit der einen Hand nach der kleinen Töle zu schlagen, während ich Chuckys Kopf mit der anderen kaum noch festhalten konnte. Die Frau warf mir einen erbosten Blick zu und schnappte sich endlich ihren Hund, der protestierte und zappelte. Offensichtlich hatte sie keine Leine dabei – und ihr Hund war ganz bestimmt nicht zu schlau dafür. Nichts begriff der. Nicht, dass ich ihn gerade vor dem sicheren Tod bewahrt hatte – in den er sich so bereitwillig gestürzt hatte. Seine Besitzerin verstand das wohl genauso wenig. Sie hätte sich bedanken oder entschuldigen können, murmelte stattdessen aber nur etwas, das wie ein Fluch klang.

Ich fluchte ebenfalls über die dumme Kuh, während sie sich entfernte und checkte Chuckys Beine und sein Hinterteil. Das Fell war nass und aufgewühlt, aber drunter hatte er scheinbar nicht wirklich was abbekommen. Trotzdem zitterte ich. Der Spaziergang hatte einen beschissenen Verlauf genommen und der Stress saß mir in den Gliedern. Ich brauchte jetzt Ben. Meinen besten

Freund. Er musste sich meine Beschwerde über die dumme Kuh und ihren Köter anhören und – noch viel wichtiger – meine Geschichte über das Kinderheim.

Als ich unsere Straße erreichte, stand Gabriellas Haustür offen und ich konnte sehen, wie sie im Flur mit dem farbverschmierten Ben diskutierte. Ich wusste, dass ich keine Chance hatte, an ihn heranzukommen, bevor sie ihn offiziell entließ. Chucky knurrte leise. Ich sah ihn verwundert an. Gabriella war die einzige Person, die er anknurrte und ich fragte mich, warum. War er ihr in seinem früheren, dem unbekannten Leben schon einmal begegnet? War etwas zwischen den beiden vorgefallen?

Ich schlich geknickt zum Haus meiner Eltern. Wenn Ben nicht verfügbar war, musste erst einmal Kaffee herhalten.

Während ich eine große Tasse trank, beschloss ich, mich dem gefürchteten Thema zu widmen: meine E-Mails. Ich konnte mich nicht ewig darum drücken – allein schon wegen dem Probenplan – und dieser Tag war sowieso schon jetzt derart verkorkst, dass es kaum schlimmer werden konnte.

Ich quetschte den Laptop neben die Nähmaschine auf den Schreibtisch und setzte mich, bewaffnet mit Kaffeetasse und Handy davor, um mein Mailkonto auch darauf einzurichten. Also nur auf dem Handy. Auf Kaffeetassen geht das soweit ich weiß noch nicht, obwohl es praktisch wäre.

Wie bereits vermutet, waren in meinem Postfach – neben sehr viel Spam und dem Probenplan – auch mehrere Mails von Linus. Ich zählte sie und kam auf genau 14. Wie viele Tage hatten wir uns nicht gesehen? Ich wollte gar nicht wissen, wie oft er auf meiner alten Handynummer angerufen und wie viele WhatsApp-

Nachrichten er hinterlassen hatte. Ich löschte alle Mails, außer der von Amal, ungelesen. Dann überlegte ich, ob ich Linus' Adresse blockieren sollte, konnte mich aber aus unerfindlichen Gründen nicht dazu durchringen. Ich überlegte sogar, ob er nicht eine Reaktion verdiente. Sicher verdiente er es nicht, dass ich all seine Mails las und beantwortete, aber vielleicht verdiente er ja ein *Goodbye, ich wünsche dir noch ein schönes Leben, aber ich bin künftig da raus.* Aber auch dazu konnte ich mich nicht durchringen. *Noch nicht,* sagte ich mir. Vielleicht wäre ich ja bereit dafür, wenn die verdammten Erinnerungen endlich zurückkehrten.

Ich warf noch einen Blick auf den Probenplan. Ein ziemlich komplexes Meisterwerk der Organisation – und ein ziemlich buntes noch dazu. Die verschiedenen Übungsgruppen waren mit unterschiedlichen Farben gekennzeichnet. Dazu waren Daten, Uhrzeiten, Orte – teilweise der Konzertsaal, manchmal aber auch die Wohnung der Zwillinge – vermerkt, und außerdem noch die Stücke, die bis zum jeweiligen Termin vorzubereiten waren.

Eigentlich wollte ich den PC herunterfahren, nachdem ich den Plan ausgedruckt hatte, aber dann packte mich doch die Neugierde. Ich musste einfach noch auf Linus' YouTube-Kanal vorbeischauen. Dabei stellte ich fest, dass er seit dem Vorfall tatsächlich nichts hochgeladen hatte. Was die langen ausführlichen Videos zu den heimgesuchten Orten anging, war das nicht verwunderlich, denn erstens mal konnte er die nur schwierig allein drehen und zweitens waren Vorbereitung, die Touren selbst und das Schneiden und Bearbeiten der Videos so aufwendig, dass zwischen zwei Folgen immer einige Zeit verging. Aber Linus war für gewöhnlich gut darin, die Lücken zu füllen. Er schüttelte immer etwas aus dem

Ärmel, um die Fans zu bespaßen: Behind the Scenes, Q&A, Outtakes, kleine Zusatzvideos, Revisited, Best-of oder was auch immer. Aber da war nichts seither. Nicht einmal ein fünfzehnminütiges Video, in dem Linus erklärte, warum er gerade keine Videos postete – was absolut typisch für ihn gewesen wäre. Zum ersten Mal fragte ich mich, wie es Linus eigentlich gerade ging. Dann wurde mir wieder klar, dass ich gerade nicht an ihn denken wollte. Ich wollte den Laptop wieder herunterfahren, besann mich aber dann darauf, den BP-Sim zu starten.

11: LOGISCH

Ich musste mich bis fünf Uhr nachmittags gedulden, bis Ben endlich Zeit für mich fand. Zu diesem Zeitpunkt hatte er die Flurrenovierung endlich offiziell abgeschlossen. Gerade noch vor seinem Urlaubsende. Glück für seinen Boss, denn andernfalls hätte Gabriella ihrem Sohn bestimmt nicht erlaubt, wieder zur Arbeit zu gehen.

Als ich neben Ben auf dem Garagendach saß und mit ihm Chips futterte, hatte er schon geduscht, aber trotzdem noch Farbe auf beiden Backen. Wir mussten die Chipstüte festhalten, damit sie im Wind nicht wegflog. Die Böen zerzausten mein Haar.

Ich hatte mir in der Zwischenzeit genau zurecht gelegt, was ich sagen wollte.

»Benjamin, du hattest recht.«

»Ja? Ich meine: Na klar, immer. Aber womit konkret?«

»Ich bin da in dem Kinderheim einfach wieder ausgerastet.«

»Wie? Soll das heißen, du erinnerst dich?« Ben riss die Augen auf.

»Nein. Du hast noch Zeit, den Sekt kaltzustellen. Aber es ist alles ganz logisch. Ich habe dir noch gar nichts über die Geschichte von diesem Kinderheim erzählt und dann hatte ich letztens einen Traum und heute habe ich wieder was Komisches gesehen und ja, ja – ich weiß, du verstehst kein Wort. Deshalb fange ich von vorn an:

Du hast ja gemeint, du kannst dir vorstellen, dass mich das Ganze mit dem Kanal und den düsteren Geschichten so gestresst hat, dass ich wieder ausgerastet bin.«

»So habe ich das nicht gesagt.«

»Aber gedacht hast du's.«

»Na ja, ich dachte nur: Du bist da ständig vom Tod umgeben. Selbst wenn es mal positive Geschichten sind, wie die von der Schwester, sind alle Hauptdarsteller tot und du schaust dir an, was von ihnen übriggeblieben ist. Was nicht gerade viel, und bestimmt nicht erbaulich, ist. Ich weiß noch, wie du damals in der fünften Klasse zwei Stunden geheult hast, als wir eine tote Taube gefunden haben. Daher dachte ich, vielleicht hat es dir nicht gut getan, so viel mit dem Tod zu tun zu haben.«

Ich zuckte die Schultern: »Ja, vielleicht hast du recht – und darum könnte es sein, dass das Kinderheim mit seiner Geschichte dafür gesorgt hat, dass mein besonderer Blick zurückgekommen ist. Es handelt sich nämlich um eine wirklich düstere Geschichte. Obwohl ich nach wie vor daran zweifle, ob sie wahr ist.

Angeblich kam 1970 ein Mädchen namens Cindy in das Kinderheim. Sie landete dort erst spät, weil ihre Eltern einen Autounfall hatten. Sie war zu dem Zeitpunkt 16. Die meisten anderen in ihrem Alter waren schon seit Jahren dort. Das war wohl einer der Gründe, warum Cindy nicht gut aufgenommen wurde. Sie war immer eine Außenseiterin und wurde von allen gemobbt. Selbst von den viel Jüngeren. Die ganze miese Scheiße: Sie haben ihr angeblich ins Essen gespuckt, sie jede Nacht aus dem Bett getrieben und gezwungen, Liegestütze zu machen, bis sie zusammenklappte und wer weiß, was für Mist noch.«

»Woher kommen denn die Informationen, wenn das Ganze schon in den 70ern passiert ist?«, wollte Ben wissen.

»Ach, wie immer: aus verschiedenen Internetquellen. Alles aus dritter Hand. Jemand hat mit jemandem geredet, der angeblich dabei war und so weiter. Ich sage ja, ich weiß nicht, ob es stimmt oder was davon stimmt – und es wird noch wesentlich krasser als das.

Jedenfalls war diese Cindy bei ihren Mitbewohnerinnen ziemlich unbeliebt. Es war übrigens ein Kinderheim nur für Mädchen.

Bei den Erzieherinnen und Lehrerinnen war sie dafür immer der Liebling, weil sie sich logischerweise nie am Mist der anderen beteiligte. Also wurde ihr, als sie 18 war, ein Job in dem Kinderheim angeboten.«

»Wow. Da hätte sie wohl sagen sollen: *Danke, aber nein danke, ich bin weg und lasse diesen Ort für immer hinter mir.* Aber ich wette, in der Geschichte hat sie das nicht gemacht.«

»Richtig geraten – und ich weiß gar nicht, ob das so unrealistisch ist. Vielleicht gefiel ihr der Gedanke, mal die Macht zu haben, oder sie wusste nicht, wohin mit sich. Das Kinderheim war vielleicht ein beschissenes Zuhause, aber immerhin kannte sie es – und ich glaube, die Schulbildung, die sie da bekommen haben, hat nicht unbedingt für großartige Jobs gereicht. Auf jeden Fall hat sie den Job angenommen.

Das Problem bei der Sache war, dass natürlich viele der Mädchen, die sie früher gemobbt hatten, immer noch dort wohnten, weil sie jünger waren. Und die kleinen Bitches wollte nicht akzeptieren, dass Cindy jetzt etwas zu sagen hatte. Also ging es gerade so weiter. An einem Tag eskalierte es dann angeblich. Die besonders fiesen Kids lockten Cindy in den Keller. Der war ziemlich groß und verzweigt und hatte sogar zwei Stockwerke. Sie achteten drauf, dass niemand vom Personal etwas davon mitbekam. Cindy erzählten sie wohl, dass sie heimlich im Keller verstecken gespielt hätten und jetzt eines der Kinder nicht mehr finden könnten. Und die gute Cindy glaubte das natürlich, und machte sich sofort auf die Suche. Aber da hatte sie die Boshaftigkeit der Biester unterschätzt. Die sperrten sie nämlich in einem kleinen Raum ganz unten ein – und durch die dicken Türen und Wände konnte niemand sie bis oben schreien hören. Dem Rest vom Personal erzählten die kleinen Bitches dann wohl, Cindy wäre in die Stadt gegangen, um etwas zu besorgen.

Also suchte niemand im Keller nach ihr und sie wurde dort erst nach zwei Wochen gefunden – längst tot. Sie hat sich die Fingerkuppen an der Tür blutig gekratzt. Sogar welche von den Nägeln abgerissen. Gestorben war sie aber wohl, weil sie so hungrig war, dass sie versucht hat, Moos vom Boden und den Wänden zu essen oder das Wasser rauszulutschen. Darin war aber irgendwas Giftiges. Schimmelsporen vielleicht oder so. Das Internet weiß nicht so genau. Auf jeden Fall hat sie sich selbst vergiftet und ist daran gestorben.«

»Das ist eine ziemlich krasse Geschichte. Wenn die stimmen würde, müsste man doch Zeitungsartikel darüber finden, oder?«

»Na ja, aus den 70ern gibt es tatsächlich nicht so viel online. Und es kommt auch immer auf die Region an. Wir haben einen Artikel gefunden, der ziemlich vage gehalten war. Es stand auf jeden Fall drin, dass es im Heim schon länger nicht gut lief und eine Angestellte ums Leben kam. Ein halbes Jahr später wurde der Laden dichtgemacht und die Immobilie verkauft. Aber über die Todesursache stand da nichts.

Ich hatte auch so meine Zweifel an der Geschichte. Ich meine: Kinder können wirklich ganz schön brutale Arschlöcher sein, aber es wäre schon verrückt, wenn sie es geschafft hätten, die Sache so durchzuziehen, dass niemand Cindy gefunden hat. Der Keller müsste außerdem schon echt groß und die Wände dick sein, dass niemand sie hören konnte. Ich weiß das, weil Li... Ich meine, Lenny und ich, wir hatten oft Probleme, uns in den großen alten Gebäuden wiederzufinden, wenn wir uns getrennt hatten. Aber wenn man den anderen richtig laut ruft, hört man das ziemlich weit.« Ben nickte.

»Außerdem ist da das mit der Vergiftung. Das hört sich für mich nach einer ziemlich unwahrscheinlichen, abenteuerlichen Todesart an, wenn man in einem schalldichten Kellerloch gefangen ist.« Nun nickte ich zustimmend.

»Ich habe bei der Arbeit mit Lenny ziemlich viele solche Geschichten gehört und recherchiert und denke, die meisten haben einen wahren Kern, aber dann wurde alles Mögliche dazu fabuliert, damit es gruseliger wird.«

»Je düsterer und brutaler, desto besser verkauft es sich.«

»Wem sagst du das.«

»War der Keller wirklich so groß? Ich meine, stimmte das zumindest?«

»Ganz ehrlich: Ich weiß es nicht. Ich habe mich nicht alleine da runter getraut – und das will schon was heißen.

Die Lost Places fand ich immer so spannend und faszinierend, dass ich da mit einem Fotografinnen-Auge durchgegangen bin und jeden Winkel erkunden wollte. An Angst habe ich gar nicht erst denken können. Aber dort schon. Ganz ähnlich wie bei der Villa mit den Buchseiten, von der ich dir erzählt habe.

Es war schon seltsam: Von dem Kinderheim gar nicht mehr viel übrig außer nackten Betonwänden. Nach der Schließung des Kinderheims wurde es zwar noch

117

weiter genutzt, aber inzwischen steht es schon sehr lange leer und wurde gründlich geräumt. Trotzdem fand ich, dass sich alles dort irgendwie… feindselig… oder gehässig angefühlte.«

»Hm.« Ben stopfte nachdenklich eine Handvoll Chips in seinen Mund.

»Na ja, und jetzt im Nachhinein denke ich, dass mich dieser Ort echt gestresst hat. Ich glaube, das Gefühl verfolgt mich immer noch. Neulich habe ich nämlich von Cindys Geist geträumt. Sie sah echt fies aus und kam auf mich zu gekrochen. So mit ihren aufgekratzten blutigen Fingerkuppen. Aus ihren Mundwinkeln lief giftgrüner Glibber. Wahrscheinlich hab ich mir die Vergiftung im Traum so vorgestellt. Ach so, ja – und ihre Augen waren ganz seltsam verdreht. Das stand auch in einem Forumsbeitrag im Internet. Anscheinend haben Cindys Augen in zwei verschiedene Richtungen geschaut, als sie gefunden wurde.«

»Hm«, machte Ben wieder und nickte zustimmend. »Ja, ja, ich kann es mir vorstellen. Ich glaube, die Geschichte ist wirklich Stoff für Albträume.«

»Ja, aber das ist noch nicht das Schlimmste«, gestand ich. Er musterte mich besorgt.

»Ich dachte ja eigentlich, dass ich das mit dem besonderen Blick längst hinter mir habe. Aber heute hatte ich wieder so was…«

»Heute? Was, wann und wo?«

»Ich war mit Chucky beim alten Sägewerk und dachte echt, eine umgefallene Birke wäre ein Skelett. Ich hab das Teil angestarrt. Bestimmt mindestens eine Minute lang – und habe es ganz deutlich gesehen. Hätte fast den Notruf gewählt. Das bedeutet, dass ich es nicht hinter mir habe, Ben. Bestimmt habe ich im Kinderheim auch so was gesehen, weil Cindys Geschichte mein Gehirn so stark gebraten hat, dass der besondere Blick zurückgekehrt ist. Bestimmt habe ich gruseligen Scheiß gesehen und bin ausgerastet.«

»Klingt logisch«, sagte Ben.

»Jetzt muss ich mich nur noch dran erinnern, was genau passiert ist.«

»Hm… Aber weißt du, was ich denke. Du solltest unbedingt mit deinem Arzt drüber reden, was heute passiert ist. Ich fahre ja morgen wieder. Natürlich kannst du mich immer anrufen und wir reden. Aber ich glaube, um die Sache sollte sich jemand vom Fach kümmern.«

»Hm«, machte ich, noch unschlüssig, ob das wirklich nötig sei. »Ja, ne, mach ich. Klar«, fügte ich dann hinzu, weil das Ben zufriedenstellte.

Da fiel ihm noch etwas ein und ich glaube, er kam sich ziemlich genial vor, als er sagte:

»Die Fotos!«

»Welche Fotos?«

»Na, die, die du im Kinderheim geschossen hast. Hast du dir die schon mal angeschaut? Sie könnten… na ja, ich weiß nicht. Irgendwie einen Einblick in deine Gedankenwelt geben. Uns die Welt so zeigen, wie du sie dort gesehen hast.«

»Gute Idee, Sherlock, aber ich habe keine Bilder gemacht. Ich habe die Speicherkarte gecheckt. Sie war komplett leer.«

»Hm… Schade. Na ja, trotzdem klingt alles ziemlich logisch… Ja, ich glaube, ich muss mich jetzt langsam fertig machen. Ich habe heute noch ein Date«, sagte er dann.

»Oh, ja… Da ist noch…« Ich wies auf die Farbe in seinem Gesicht.

»Oh, ja…«, sagte er. »Und… Ich kann gehen, ja? Bei dir alles cool?«

»Ja, ja. Bei mir alles super cool. Habe heute ja auch noch ein Date. Mit Dr. Brick.«

»Oh ja, perfekt.«

Bevor ich durchs Fenster stieg, drehte ich mich noch mal um und sagte:

»Übrigens sah Amila beim Musical echt heiß aus.«

»Okay… Ähm, du weißt aber, dass sie nicht auf Frauen steht«, gab Ben zurück.

»Ja, ja, ich kapiere schon«, rief ich im Gehen.

Damit meinte ich, dass ich kapiert hatte, dass Amila sein Fang war.

Ich hatte zum ersten Mal richtig Bock auf eine Sitzung mit Dr. Brick, denn zum ersten Mal hatte ich etwas Wichtiges zu erzählen. Ich war bereit, ihm die Lösung des großen Rätsels zu präsentieren. Bereits während der Autofahrt stellte ich mir vor, wie ich in seinem Lehnstuhl sitzen und alles ganz logisch erläutern würde – und wie Dr. Brick nur beeindruckt nicken konnte.

Genau so war es dann auch. Na ja, nicht ganz genau so. Ich saß im Lehnstuhl und berichtete von düsteren Orten, von psychischem Stress, vom Kinderheim, davon, dass ich mir gut vorstellen konnte, dass das alles zu viel für mich gewesen ist – und Dr. Brick nickte. Allerdings sah er dabei nicht halb so beeindruckt aus wie in meiner Vorstellung. Er wirkte eigentlich vielmehr nachdenklich und stellte ab und an eine Rückfrage, die ins Nichts führte. Wie in jeder anderen Sitzung auch. Nicht, wie man es bei einem genialen Durchbruch erwarten würde. Aber irgendwie war das ja auch nur verständlich. Schließlich musste es ihn schon ein bisschen ankotzen, dass ich ganz alleine auf die Lösung gekommen war. Er merkte sicher selbst, dass unsere ziellosen Gespräche in den Sitzungen davor kaum etwas dazu beigetragen hatten.

Trotzdem wollte ich am Ende mehr. Ich wollte eine Bestätigung von ihm. Schließlich war er der Experte und derjenige, der ein Häkchen hinter meine Geschichte machen konnte. Also sagte ich:

»Na ja, die Theorie ist doch total schlüssig, oder?«

»Sie *klingt* schlüssig«, antwortete er und sah auf eine ganz bestimmte Art nachdenklich drein. Auf eine Art, die mir sagte, dass da noch ein *Aber* kommen würde.

Weil er stattdessen schwieg – so als ob ich schon wieder dran wäre – versuchte ich, etwas Kluges zu sagen:

»Na ja, es ist die einfachste Lösung – und hat nicht schon Sherlock Holmes gesagt, dass die einfachste Lösung meistens auch die richtige ist!? Oder so was in der Art?«

»Da bin ich mir nicht sicher«, erwiderte Dr. Brick und strich über seine Glatze. »Das Konzept der einfachsten Erklärung ist auf jeden Fall ein sehr altes. Es reicht bis in die Antike zurück.« *Ja, ja, bla, bla,* dachte ich. *Jetzt muss er beweisen, dass er auch schlau ist, obwohl ich ganz allein auf die Lösung gekommen bin.*

»Es ist ein schlüssiges Konzept«, fuhr er fort. »Aber Sie erwähnten ja schon die Fälle von Sherlock Holmes. Ich bin kein Fan von Kriminalliteratur, aber sind diese Fälle nicht oft doch komplexer, als sie auf den ersten Blick erscheinen?« Was wollte er jetzt damit sagen?

»Sie glauben, ich liege falsch?«, grummelte ich.

»Was glauben *Sie* denn? Glauben *Sie* an Ihre Erklärung?« Er versuchte, mir tief in die Augen zu schauen, als ob er mein Gehirn dahinter arbeiten sehen könnte. Ich hasse so was, starrte aber zurück, weil ich nicht kleinbeigeben wollte. Ich wollte ihm ins Gesicht sehen und *ja* sagen. Aber dieses eine kurze blöde Wort wollte einfach nicht aus meinem Mund kommen. Zuerst waren meine

Lippen wie verschlossen. Dann öffneten sie sich doch. Heraus kam das Wort:

»Nein.« Er nickte und ich hasste ihn dafür. Wie hatte er mich nur dazu gebracht, meine Theorie aufzugeben, ohne sie mit nur einem Wort zu kritisieren?

»Warum glauben Sie nicht an Ihre Theorie?«, wollte er jetzt wissen.

»Pfff...«, machte ich. »Fragen Sie mich etwas Leichteres... Na ja«, fügte ich dann hinzu. »Sie klingt logisch, aber sie fühlt sich einfach falsch an.«

»Das ist gut!«, sagte er mit erhobenem Zeigefinger. Ich starrte ihn böse an. Was sollte gut daran sein, dass die Lösung auf einmal wieder in weite Ferne gerückt war?

»Es ist gut, dass Sie anfangen, sich zu öffnen, in sich hineinzuhören und sich die Frage zu stellen, wie Sie sich bei der ganzen Sache fühlen«, erklärte er. Oh Mann, er hatte wieder seine ganz eigene Geschichte daraus gemacht.

»An dem Punkt machen wir am Freitag weiter«, erklärte er mit einem strahlenden Lächeln.

»Na klar«, sagte ich. Über meinen Gesichtsausdruck kann ich nur spekulieren.

Auf der Rückfahrt kam es hoch. Nein, nicht das, was von den mittäglichen Pommes übrig geblieben war. Es war die Gewissheit. Zu Dr. Brick hatte ich gesagt, dass sich meine Theorie einfach nicht richtig anfühle. Als ich nun darüber nachdachte, was es mit dem unterschwelligen Gefühl auf sich haben könnte, kam ich ziemlich schnell darauf. Da war nämlich etwas ganz Konkretes, das mich an meiner Theorie störte: Es war der Fäulnis-Mann. Er passte nicht ins Bild.

Er hatte sich in meinen Traum vom Kinderheim geschlichen und passte nicht in die Geschichte. Meiner Theorie nach hatten mich all die düsteren Orte und Storys überfordert, mich zu sehr belastet. Das alles hatte seinen Höhepunkt im Kinderheim gefunden. Aber in der Gruselgeschichte über das Mädchen-Waisenhaus und die arme Cindy kam kein einziger Mann vor.

Er war jedoch in meinem Traum vorgekommen – und ich hatte ihn außerdem in einem Vorgarten in unserem Viertel gesehen. Inzwischen war ich relativ sicher, dass ich ihm dort nicht wirklich begegnet war. Er war in diesem Moment bestimmt nur meiner Fantasie entsprungen – genau wie das Skelett, das in Wirklichkeit ein Baum war. Aber er spukte nicht grundlos in meinem Unterbewusstsein herum. Irgendetwas hatte es mit dieser Heimsuchung auf sich. Etwas, an das ich mich nicht erinnern konnte. Genauso wenig wie an die ausgelöschten Stunden vor meinem Erwachen in der Waldhütte. Es musste ein Zusammenhang bestehen! Ich war fast sicher, dass es diesen Mann – oder zumindest eine Version dieses Mannes – auch in der Realität gab. Ich wusste nur nicht, wer er war, warum er mich verfolgte und warum er aus Fäulnis bestand. All das herauszufinden, war wohl der beste Weg, mir endlich einen Reim auf meine vergessene Geschichte machen zu können.

Falls ihr euch übrigens fragt, ob ich Dr. Brick von dem Skelett erzählt habe, wie ich es Ben versprochen hatte: Nein, das habe ich nicht getan. Genauso wenig wie ich den Fäulnis-Mann erwähnt habe. Ich weiß nicht mal genau, warum. Wahrscheinlich einfach, weil ich normal sein möchte und weil ich nicht länger als nötig bei meinen Eltern eingesperrt sein möchte. Streng genommen hätte mich niemand am Gehen hindern können. Aber um abzuhauen, hätte ich mich mit meiner Mutter und Dr.

Brick überwerfen müssen – und dafür hatte ich keine Kraft. Und keine Kohle, keinen Job, keine Bleibe. Momentan konnte ich nur bei meinen Eltern wohnen. Ihr Heim, ihre Bedingungen.

12: OFFENE WORTE

Eine weitere traumlose Nacht lag hinter mir, als ich am nächsten Tag Ben verabschiedete. Er lud seine Sporttasche ins Auto und legte mir eine Hand auf die Schulter. Zufriedenheit sprach aus seinem Gesicht. Er hatte alles erledigt. Der Flur war renoviert, er hatte vermutlich ein vielversprechendes Date hinter sich und glaubte, mein Rätsel gelöst zu haben. Dass Letzteres nicht zutraf, verschwieg ich ihm. Ich wollte ihm den Abschied nicht erschweren und alles verkomplizieren. Also lächelte ich einfach zurück.

»Melde dich jederzeit«, bot er großzügig an. »Ich bin ja außerdem bald wieder da.«

Ich nickte lächelnd. Er merkte in seiner eigenen Hochstimmung nicht, dass meine gute Laune nur gespielt war und stieg in seinen Wagen.

Er fuhr weg und der Hund und ich blieben allein im kalten Wind auf dem Gehsteig zurück. Mir war zum Heulen zumute. Natürlich – Chucky war cool und er war für mich da. Aber manchmal braucht man einfach jemanden zum Reden. Jemanden, der mit Worten antwortete. Mein einziger Lichtblick bestand in dem Open Mic-Event am nächsten Abend – und der Möglichkeit Nola wiederzusehen.

Ich hatte mir vorgenommen, die Zeit bis zu meinem Kneipenabend dafür zu nutzen, weiter über den Fäulnis-Mann nachzudenken. Aber eigentlich war das keine richtige Beschäftigung. Aus mir könnte nie eine gute Wissenschaftlerin werden. Auch nicht mit besseren Noten in naturwissenschaftlichen Fächern. Einfach schon deshalb, weil Nachdenken sich für mich nicht wie eine echte Tätigkeit anfühlt. Besonders nicht, wenn ich mir auferlege, über etwas nachzudenken, über das ich nichts weiß. Meine Gedanken steckten in einer Sackgasse. Im Endeffekt verbrachte ich den Großteil der Zeit bis Donnerstagnachmittag mit Skaten und dem BP-Sim.

Dann befiel mich plötzlich eine schwerwiegende Panik: Was sollte ich eigentlich anziehen? Ich probierte alle Klamotten durch, die ich dabeihatte. Ein Teil meiner Kleidung war immer noch in meinem WG-Zimmer.

Irgendwann lagen überall auf dem Boden verstreute Klamotten. Nichts hatte mich zufriedengestellt. Am Ende zog ich wieder das Shirt an, das ich am Anfang getragen hatte und sprühte noch mal ordentlich Deo drüber. Danach entschied ich mich für ein dezentes Make Up und saß ungeduldig meine Zeit ab, bis es endlich so weit war, dass ich gehen konnte.

Paps bestand natürlich drauf, mich zu fahren. Meine Eltern waren von meinem Plan, alleine auszugehen nicht sonderlich begeistert gewesen. Ich hatte behauptet, dass ich mich in dem Laden mit Leuten vom Musical treffen und die Finger vom Alkohol lassen würde. Außerdem hatte ich versprochen, bis spätestens ein Uhr nachts anzurufen, um mich wieder abholen zu lassen. Also alles wie gehabt. Ich war eine 26-jährige Teenagerin.

126

Dass sich das Café Visage in der Fußgängerzone befand, war Paps egal. Er fuhr an dem Schild vorbei und setzte mich direkt vor dem Eingang ab. Ich war froh, dass Nola nicht unter den Leuten war, die vor der Tür standen und rauchten – und auch sonst keine Personen, die ich kannte.

Nachdem ich aus dem Auto gestiegen war, sank mir das Herz in die Hose. Einen Moment lang verspürte ich das Bedürfnis, Paps' Benz hinterherzurennen. Was sollte ich hier? Ausgehen und Spaß haben, gehört nicht zu meinen Stärken. Wenn ich mich raus wage, habe ich normalerweise eine Person dabei, hinter der ich mich verstecken kann: Ben, Linus, Maya aus dem Fotostudio, meine Mitbewohnerinnen…

Dann sagte meine innere Stimme: *Was ist schon dabei? Geh einfach da rein und sei cool. Mach das, was du auch machen würdest, wenn die anderen dabei wären. Das ist ja wohl ein geringer Preis, um Nola wiederzusehen.*

Also ging ich rein und war so cool, wie ich ohne Schutzschild sein kann – in einem T-Shirt, das ich beim Skaten durchgeschwitzt und dann mit viel Deo eingesprüht hatte. Ich erwischte mich dabei, wie ich an meiner Seite runter blickte, weil ich es gewohnt war, Chucky dort zu sehen. Aber ich war alleine.

Mit einer lässigen Kopfdrehung scannte ich den Raum. Gemütlich, zum Glück schön dunkel. Auf den kleinen Stehtischen flackerten Kerzen in Gläsern neben Schüsseln mit Nüsschen. Die in bunten Pastellfarben aufgemotzten Möbel schrien, dass der Upcycling-Trend auch in der Kleinstadt Einzug gehalten hatte. An den Wänden hingen uralte Blechschilder.

Das Café war lange Zeit geschlossen gewesen, bevor es vor Kurzem wieder seine Pforten geöffnet hatte.

Anscheinend einzig und allein zu dem Zweck, ein wenig hippes Flair in diese kulturelle Einöde zu bringen. Am Ende des Raums befand sich eine kniehohe Bühne. Ein Strahler tauchte einen leeren Barhocker und ein altmodisches Mikrofon auf einem Stativ in grelles Licht. Anscheinend war gerade Pause – oder niemand traute sich an das offene Mikro. Ich war sicher, dass 80 Prozent der Bevölkerung dieser Kleinstadt gar nicht wussten, wie ein Open Mic-Abend funktionierte. Dass es sich bei den anderen um talentfreie Wichtigtuerinnen und ätzende Nervensägen handelte, hätte ich eigentlich auch ahnen können.

Für den Moment war ich davon noch verschont. Es lief leise Hintergrundmusik, übertönt von den rauschenden Stimmen der Menschengrüppchen, die sich rund um die Stehtische oder nahe der Bühne versammelt hatten. Der Raum war etwa zur Hälfte gefüllt. Ich entdeckte auf einmal Nola und schaute wie vom Blitz getroffen schnell weg. Bevor sie bemerken konnte, dass ich sie ansah. Sie stand in einer großen Meute von Menschen und sah in ihrem gerade geschnittenen Kleid mit Spitzenärmeln und Gummistiefeln viel besser aus als ich. Ganz offensichtlich war sie viel besser im Ausgehen und Spaß haben als ich. Ich konnte sie unmöglich begrüßen, während sie bei all diesen fremden Menschen stand. Also führte mein erster Weg zur Bar, mit dem festen Vorhaben, das Versprechen an meine Eltern zu brechen. Zu diesem Zweck hatte ich extra Kaugummi eingesteckt. Gegen die Fahne. Cassis-Geschmack, denn ich hasse Minze.

Ich bestellte ein großes Bier und verkroch mich an einen einsamen Stehtisch, versteckt in einer Nische. Während ein junger Hippster mit Hosenträgern Gedichte vortrug, die sowohl der Unterhaltung als auch dem Protest gegen große Konzerne dienten – wie er vorher erklärte – widmete ich mich den Nüsschen und meinem Getränk. Peinlich darauf bedacht, dass ich nie leere Hände hatte. Ich stellte schnell fest, dass Alkohol nötig war, um die Darbietungen zu überstehen. Der Typ im Scheinwerferlicht reimte *Konzerne* auf *Laterne,* dann *Revolution* auf *Phone* und schließlich noch *Identität* auf *spät.* Ich meine: Hätte er das Ding im Unterricht vorgetragen und ich wäre seine Lehrerin gewesen, dann hätte ich ihn dafür nachsitzen lassen. In dieser Kulturhochburg reichte die Performance jedoch für einen ordentlichen Applaus. Vielleicht bewunderte das Publikum ja den Mut, sich mit derart schlechten Reimen großen Konzernen entgegenzustellen.

Die Lächerlichkeit fand ihren Gipfel, als der Poet sich verbeugte und das Publikum mit einer dämlichen Armbewegung anfeuerte, weiter zu klatschen. Ich konnte das nicht mit ansehen. Nachdem ich mein Bier mit einem tiefen letzten Zug geleert hatte, besorgte ich schnell Nachschub. Gerade rechtzeitig für drei Frauen mittleren Alters, die von sich wohl glaubten, gut A Cappella singen zu können. Ich möchte das nicht weiter kommentieren. Darauf folgten Pantomime, ein weiteres Bier und eine Kurzgeschichte, die ganz schön lang war und in der es um Selbsterkenntnis gehen sollte, die aber hauptsächlich einen prallen, sehr, sehr saftigen Pfirsichkuchen mit dem Körper der Bäckerin verglich. Dem Wort *Ende* folgte zunächst Stille. Aber nach einem kurzen Moment des Verdauens gab es auch dafür einen Höflichkeitsapplaus.

Mein Blick war durch das Bier schon etwas verklärt, als auf einmal Nola ans Mikrofon trat. Mein Atem stockte. Sie sagte nur:

»Danke, Leute. Vielen Dank, dass ihr so toll dabei seid. Es folgt jetzt die nächste kleine Pause. Danach ist das Mikro für weitere Beiträge offen.« Es war der beste Beitrag des Abends.

Sie hatte mich offenbar nicht bemerkt. Kein Wunder. Schließlich war ich in meiner Nische gut verborgen. Wie sollte ich das ändern? Sollte ich einfach auf sie zugehen und *hi* sagen? Unvorstellbar. Ich hatte neben ihr einige Leute vom Musical ausgemacht. Auch zu ihnen hätte ich *hi* sagen können. Aber was dann? Einen Moment lang stellte ich mir vor, wie ich auf die Bühne gehen und meine Geschichte erzählen würde. Die Geschichte meines Verschwindens. Ein schlechter Witz. So schlecht, dass ich nicht einmal darüber lachen konnte.

Ich zog mich auf die Toilette zurück, um das Bier loszuwerden. Als ich die Spülung drückte, dachte ich bereits daran, Paps anzurufen und mich abholen zu lassen, obwohl es gerade mal elf Uhr war. Warum sollte ich mich noch weiter quälen, wenn ich es sowieso nicht wagte, die anzusprechen, wegen der ich da war? Was hatte ich auch erwartet? Dass sie da ganz allein stand, nur auf mich wartete, mir um den Hals fiel und rief: »Wie gut, dass du endlich da bist!«

Als ich aus der Kabine trat, stand sie da! Am Waschbecken! Ganz alleine. Sie schaute sich im Spiegel an, während sie eine Lippenpflege auftrug und als ich verlegen neben sie trat, drehte sie sich sofort um und rief:

»Hey El, du bist hier?!«

»Äh, ja, hi, du auch…«, stammelte ich, und bespritzte sie ausversehen mit Wasser, als ich meine Hände zu optimistisch unter den voll aufgedrehten Strahl hielt.

»Oh, sorry.« *Gott, verdammt! Verhalte dich nicht, als wärst du betrunken! Verhalte dich wie ein normaler Mensch.*

130

Sie lachte ihr süßes Lachen mit den runden Bäckchen, die ein wenig gerötet waren, fächelte sich Luft zu und sagte:

»Schon okay. Eigentlich würde ich am liebsten gleich meinen ganzen Kopf unters Wasser halten.«

»Ich auch. Und mich ertränken, bei dem, was die da draußen fabrizieren…«, sagte ich. Sie antwortete nicht, sah mich etwas unschlüssig an. Ich wurde nervös – und ihr wisst vielleicht inzwischen, dass sich das nie positiv auf meine Sozialkompetenz auswirkt. Nun erfahrt ihr, dass Alkoholeinfluss es nicht besser macht.

Ich erklärte:

»Na ja, dieses ganze Open Mic-Konzept ist doch ein ziemlicher Bullshit, oder? Leute auf die Bühne lassen, die es sonst nirgends schaffen. Ich meine, es hat ja einen Grund, dass sie es sonst nirgends schaffen. Weil das, was die da machen, einfach niemand sehen will. Aber bei einem Open Mic-Abend tun alle so, als ob es doch so wäre. Man quält sich von einem zum nächsten Beitrag und klatscht dann. Was beklatscht man eigentlich? Den Mut, dass sich jemand mit solchem Mist auf die Bühne traut? Vielleicht klatscht man auch aus Höflichkeit und Gruppenzwang. Dabei wäre es wahrscheinlich besser für alle Beteiligten, den Leuten da oben zu sagen, wie es wirklich aussieht. Schließlich lästert nachher sowieso jeder insgeheim…« Mir war eigentlich schon beim Reden klar, dass ich lieber die Klappe halten sollte. Trotzdem war es schwer, ein Ende zu finden.

»Na ja, ich sehe es eher so, dass das Konzept Leuten, die sich sonst nicht trauen – oder die sonst nirgends ins kommerzielle Konzept passen – eine Chance gibt, sich auszuprobieren«, gab Nola zurück. »Natürlich ist nicht alles davon große Kunst. Manches ist auch…«

»Pfirsichkuchen«, warf ich grinsend ein. Das kam besser an. Wir kicherten gemeinsam.

»Oh mein Gott, ja. Manches ist Pfirsichkuchen. Das muss ich ehrlich zugeben«, sagte Nola und hielt sich die Hände vors Gesicht. »Ich hätte den alten Peter vielleicht nicht auf die Bühne lassen sollen. Grundsätzlich ist ein Open Mic ja per se offen für alle, aber ich meine…«

»Warte mal…« Mir dämmerte etwas. *Sie* hatte die Pause angekündigt und *sie* hatte gesagt, dass sie den alten Peter nicht auf die Bühne hätte lassen sollen. Sie war Kultur-Dings. »Hast *du* das hier etwa organisiert?« Sie nickte grinsend.

»Oh!«, machte ich. Bestimmt wurden meine Augen einen halben Zentimeter größer, bevor ich noch einmal sagte: »Ooooh!«

Wir machten Platz für zwei andere Frauen, die das Waschbecken benutzen wollten.

»Macht nichts«, sagte Nola. »Ich stimme dir zwar nicht zu, aber so eine ehrliche Meinung bekomme ich bestimmt kein zweites Mal… Wir sollten mal…« Sie wies zur Tür.

»Ja… Oh, ja.«

»Mit wem bist du da?«, fragte Nola, während sie die Tür für mich aufhielt.

»Ähm, ach, ich schaue so hier und da vorbei.«

»Cool. Sollen wir uns was zu trinken besorgen? Ich habe noch zwei Freigetränke gut. Das ist der Vorteil, wenn man Kultur-Dings ist und so was organisiert.« Sie zwinkerte mir zu. Ich nickte dankbar und beschloss, dass es definitiv eine Coke werden würde. Wie konnte sie nur so nett sein?

Während der Pause war die Bar gut besucht und wir mussten uns hinten anstellen, obwohl Nola Kultur-Dings war.

»Wohnst du eigentlich schon immer hier?«, fragte ich, weil ich mir nicht vorstellen konnte, dass ich sie in den 18 Jahren vor Ort übersehen haben könnte. Sie bestätigte diese Vermutung mit einem Kopfschütteln.

»Nein. Ich bin erst ein Jahr hier.«

»Und wie hat's dich hierher verschlagen? Wurdest du irgendwie strafversetzt oder so?«

»Äh, nein. Die Stelle war ehrlich gesagt eine große Chance für mich.«

»Du bist also gerne hier?«

»Ja, warum denn nicht? Es ist eine bezaubernde kleine Stadt und man kann hier wirklich viel bewegen.«

»Echt? Als ich weggezogen bin, habe ich gedacht, dass ich vorher in einer Kulturwüste gelebt habe. Ich bin nur übergangsweise wieder hier…«

»Na ja, es gab hier früher vielleicht kein großartiges kulturelles Angebot, aber gerade das macht es so spannend. Es ist toll, die Kulturlandschaft von Grund auf mit zu gestalten. Ich habe so viele Ideen. Kunstausstellungen, Konzerte, dieser Abend… Auch wenn nicht jeder ein Fan ist.« Sie sah mich streng an. »Im Rathaus sind sie wirklich offen für all meine verrückten Ideen. Vielleicht schaffe ich es sogar, nächstes Jahr ein kleines Festival auf die Beine zu stellen.«

»Wow. Dir liegt echt viel an dem Kultur-Dings, oder?«

»Oh ja«, sagte sie und dann konnten wir unsere Getränke bestellen.

Sie hatte ein Gin Tonic gewählt und ich kam mir mit meiner Coke ziemlich langweilig vor. Wir gingen zurück in Richtung Raummitte und auf einmal duckte Nola sich und ging hinter mir in Deckung.

»Meine Ex…«, wisperte sie. Ich zuckte zusammen. Ihre Ex! Das war eine wichtige Information. Ich warf einen möglichst unauffälligen Blick zu der Frau hinüber, der Nola offensichtlich aus dem Weg ging. Es war eine böse Ernüchterung. Die Betreffende war unglaublich hübsch, gestylt und durchtrainiert. Wie eine Olympia-Sprinterin auf einer Abendgala. Ich dagegen war eine Skaterin mit punkigem Haarschnitt und Bauchansatz, die für diesen Abend nicht einmal das T-Shirt gewechselt hatte. Damit konnte ich unmöglich Nolas Beuteschema entsprechen. Ich zog an meinem Strohhalm und sah sie unauffällig von der Seite an. Dann fragte ich:

»Wie kommt man eigentlich dazu, so ein Kultur-Dings zu werden?« Und dann versuchte ich dummerweise lustig zu sein: »Lass mich raten: Du warst eigentlich Künstlerin. Aber eben die einzige organisierte Künstlerin, die die Welt je gesehen hat. Du warst die mit den Zügeln in der Hand zwischen all den Chaoten. Du hast gemerkt, dass die Dinge nur dann funktionieren, wenn du sie in die Hand nimmst. Also wurdest du die Orgatante, obwohl du eigentlich im Herzen Künstlerin bist.« Anstatt zu antworten, warf sie mir einen Blick zu, den ich nicht deuten konnte. Also stichelte ich weiter:

»Oh mein Gott. Ich habe recht. Eigentlich steckt eine Künstlerseele in dir und du würdest viel lieber selber auf der Bühne stehen.« Sie zog die Brauen zusammen und gab ein langgezogenes *Nein* von sich. Dann fügte sie hinzu:

»Ich bin eigentlich ziemlich zufrieden mit dem, was ich mache.«

»Nein«, widersprach ich und kam mir dabei blöderweise immer noch ziemlich witzig und schlau vor. »Du bist die verkannte Künstlerseele im Körper der Orgatante.« Mir fiel erst auf wie das klang, nachdem ich es ausgesprochen hatte.

»Weißt du«, sagte sie – und ich sah den Ärger deutlich in ihrem Gesicht. »Ich habe mich echt gefreut, dich hier zu sehen, weil ich dich witzig und cool fand. Aber irgendwie gehen alle Witze hier auf meine Kosten. Was ich mache, scheint ja für dich großen Comedy-Faktor zu haben – und ganz ehrlich: Da hab ich keinen Bock drauf.«

»Äh, was… Nein!« Ich merkte, wie mir alles entglitt. »Ich wollte doch nur… Ich meine, ich dachte… Du sitzt in diesem Kaff und organisierst Kultur-Dinge, die dir irgendwie total am Herzen liegen, was ja voll okay ist. Ich meine, mehr als okay. Du machst das wirklich gut… Und das Konzept dieses Abends. Es wurde mir auf einmal total klar, als du es erklärt hast. Ich dachte nur, vielleicht steckt da noch mehr in dir und du gehörst eigentlich selbst auf eine Bühne… und…«

»Ja«, unterbrach sie mich. »Ich werde mich jetzt selbst auf die Bühne stellen und das Ende der Pause ankündigen. Wie das eben Orgatanten so machen, und weißt du was, El, danach würde ich mein Gin Tonic gerne mit Menschen trinken, die sich nicht auf meine Kosten amüsieren.« Mit diesen Worten ließ sie mich stehen.

Das hatte ich ja wirklich großartig hinbekommen. Tatsächlich hatte selbst Nolas Nettigkeit Grenzen – und ich hatte es geschafft, sie auszureizen. Ich stellte die Coke auf irgendeinem Tisch ab. Einem Tisch, an dem Menschen standen, die mich verwirrt ansahen. Es war mir egal. Ich lief zielstrebig zum Ausgang. Als mir die kühle Nachtluft entgegenschlug, zog ich das Handy aus der Hosentasche und rief Paps an. Dann ging ich quer über den Platz, an dem das Visage lag, stellte mich in eine dunkle Ecke und heulte.

Bevor Paps kam, wischte ich mir das verschmierte Make Up von den Augen. Zumindest hoffte ich, dass mir das ohne Spiegel und in der Dunkelheit gelang. Ich dachte auch gerade noch rechtzeitig an den Kaugummi gegen die Alkoholfahne. Obwohl es eigentlich auch schon egal war. Rein rechtlich konnten meine Eltern mir schließlich mit 26 das Trinken nicht verbieten.

»War's nicht gut?«, wollte Paps wissen, als wir zu dieser frühen Stunde heimfuhren.

»Na ja, es war ein Open Mic-Abend.« Paps verzog das Gesicht.

»Urgh, grässlich.«

»Du sagst es.«

Ich nahm mir fest vor, Nola nie wieder im Leben zu begegnen.

13: SCHADENSBEGRENZUNG

In der folgenden Nacht hatte ich einen verstörenden Traum. Ich sollte vielleicht dazu sagen, dass ich mich am nächsten Morgen nur noch an eine einzige kurze Szene erinnerte, aber die war verstörend genug:

Ich stand in einem Gang des Kinderheims. Direkt vor Linus. Gleisendes Sonnenlicht flutete den Flur. Er lächelte. Ich lächelte zurück – und dann nahm er mich an den Händen. Wir hielten uns und sahen uns tief in die Augen. Dann kam ein Mädchen dazu. Ich kann mich nicht mehr daran erinnern, wie sie aussah, aber sie war jung. Sie nahm meine rechte und Linus' linke Hand und reihte sich in unseren Kreis ein. Dann auf einmal trat sie einen Schritt vor, ohne unsere Hände dabei loszulassen. Sie ging auf Zehenspitzen und küsste Linus. Er erwiderte den Kuss. Leidenschaftlich, mit vollem Zungeneinsatz. Während wir weiterhin alle an den Händen zusammenhingen. Mir kam das im Traum völlig selbstverständlich vor. Beim Aufwachen war ich angewidert und hatte einen fauligen Geschmack im Mund.

Als ich mich aus dem Bett kämpfte, ahnte ich noch nicht, dass die Erinnerung an diesen Traum bei Weitem nicht das Schlimmste war, was mir an diesem Tag bevorstand. Aber eins nach dem anderen:

Der Termin mit Dr. Brick fand dieses Mal ausnahmsweise am Vormittag statt und ich wusste nicht so recht, über was ich mit ihm reden sollte. Ihr denkt vielleicht, dass er das hätte wissen müssen, aber die Basis seiner Sitzungen stellten ziemlich offene Fragen dar, auf die ich so ziemlich alles hätte erzählen können. Er wollte immer zuerst wissen, wie es mir ging, was ich trieb, über was ich nachdachte. Ganz am Anfang hatte er mir mal erklärt, dass es meine Geschichte sei und ich das Geschehene auf meine eigene Art und in meiner eigenen Geschwindigkeit aufarbeiten müsse. Er sei dabei nur so eine Art Sidekick, der mich notfalls auffangen oder mich anschieben könne, falls ich feststeckte.

Ich war zu Beginn der Sitzung versucht, über den Fäulnis-Mann oder das nicht existente Skelett zu sprechen, aber irgendwie konnte ich wieder nicht. Stattdessen fing mein Mund wie von alleine an, den Traum mit Linus auszuspucken. Ich kann nicht sagen, warum, denn es fühlte sich überhaupt nicht gut an. Kaum waren die Worte draußen, fühlte ich mich peinlich berührt. Ich fühlte mich gezwungen anzufügen:

»Ich fand den Traum beim Aufwachen einfach nur widerlich und er hat nichts mit der Realität zu tun.« Nachdem ich das ausgesprochen hatte, fühlte ich mich nicht besser. Dr. Bricks Aussage, dass ein Kuss in einem Traum nicht immer sexuell interpretiert werden müsse, sondern eventuell eine ganz andere Bedeutung habe, änderte da auch nicht viel.

»Wie fühlen Sie sich denn allgemein, wenn Sie an Linus denken?«, fragte er weiter. Ich überlegte – und ich glaube, ich habe mir dabei übers Haar gestrichen.

»Weiß nicht«, sagte ich schließlich. »Ich will eigentlich nicht über ihn nachdenken.«

»Haben Sie eine Ahnung, woher diese Abneigung kommt?«

»Keine Ahnung. Ich würde es ja nicht mal Abneigung nennen. Ich habe einfach keine Lust, über ihn nachzudenken. Da ist kein besonderes Gefühl.« Das war gelogen. Ich verspürte durchaus eine Abneigung gegen Linus, aus der ich nicht so recht schlau wurde, aber ich wollte kein großes Thema daraus machen. Warum zur Hölle hatte ich Dr. Brick nur von diesem Traum erzählt? Glücklicherweise gelang es mir, das Thema zu wechseln. Wir sprachen über das Musical und meinen Hund. Am Ende der Sitzung sagte Dr. Brick etwas, das ich richtig gut fand:

»Wissen Sie was, das mit dem Hund finde ich wirklich großartig. Ich habe das Gefühl, der tut Ihnen sehr gut.« Dann sagte er noch etwas, das ich weniger gut fand:

»Ich möchte Ihnen bis zur nächsten Sitzung eine Aufgabe geben: Versuchen Sie, in sich hinein zu hören und sich zu fragen, warum Sie nicht über Linus nachdenken möchten. Sie müssen es nicht überanalysieren und eine gut durchdachte Antwort liefern. Es reicht, wenn Sie mir einfach ein Gefühl nennen können, das Sie befällt, wenn Sie an Linus denken.«

»Okay«, sagte ich und zuckte die Schultern. »Ich glaube eigentlich nicht, dass da ein Gefühl ist, aber ich tue, was ich kann.«

Auf der Rückfahrt dachte ich über die Sache nach. Ich wusste nicht so recht, wie ich die Aufgabe lösen sollte, denn es gab da diese Geschichte über Linus, die ich Dr. Brick auf keinen Fall erzählen wollte. Trotz seiner ärztlichen Schweigepflicht hätte es sich irgendwie falsch angefühlt, alles auszuplaudern. Aber wie ich über Linus sprechen sollte, ohne Gefahr zu laufen, zu viel zu sagen, wusste ich nicht so recht. Ihr wisst ja, dass ich manchmal nicht die Herrin über mein Mundwerk bin. Und wenn Dr. Brick sagte, ihm reiche ein Gefühl, war das natürlich eine Falle. Er würde es sicherlich nicht bei einem einzigen Wort belassen. Ich konnte nicht sagen: »Jetzt weiß ich, wie ich mich fühle, wenn ich an Linus denke: *genervt.*« Und Dr. Brick würde sagen: »Wunderbar. Dann hätten wir das ja.« Stattdessen würde er so etwas sagen wie: »Und können Sie dieses Gefühl genauer ergründen? Haben Sie eine Ahnung, worauf es fußt?« *Fußen*, dieses Verb mochte er besonders gerne. Ja, ich hatte eine Ahnung, auf welcher Erinnerung der Fuß ruhte. Womöglich war es sogar eine gute Idee, darüber nachzudenken. Schließlich wusste ich selbst noch nicht so recht, welche Rolle Linus in meinem ganzen Drama spielte.

Ben! Der Name schoss wie ein Blitz durch meinen Kopf. Ich konnte nicht mit Dr. Brick über die Geschichte mit Linus reden. Schließlich war er mehr oder weniger ein Fremder. Aber ich konnte sie Ben anvertrauen. Ben konnte ein Geheimnis bewahren. Er würde wissen, was zu tun war und er würde mich bestimmt auf neue Ideen bringen. Wie nur ein echter Freund so was kann.

Also schickte ich Ben eine Message und leitete damit unwissentlich den schlimmsten Moment des Tages ein:

»Hey, du hast doch angeboten, wir könnten jederzeit reden – und ich glaube, ich möchte das annehmen. Ich bräuchte einen Zuhörer in einer Sache… Könnte ein längeres Gespräch werden.« Er war gerade online und begann sofort zurückzuschreiben:

»Da trifft es sich ja gut, dass ich morgen wieder back in town bin. Meeting auf dem Garagendach?«

»Morgen? Ich dachte, du kommst erst nächstes Wochenende wieder?«

»Hatte ich auch eigentlich vor. Aber ich habe morgen Abend noch mal ein Date mit Nola. Hat sich spontan ergeben«

Nola! Wenn ein Name ein Schlag in die Magengrube ist. Ein Date mit Nola? Sie war *die Frau*? Nicht Amila? Konnte es eine andere Nola sein? Nola war ein seltener Name. Zumindest hier. Ich hatte nie eine andere Nola kennengelernt. Einen Moment lang wollte ich glauben, dass er sich vertippt hatte. Vielleicht meinte er ja eine Nora. Ich zögerte, dann tippte ich:

»Wtf? Wer ist Nola?« Die Antwort folgte direkt:

»Stell ich dir noch vor. Glaube nicht, dass du sie kennst. Wohnt erst seit einem Jahr hier und arbeitet im Rathaus.« Mir wurde schlecht. Das mit dem Rathaus war der Beweis, dass er sich nicht verschrieben hatte. Es wäre zu viel des Zufalls gewesen. Ich sendete ihm ganz schnell einen Daumen nach oben und ließ das Handy sinken.

Wir waren in der Einfahrt angekommen und meine Knie zitterten, als ich aus dem Auto stieg. Wie hatte ich es nur geschafft, in so kurzer Zeit in dieser Kleinstadt so viel zu verbocken? Ich hatte geglaubt, meinen besten Kumpel in Liebesdingen zu durchschauen, war dabei voll danebengelegen, hatte mich in die Frau verliebt, in die ich mich am allerwenigsten hätte verlieben sollen, hatte die Signale, die sie ausgesendet hatte missverstanden und mich dann so blamiert, dass ich ihr nie wieder begegnen wollte. Vielleicht hatte sie mich am Anfang ganz interessant gefunden, hatte ein bisschen geflirtet. Aber es war ihr nie ernst gewesen. Jetzt sowieso nichtmehr. Verdammt! Sie war im Begriff, Bens Freundin zu werden! Ich musste etwas tun. Schnell. Bevor mir alles noch mehr entglitt und es zu einer verdammt dummen Situation kommen konnte. Einer noch dümmeren Situation. Bevor Ben beispielsweise bei seinem Date sagte: »Ich muss dir mal meine beste Freundin El vorstellen. Sie ist ziemlich cool.« Und sie dann sagte: »Du meinst, die El, zu der ich wirklich nett und rücksichtsvoll war und die den ganzen Abend lang ein unmögliches Arschloch war? Die El, die gesagt hat, ich stecke in einem Orgatantenkörper?« Woraufhin Ben sich wundern würde, dass ich verschwiegen hatte, dass ich Nola kenne.

Es gab nur eine Möglichkeit, Schadensbegrenzung zu betreiben. Ich musste mit Nola sprechen. Ich musste ganz dringend mit Nola sprechen. Ein Blick auf mein Handy verriet mir, dass es 11:35 Uhr war. Wie lange arbeiteten die Leute freitags in einem Rathaus? Bis 11:30 Uhr? 12:00 Uhr? 13:00 Uhr maximal? Nun, Nola war bestimmt diejenige, die morgens als Erste auf der Matte stand und freitagmittags als Letzte ging. Ich konnte sie noch erwischen.

Um nicht einfach dumm vor dem Rathaus rumzuhängen, klemmte ich mir mein Skateboard unter den Arm und nahm Chucky mit. Er folgte mir, während ich auf dem Vorplatz des hässlichen 70er-Jahre-Baus hin und her cruiste und mich an Kickflips und Grinds an einer blockartigen Betonbank versuchte. Irgendwann wurde es Chucky zu dumm und er legte sich in den Schatten unter einen Strauch.

Ich behielt den Eingang des Rathauses die ganze Zeit im Blick. Nach und nach strömten immer mehr Leute heraus, die den Eindruck vermittelten, direkt aufs Wochenende zuzusteuern. Blüschen und Hemden, Schultertaschen und Messengerbags, zufriedenes Lächeln auf den Lippen. Manche sahen mich einen Moment lang so an, als wollten sie mir erklären, dass ich mich mit meinem Board gefälligst von der Bank fernzuhalten hätte. Aber dann waren sie ihrer freien Zeit wohl doch zu nahe, um sich mit städtischen Problemen herumzuschlagen. Das machte mir jedoch noch einmal bewusst, dass Nola und ich in verschiedenen Welten lebten. Sie gehörte zu den Erwachsenen, die für Ordnung sorgten. Ich war eine kindische Chaotin – und ich wollte mich eigentlich gar nicht ändern.

Nola war bisher nicht unter den Menschen gewesen, die aus dem Rathaus gekommen waren, unter den Erwachsenen. Mich beschlich die Ahnung, dass sie am Tag nach dem von ihr organisierten Event vielleicht frei hatte. Dann lief es erstaunlicherweise ähnlich wie schon am Abend zuvor: Gerade als ich aufgeben wollte, trat sie doch noch durch die Glastür. Sogar ausgerechnet in dem Moment, in dem ich den ersten Kickflip sicher und cool landete. Für eine Sekunde schaute sie interessiert, vielleicht sogar beeindruckt in meine Richtung. Ich glaube, dass sie mich da noch nicht erkannt hatte. Denn einen Augenblick später schaltete ihr Gesicht auf einen äußerst genervten Ausdruck um. Ich kickte das Board hoch, winkte ihr zu und rief ihr ein unschuldiges *Hey* entgegen. Sie nickte mit zusammengekniffenen Lippen, ohne stehenzubleiben. Ich klemmte mir das Board unter den Arm und ging auf sie zu. Bevor sie weitergehen konnte, rief ich ihr zu:

»Hey Nola, ich wollte nur sagen, dass es mir total leidtut. Ich weiß, ich habe gestern Abend nur Bullshit geredet – und ich war auch nicht ganz nüchtern. Das ist keine Entschuldigung oder so. Ich wollte nur, dass du weißt, dass... Ich weiß auch nicht.« Sie blieb stehen und nickte. Ich hatte den Eindruck, dass sie sich ein Lächeln verkniff und wusste nicht, ob das ein gutes oder ein schlechtes Zeichen war.

»Können wir... Ich meine, könntest du dir vorstellen, den gestrigen Abend zu vergessen und noch mal ganz neu anzufangen? Ich meine, nicht ganz neu. Den Abend in der Musikschule brauchst du ja nicht zu vergessen. Ich denke, da war ich ganz okay. Und ja, was ich sagen wollte: Ich finde deinen Job nicht zum Lachen. Ganz im Gegenteil. Ich finde es extrem beeindruckend, was du machst. Du hast Dinge auf der Reihe... und ich eben nicht. Wie du ja gestern gemerkt hast. Ich meine, wahrscheinlich denkst du, ich bin ein infantiles Arschloch«, stammelte ich – und ahnte, wie das wirkte mit dem Skateboard unter dem Arm, einem T-Shirt, das ich bei meinen Stürzen dreckig gemacht hatte und einem riesigen sabbernden Hund, der in diesem Moment an meine Seite trat. Ich spürte mein Herz klopfen. *Hör auf,* befahl ich ihm. *Du sprichst mit der neuen Freundin deines besten Kumpels.*

»Ne.« Nola schüttelte den Kopf. Dann grinste sie: »Ich meine, ja, vielleicht halte ich dich schon ein kleines bisschen für ein Arschloch – und definitiv für infantil. Aber das ist irgendwie auch ziemlich sympathisch.« Ich starrte sie verwundert an. Es wurde noch verwirrender. Sie sagte:

»Hey, ich hole mir jetzt einen Kaffee bei Willy. Kommst du mit? Ich meine – kommt *ihr* mit?« Sie schaute Chucky an und legte den Kopf schief. Okay, ich hatte einen Hundebonus. Trotzdem hatte das Gespräch einen mehr als verwunderlichen Verlauf genommen. Ich hatte darauf gehofft, sie darum bitten zu können, Ben mein peinliches Verhalten zu verschweigen. Nicht im Traum hatte ich daran gedacht, zum Kaffee eingeladen zu werden. Aber genau so war es.

Zehn Minuten später saßen wir mit zwei Soja-Vanille-Macchiatos auf einer niedrigen Mauer. Ich fragte mich, ob sie Veganerin war oder ob Sojamilch einfach mehr kulturelles Flair versprühte. Auf jeden Fall hatte ich mich ihrer Bestellung einfach angeschlossen, um nicht wie eine Banausin zu wirken.

»Jetzt raus damit: Was machst du?«, fragte Nola.

»Hm?«, machte ich.

»Na, jetzt bist du dran, mir zu verraten, was für einen beeindruckenden Job *du* hast.«

»Oh… Hm«, machte ich. Was sollte ich dazu sagen? Ihr etwa meine ganze verrückte Geschichte erzählen?

»Na ja, das ist gerade etwas schwer zu beantworten. Eine verrückte Story.«

»Ich will sie hören. Du hast einen Latte lang Zeit.« Sie wischte Milchschaum von ihrer Oberlippe. Es war völlig verrückt, meine Geschichte einer Person zu erzählen, die ich kaum kannte. Andererseits musste sie mich sowieso schon für ziemlich gestört halten – und komischerweise schien sie das nicht abzuschrecken.

Ich beschloss, die ganz harmlosen Sachen zu verraten und berichtete, dass ich Fotografin war. Das fand sie cool. Sie fragte, ob sie sich an mich wenden könne, wenn sie gute Fotos brauchte.

»Na ja, wenn du ein Elektrogerät bist… Ich habe mich eigentlich auf Produktfotografie spezialisiert. Manchmal habe ich auch im Fotostudio ausgeholfen, wenn ich nicht genügend andere Aufträge hatte. Da habe ich aber nur furchtbare Passbilder geschossen. Und, ach ja, alte Bruchbuden fotografiere ich auch ganz gerne.« Ich grinste sie an.

»Du meinst, das würde passen?« Sie grinste ebenfalls.

»Na ja, wenn du noch 50 bis 100 Jahre älter wärst vielleicht.« Ich erzählte ihr von den Lost Places und das fand sie noch viel cooler. Ich erklärte, dass ich nicht so gut sei und dass ich sowieso aufgehört hatte.

»Warum das denn?«, wollte sie wissen. »Das klingt so spannend, dass ich mir gar nicht vorstellen kann, wie man damit aufhören kann. Und du fragst *mich*, was mich

145

hierher verschlagen hat? Hallo? Was hat *dich* bitte hierher verschlagen?«

»Na ja, das wäre dann wohl die verrückte Geschichte…« Und dann erzählte ich sie. Ich erzählte von dem Kinderheim, meinem Verschwinden, den ausgelöschten Stunden, wie mich die Polizei gefunden hatte und wie ich zuerst in einer Klinik und dann bei meinen Eltern gelandet war.

»Wow.« Nola starrte auf ihren Pappbecher, der inzwischen längst leer war. »Und jetzt arbeitest du also daran, rauszufinden, was los war?« Ich nickte verlegen. Hätte ich ihr wirklich all den Mist erzählen sollen?

»Und wie geht das?«, wollte sie wissen. »Ich meine, wenn ich das fragen darf.«

»Das darfst du. Aber ich weiß leider selbst noch nicht, wie es geht. Ich denke hauptsächlich über Dinge nach und spreche mit Dr. Brick, meinem Psychiater. Bisher hat das aber zu nichts geführt.« Sie nickte. Es entstand eine kleine, aber nicht unangenehme Pause, bevor sie sagte:

»Du hast mir ziemlich viel über dich verraten. Deshalb verrate ich dir jetzt auch, dass du ein bisschen recht hattest mit dem, was du gestern über mich gesagt hast.« Sie sah mich an. »Ich meine, du warst trotzdem ein Arschloch.«

»Ohne Zweifel…«

»Ich meine, die Art, *wie* du es gesagt hast, war echt übel. Aber du hattest recht damit, dass ich selbst künstlerisch aktiv bin, und dass ich mich nie traue, damit an die Öffentlichkeit zu gehen, und dass ich unter den Kreativen immer diejenige mit dem Organisationstalent war und deshalb irgendwie in die Schiene reingerutscht bin. Du hast das ziemlich gut durchschaut.«

»Oh«, machte ich. Damit hatte ich nicht gerechnet.

146

»Was machst du Künstlerisches? Sag aber nicht, dass du malst. Das wäre so klischeehaft. Du würdest mir dann Bilder auf deinem Handy zeigen und ich würde sagen, dass die ganz toll wären, obwohl sie scheußlich sind... Oh, verdammt. Malst du wirklich?« Sie schüttelte lachend den Kopf:

»Du kannst es einfach nicht lassen, oder?«

»Ein Arschloch zu sein? Nein, irgendwie nicht. Das war aber ein Witz. Falls du malst, malst du bestimmt ganz toll.«

»Ich male nicht.«

»Was dann? Ausdruckstanz? Ich bin mir sicher, du kannst die Wolken zum Regnen bringen und die Wale zum Singen.«

»Du bist wirklich infantil.«

»Also, was jetzt?«

»Na ja, früher habe ich Klavierspielen gelernt. Das lag mir aber nicht. Meine Finger sind irgendwie zu ungeschickt. Aber ich habe dabei ein bisschen was über die Musiktheorie gelernt – und das nutze ich jetzt, um elektronische Musik zu machen. Ich schreibe Songs, ohne ein Instrument zu spielen. Alles programmiert.«

»Das klingt ziemlich cool. Kann ich was davon hören?«

»Damit du sagen musst, es wäre ganz toll, obwohl es furchtbar ist?«

»Ich werde ehrlich sein. Du weißt, ich bin ein Arschloch.«

»Ja.«

»Ja zu was?«

»Zu beidem.«

»Also, ich bin ein Arschloch und ich darf was hören?«

»Ja.«

»Cool.«

»Cool.« Wir starrten beide auf unsere Becher.

»Ich habe aber nichts davon dabei. Das müssen wir ein andermal machen«, sagte sie dann. Ich nickte. »Ich muss jetzt dann auch mal los«, sagte sie. Ich nickte wieder. »Gib mir doch mal deine Nummer.« Noch ein Nicken.

Als wir uns gerade verabschiedet hatten, fiel mir noch etwas ein. Ich sagte:

»Äh, Nola. Vielleicht könntest du Ben nichts davon erzählen. Also davon, dass ich im Visage ein Arschloch war und von unserem Treffen heute – und dass ich dir meine Geschichte erzählt hab. Er ist mein bester Freund und als er mir heute geschrieben hat, dass er ein Date mit dir hat, habe ich so getan, als würde ich dich nicht kennen, weil… na ja, weil das alles so peinlich war. Er würde es bestimmt komisch finden, wenn er jetzt erfährt, dass wir abhängen und…« Sie nickte mit ernstem Gesichtsausdruck:

»Ja… Ja, klar. Es ist ja auch alles ein bisschen seltsam gelaufen. Ich muss ihm nicht alles erzählen. Wir sind ja nicht verheiratet. Ich meine, wir sind nicht mal ein Paar bisher. Wir hatten nur drei Dates. Wir… äh… schauen noch, was daraus wird.«

»Cool«, sagte ich.

»Cool«, sagte sie.

»Total cool«, sagte ich. An ihrem Gesichtsausdruck konnte ich ablesen, dass ich es damit übertrieben hatte. Wir verabschiedeten uns noch einmal.

14: LINUS

Am Samstagvormittag stand schon die nächste Musicalprobe an. Dieses Mal nur für das Gesangsensemble. Darum trafen wir uns auch nicht in der Musikschule, sondern bei den Zwillingen zu Hause. Der Song *Lady Marmalade* stand auf dem Programm. Amila erklärte uns, dass es zunächst nur um die Gesangsperformance gehe. Das Acting würden wir angehen, wenn das Musikalische saß.

Bei diesem Song wurde uns einiges mehr abverlangt, als nur *school's out for summer* zu brüllen. Wir sollten Harmonien singen, sogar unterschiedliche – aufgeteilt in bis zu drei Gruppen. Es fiel mir ziemlich schwer, meine Stimme zu halten, während ich von links und rechts andere Töne hörte. Dieses Mal konnte ich auch nicht nur so tun als ob. Da jede Gruppe nur aus vier Personen bestand, wäre das aufgefallen. Amila, die später die Hauptstimme singen würde, gesellte sich zu Übungszwecken abwechselnd zu uns. Immer, wenn ich ihre feste Stimme als Stütze hatte, ging es besser. Amal begleitete uns auf dem Klavier. Beide Zwillinge zogen während der Probe häufig die Brauen zusammen.

Sie hatten kein Erbarmen mit uns. Wir übten ganze drei Stunden lang. Am Ende kamen statt der Harmonien noch ein paar Einwürfe während des Rap-Teils. Das war einfacher, aber ich spürte bereits ein Kratzen in meinem Hals und hatte das Bedürfnis, mich ständig zu räuspern.

Außerdem schwirrte mir der Kopf. Das Ganze erforderte mehr Konzentration als ich je erwartet hätte.

»Gut«, sagte Amila. »Ich schicke euch die Aufnahmen. Ihr müsst das unbedingt zu Hause üben. Nächste Woche müssen wir schon am Acting für die Szene arbeiten. Sonst wird das nichts mit unserem Zeitplan.« *Wow, was für ein Stress.* Ich sollte also bis zur nächsten Wochen Harmonien singen und über Linus nachdenken. Ich wusste nicht, was schwieriger werden würde. Aber immerhin würde Ben mich bei Letzterem unterstützen.

Als ich am Nachmittag neben ihm auf dem Garagendach saß, fühlte sich das zunächst komisch an, weil ich ständig an Nola denken musste – und ich kann nicht behaupten, dass es jugendfreie Gedanken waren. Ben erzählte irgendwas über seine Arbeit. Ich glaube, er sagte unter anderem, dass ihm in der halben Woche so viel Arbeit aufgehalst worden war, dass es für zwei Wochen gereicht hätte. Er bemerkte, dass ich abwesend war und ihm kaum folgen konnte. Also sagte er:

»Na ja, egal. Du hast ja gesagt, dich beschäftigt was. Willst du jetzt drüber sprechen?«

Bevor ich nun anfange, mein Gespräch mit Ben wiederzugeben, muss ich ein paar Worte über Linus verlieren, damit ihr eine Vorstellung bekommt, um wen es eigentlich geht.

Als ich Linus zum ersten Mal erwähnt habe, habe ich erklärt, dass ich am liebsten nie wieder von ihm hören würde. Später habt ihr erfahren, dass er ziemlich nervig ist – und ja, Gott verdammt, das ist er – aber an sich fand ich auch mal ziemlich viel an ihm ziemlich okay. Zumindest, bis alles immer seltsamer wurde. Er war mein Freund. Ich habe ebenfalls erzählt, dass ich eine Zeit lang nicht allzu viel Kontakt zu Ben hatte.

Nicht, weil wir uns gestritten hätten oder so. Wir wohnten einfach nur in unterschiedlichen Städten und lebten unterschiedliche Leben. Die Lücke, die dadurch entstanden war, hatte Linus in den letzten zwei Jahren ausgefüllt.

Wenn man über Linus' Persönlichkeit spricht, muss man zuerst erwähnen, dass er ein aufgeputschtes Koffein-Monster ist. Linus schläft glaube ich nie – oder höchstens drei bis vier Stunden pro Nacht. Er ist unglaublich produktiv, immer auf Achse und kippt sich dabei literweise Kaffee, Coke und Energydrinks rein. Ich glaube, er würde einfach schon wegen seiner dauergeweiteten Pupillen und den zitternden Armen durch jeden Drogentest fallen. Dabei lehnt er Drogen und sogar Alkohol sowie Zigaretten kategorisch ab.

Linus redet am laufenden Band. Er redet, redet, redet und zappelt dabei ständig mit den Beinen herum. Das kann – vor allem in der Kombination – sehr anstrengend sein. Er hat auch eine recht gewöhnungsbedürftige Art, sich auszudrücken. Nicht nur, dass er viel zu oft *okay, okay* sagt. Linus drückt sich außerdem sehr gewählt aus, manchmal rutschen aber auch die typischen Modebegriffe aus dem Internet zwischen rein. Außerdem scheint ihm oft ein Substantiv nicht zu reichen. Statt es einfach dabei zu belassen, schiebt er mehrere Synonyme hinterher.

Was Linus redet, ist aber meist ziemlich interessant, denn er versteht wirklich was von seinem Fach und verfügt über einen unglaublich großen Wissensschatz. Vor allem für einen 23-Jährigen. Er ist ein Meister im Recherchieren, von dem ich viel gelernt habe. Wenn es irgendwo im Netz Informationen über ein Thema gibt, mögen sie auch noch so gut versteckt und spärlich sein,

Linus findet sie und bringt alles in einen sinnvollen Gesamtkontext. Auch was die Spurensuche vor Ort angeht, ist er ziemlich gut. Er hat ein ziemlich großes Allgemeinwissen, versteht viel von Geschichte, Psychologie, Biologie, Geografie – und hat sogar ein Semester Architektur studiert. Neben den Einnahmen vom Kanal schlägt er sich allerdings nur mit Aushilfsjobs durch. Kommen die ihm bei seinen Touren in die Quere, schmeißt er sie hin und quatscht sich bei Gelegenheit in den nächsten Job rein. Linus' Kanal ist sein Baby. Sein Ein und Alles.

Kein Wunder. Die Idee hinter *Simply Ghost Stories* ist ja auch ziemlich gut: Linus' Anliegen besteht darin, vergessene Geschichten von vergessenen Orten zu erzählen. Geschichten, die es wert sind, gehört zu werden, weil sie inspirierend, lehrreich, abschreckend oder berührend sind. Natürlich sollen die Videos neben den Fakten auch Unterhaltungswert und einen gewissen Gruselfaktor bieten, damit die Leute mit Gänsehaut und Spannung dabei bleiben. Am wichtigsten ist es Linus jedoch, Wertschätzung für Lost Places zu schaffen und klar Stellung gegen Vandalismus zu beziehen. Also ein Konzept mit journalistischem und sogar irgendwie rechtschaffenem Anspruch. Ein Konzept, dem Linus eigentlich gewachsen ist. Er hat nämlich das Zeug dazu, ein verdammt guter Journalist zu sein und trotz, oder gerade wegen seiner eigenwilligen Art, ein Charisma, mit dem er gerade junge Menschen beeinflussen kann.

Leider – zumindest aus meiner Sicht *leider* – ist ihm zunehmend aufgefallen, dass es für die Abozahlen wichtiger ist, möglichst morbide Geschichten, anstatt möglichst gut recherchierter zu erzählen, und das beeinflusste meiner Meinung nach seine Inhalte. Nicht, dass er weniger sorgfältig recherchierte oder sich Geschichten ausdachte. Er betrieb nur Cherry Picking, also behandelte die Fakten manchmal selektiv und gewichtete sie nicht mehr so stark nach der Seriosität der Quellen. Zu nüchterne Betrachtungsweisen der Fakten oder Zweifel an den Geistergeschichten ließ er ab und an weg und erklärte: »Okay, okay, El. Aber das will unser Publikum, die Leute da draußen, nicht hören. Viel zu langweilig. Zudem kann man sich das mit nur ein wenig gesundem Menschenverstand selbst denken.«

Auch in der Art, wie er die Geschichten vor der Kamera erzählte, erkannte ich eine subtile Veränderung. Ich weiß nicht, ob das auch den Zuschauern auffiel, denn es waren nur Nuancen. Aber dadurch klangen die Storys für mich reißerischer. Ich hatte immer mehr das Gefühl, dass wir die Geschichten von echten Menschen – die zwar tot waren, aber trotzdem nicht minder echt – für Abonnements ausschlachteten und dass das ziemlich unfair und uncool war.

Auf dieses Gefühl werde ich gleich noch mal zurückkommen. Zunächst noch mal zu Linus' Stärken: Er ist ein unglaublich guter Entertainer und versteht, was die Leute sehen wollen. Wie ich schon an anderer Stelle erwähnt habe, kann er sich immer ein interessantes Video aus den Fingern saugen. Außerdem kommt er mit seiner Emo-Gedenkfrisur, seinem fein geschnittenen Gesicht und den intensiven Augen ziemlich gut an. Er erhält ständig Mails von Leuten, die ihn gerne kennenlernen wollen. Aber dafür hat er nie Zeit. Das ist ihm alles nicht wichtig. Er denkt nur an seinen Kanal. Er ist so eine Art Koffein-Mönch, der im YouTube-Kloster zu Hause ist. Total fokussiert. Seine Begeisterung ist ansteckend. Linus hat mich für eine Weile voll in seine Welt reingezogen. Er wurde nie müde, mir Dinge zu erklären und – anders als die meisten anderen Menschen – wurde er auch nie müde, meine Arbeit zu loben. Mit ihm fühlte ich mich immer gut unterhalten und wertgeschätzt. Das mochte ich an Linus.

Nun aber zu der Geschichte, die ich Ben erzählen wollte.

»Ja«, sagte ich zu Ben. »Ich wollte über Linus reden.«

»Ich dachte, er heißt für uns Lenny?!«

»Ja, nein. Er heißt jetzt wieder Linus.«

»Okay… Aber ist irgendwas mit Len… ach, verdammt, Linus passiert?« Er sah mich besorgt an.

»Nein… Also ja, schon. Aber eine Geschichte, da kommst du nie drauf, und du musst mir auch schwören, dass du sie niemandem erzählst.«

»Du sprichst aber auch mit deinem Psychiater darüber, oder?«, wollte Ben wissen.

»Ja«, sagte ich schnell. »Ja, na klar. Ich wollte es nur zuerst dir erzählen. Damit ich… äh, weiß, wie ich sie am besten erzählen kann.«

»Okay, ich höre zu.«

»Na ja, es war so: Eine Weile lang habe ich mich richtig in den YouTube-Kanal und meine Urbex-Fotografien reingestürzt. Es war beinahe das einzige Thema, das mich interessierte. So spannend, so fesselnd – und für einige Zeit hatte ich den Eindruck, dass ich was gefunden habe, das ich richtig gut kann. Ich hätte mir nicht vorstellen können, jemals damit aufzuhören. Aber das hat sich verändert. Vor allem in den letzten – ich würde sagen – drei Monaten. Das hatte glaube ich zwei Gründe. Den ersten hast du schon erraten:

Es lag an den Geschichten, mit denen wir uns beschäftigten und den Orten, die wir besuchten. Ich war jedes Mal Feuer und Flamme, wenn wir an was Neuem dran waren, aber danach kam immer so eine Leere, eine Rastlosigkeit, eine Suche, Frustration, Traurigkeit.

Wenn ich im Nachhinein über die Geschichten nachgedacht habe und meine Fotos angeschaut habe, hatte ich auf einmal so ein ungutes Gefühl, dass ich nicht mal entscheiden konnte, welche Fotos die besten waren. Mir gefielen sie alle nicht mehr.

Ich war nicht sicher, woher dieses Gefühl kam, aber jetzt, nachdem du es gesagt hast, bin ich mir sicher, dass es daran lag, dass es immer um den Tod ging. Das ist einfach nichts für mich.

Da war aber sogar noch ein zweites Problem. Ich war nämlich in letzter Zeit nicht mehr so überzeugt von dem, was wir da machten. Die Videos wurden irgendwie nach und nach plumper, irgendwie weniger authentisch und mit dem neuen Stil konnte ich mich nicht mehr identifizieren. Aber Linus ließ sich da nicht reinreden. Der Kanal ist sein Ding und sein Ding ganz allein. Ich hatte da also kein Mitspracherecht – und dazu kam mein ungutes Gefühl im Allgemeinen. Beides zusammen hat mich dazu gebracht, ganz vorsichtig drüber nachzudenken, ob ich nicht doch aus der ganzen Sache aussteigen sollte.

Es hat eine ganze Weile gedauert, bis ich mir sicher war. Vorher war es immer so ein Hin und Her in meinen Gedanken. Denn es gab ja auch Momente, in denen ich liebte, was wir da machten. Aber schließlich gab es eben mehr Momente, in denen es mich stresste und fertigmachte. Ich wusste, dass Linus es schwernehmen würde. Wir waren ja inzwischen gute Freunde und meine Arbeit war wichtig für ihn. Weil ich weiter mit ihm befreundet sein wollte, suchte ich nach einer Lösung und fand auch eine. Ich wollte ihm Maya vom Fotostudio vermitteln. Sie hat vielleicht nicht ganz so viel Zeit wie ich, aber

womöglich hätte ich ihr ja mehr Zeit verschaffen können, wenn ich mehr ausgeholfen hätte. Sie hat auf jeden
Fall dieses Interesse an spirituellen Dingen und sie mag
Linus und schaute immer all unsere Videos. Ich hatte sie
noch nicht gefragt, weil ich zuerst mit Linus sprechen
wollte, aber ich war irgendwie sicher, dass es klappen
würde.

Also war es so weit. Ich bin zu Linus gegangen und
hab so was gesagt wie:

*-Hey Linus, ich hab gemerkt, dass ich bei dem, was
wir da machen, keinen Spaß mehr hab. Ich kann mich
nicht mehr damit identifizieren. Es tut mir nicht mehr gut
und ich mache meinen Job darum auch nicht mehr gut.
Ich muss damit aufhören, aber ich habe schon überlegt,
wer meinen Job übernehmen kann.*

Aber an einer Nachfolgerin war er überhaupt nicht
interessiert. Als ich ihm von meinem Plan mit Maya erzählte, hielt er einfach nur die Hände vors Gesicht und
schüttelte den Kopf. Er konnte mich überhaupt nicht
verstehen, weil er fand, alles würde gerade so gut laufen.
Ich meinte:

*-Na ja, aber du bist derjenige vor der Kamera, den
die Leute sehen. Es wird auch noch gut laufen, wenn
Maya dich filmt.*

Er sagte immer wieder, ich würde nicht verstehen
und dass er nicht irgendjemanden brauche, sondern eben
genau mich. Ich muss zugeben, dass mich das ziemlich
aus dem Konzept gebracht hat, weil noch nie – wirklich
noch nie jemand – so etwas zu mir gesagt hat.«

Ben zog die Augenbrauen hoch, griff nach meiner
Hand und verschränkte seine Finger in meinen, bevor ich
etwas dagegen tun konnte.

»El, es tut mir echt leid, wenn ich so was noch nie
zu dir gesagt habe. Aber gedacht hab ich es schon tau-

sendmal, glaub mir. Du bist genau *die* beste Freundin, die ich brauche und ich bin echt froh, dass wir uns wieder öfter sehen.« Das schöne Kompliment verfehlte seine Wirkung leider völlig, weil ich wieder an meine Gefühle für Nola denken musste und Gewissensbisse verspürte.

»Danke«, murmelte ich und sah auf den Vorgarten hinunter, in dem Chucky lag. »Das ist wirklich süß. Geht mir ja auch so. Aber…« Ich fing mich wieder und sah ihn an, »es war in dem Fall trotzdem was anderes, weil es bei Linus um einen Job ging. Du weißt, dass ich in Jobs normalerweise nicht sonderlich gut bin. Es war also echt was Besonderes, zu hören, ich wäre unersetzlich. Also hab ich mich von Linus in was reinquatschen lassen. Er sagte, ich solle ihm noch eine letzte Chance geben, mir zu beweisen, dass er mich für diesen Job brauchte. Falls es ihm nicht gelingen würde, wollte er mich kommentarlos gehen lassen. Das klang vernünftig. Ich dachte, na ja, da ist ja nichts dabei. Grundsätzlich hielt Linus sich nämlich an das, was er versprach. Außerdem war ich natürlich neugierig und wollte wissen, wie er das beweisen wollte. Er sagte, er müsse mir einen ganz bestimmten Ort zeigen. Also sind wir zwei Tage später losgefahren.«

»Das Kinderheim?«, tippte Ben. Ich schüttelte den Kopf.

»Nein. Wir hatten unsere Recherchen über das Kinderheim schon abgeschlossen und ein grobes Skript für die Folge geschrieben. Eigentlich waren wir also bereit, dort zu drehen. Aber Linus sagte, er müsse mir etwas anderes zeigen und wollte nicht verraten, was. Wir sind zwei Tage später losgefahren. Das war freitags. Ich glaube, wir waren etwa drei Stunden unterwegs, aber Linus hat es tatsächlich geschafft, sich im Auto nicht zu verplappern. Also war ich völlig unvorbereitet. Wir haben das Auto in einem kleinen Touri-Kaff geparkt. Nette Gegend, viel Wald, ein paar kleinere Berge, aber ziemlich schlechte Straßen.

In der Hauptstraße von dem Ort, in dem wir anhielten, waren zwei Hotels, eine Eisdiele und zwei Restaurants. Aber beide Restaurants waren verrammelt und bei den Hotels war ich mir auch nicht so sicher, ob sie noch geöffnet waren. Sahen ziemlich ungepflegt aus und der ganze Ort wirkte völlig vereinsamt. Ich hatte ein bisschen das Gefühl, in eine Zombie-Apokalypse reingeraten zu sein – und wenn das Rätsels Lösung gewesen wäre, hätte ich verstanden, dass Linus gerade mich brauchte. Denn keiner hat mehr Zombiefilme gesehen als ich und weiß besser, wie man mit den verschiedensten Versionen von den Dingern fertig wird. Aber das war nicht Rätsels Lösung.

Wir haben auf dem Parkplatz hinter dem einen Hotel geparkt, das noch schäbiger aussah als das andere. Abgesehen von unserem Auto war der Parkplatz komplett leer und ich habe noch so gedacht, dass – falls das Hotel noch in Betrieb war – es wohl nur noch eine Frage der Zeit war, bis sich das änderte. Anfangs dachte ich sogar, dass das Hotel unser Ziel wäre – oder eins der Restaurants. Es ist immer ziemlich schwierig, ungesehen in Lost Places rein zu kommen, die innerorts sind. Streng genommen ist das, was wir da machen, ja unbefugtes Betreten. Aber in diesem einsamen Dorf wäre es wahrscheinlich möglich gewesen, heimlich durch ein offenes Fenster zu steigen und sich umzuschauen.

-Das Kaff hier ist wohl irgendwie auf dem absteigenden Ast, was?, hab ich Linus gefragt. Er meinte so was wie:

-Ja, es kommen nicht mehr allzu viele Touristen. Ist in der ganzen Gegend, also in der ganzen Region, so.

Das war eine ziemlich kurze Antwort für Linus und überhaupt wirkte er irgendwie nervös. Ich meine, Linus zappelt ja immer rum, aber da war noch was anderes: Irgendwas an der Art, wie er mich ständig von der Seite anschaute, machte mich selbst ganz nervös.

Er erklärte mir dann, dass unser Ziel nicht im Ort, sondern außerhalb läge. Dazu sagte er noch, wir hätten vielleicht auch mit dem Auto ganz hinfahren können. Nur sei die Straße schon bei seinem letzten Besuch in schlechtem Zustand gewesen und er wisse nicht, ob wir durchkommen würden.

Ich hatte nichts dagegen, ein bisschen zu laufen. Es war ein perfekter Sommertag und eigentlich wollte ich mir für den Weg noch ein Eis holen, aber Linus war dagegen. Ich konnte das überhaupt nicht verstehen und wir hatten einen kleinen Streit, aber ich gab dann doch nach, weil ich merkte, dass er ungewöhnlich angespannt war.

Er wollte mir übrigens immer noch nicht verraten, wo wir hingingen, aber die Schilder verrieten schon, dass wir uns einem See näherten. Wir nahmen nicht die Straße, von der Linus vorher gesprochen hatte. Er meinte, der Fußweg durch den Wald sei schneller. Ich merkte sofort, dass er sich ziemlich gut auskannte und wurde immer neugieriger auf das, was er mir zeigen wollte. Als wir dann schließlich dort waren, war ich erst mal ziemlich enttäuscht.

Es war ein Haus am Waldrand. Im Hintergrund war der See zu sehen. Eine ganz stimmungsvolle Kulisse. Nur leider war von dem Haus nicht mehr so viel übrig. Eigentlich nur die Grundmauern. Es war eine Brandruine. Ich weiß noch, dass ich Linus angeschaut habe, weil ich mich gefragt habe, ob das Haus zwischen seinem letzten Besuch und dem aktuellen abgebrannt war. Aber Linus wirkte nicht erstaunt über den Zustand des Hauses und außerdem sah es nicht so aus, als hätte es erst kürzlich gebrannt.

Das Hausdach fehlte komplett. Die lange hintere Mauer Richtung Waldrand war noch so ungefähr zwei Stockwerke hoch, die linke und rechte Wand teilweise eingestürzt, von der vorderen, Richtung See, wo wohl die Eingangstür gewesen ist, war fast gar nichts mehr übrig. Vor dem ehemaligen Eingang war ein großer betonierter Platz. Ich wollte von Linus wissen, ob das Haus mal ein Café oder ein Kiosk mit Seeblick gewesen sei. Er hat nur kurz genickt und gesagt:

-Unten ein Café, oben eine Privatwohnung.

Ich wusste nicht, was ich mit der Info anfangen sollte. Ich hatte echt keine Ahnung, was Linus mir mit diesem Ausflug sagen wollte oder wofür er mich – und eben genau mich – hier brauchte. Aber er wollte es immer noch nicht verraten. Also schaute ich mich um. Innen in der Ruine gab es mehr oder weniger nur noch einen Raum. Man konnte an der langen Innenwand noch sehen, wo der Boden vom ersten Stock angesetzt hat, aber der fehlte komplett. Auch von den Zwischenwänden, die mal die Räume unterteilt haben, war fast nichts mehr übrig. Hier und da mal noch ein kniehoher Rest.

Alles war voll mit Schutt von den eingestürzten Wänden, Sträuchern, Blumen, kleinen, jungen Bäumen – und Müll. Das Übliche: moosgrüne Flaschen, leere Tetrapacks, Burgerverpackungen. Ich habe auch ein benutztes Kondom gefunden, und allgemein roch es ein bisschen nach Pisse.«

»Fiese Kombination.« Ben verzog das Gesicht. Ich zuckte die Schultern, denn ich war es nicht anders gewohnt. Von anderen Erkundungstouren, meine ich natürlich. Dann fuhr ich fort:

160

»An der Wand waren ein paar Graffitis. Da stand zum Beispiel *Fotze,* aber nichts Besonderes und bestimmt keine großen Kunstwerke. Ich bin also wieder nach draußen gegangen und hab mich umgeschaut. Es waren noch etwa zwei- oder dreihundert Meter bis zum See und ich ging rüber. Linus blieb vor der Ruine sitzen. Im Schneidersitz.

Ich sah mir den See an und dachte, dass es sich wohl um einen alten Baggersee handelte, der bestimmt mal besser in Schuss war. Die Stege sahen ziemlich wacklig aus und die Wasseroberfläche war ganz voll mit Algenteppichen. Außerdem stand auf mehreren Schildern, dass Baden im gesamten See verboten sei. Ein paar Jugendliche hielten sich nicht daran, plantschten und schrien herum. An einer Bucht, die man von unserer Uferseite aus nicht so gut einsehen konnte. Mir wurde klar, dass es dort auch nichts Besonderes zu entdecken gab.

Ich ging also wieder zu der Brandruine zurück und sagte:

-Was soll das, Linus, was soll ich denn hier? Und er meinte so:

-Spürst du denn gar nichts? Und ich so:

-Linus, was soll ich denn spüren, außer dem Schnakenstich, den ich mir gerade am See geholt habe?

Er meinte, Maya habe ihm doch erzählt, ich würde manchmal eben *so Dinge* sehen. Also hab ich gesagt:

-Mann, Linus. Davon hatten wir es doch ganz am Anfang schon. Das ist nur Quatsch. Einbildungen, Halluzinationen. Ich war früher ein hysterisches Kind und hab mir komische Dinge eingebildet. Außerdem liegt das ewig zurück.

Ich wies ihn darauf hin, dass ich ihn die ganze Zeit für einen ziemlich wissenschaftlich analytischen Tipp gehalten hatte und nicht davon ausgegangen war, dass er wirklich an Geistergeschichten glaubte. Da nickte er nur, guckte ganz komisch und sagte:

-Ja, eigentlich ist das auch so. Nur an diesem Ort hab ich selbst schon Dinge *gesehen.*

Als er das sagte, wurde ich ein bisschen wütend. Ich fand die ganze Aktion dämlich. Ich hatte gedacht, dass er von meinen fachlichen Qualitäten so begeistert war, dass er mich nicht verlieren wollte – und jetzt ging es nur um irgendein dummes Gefühl, das er mal gehabt hatte – oder eine Sinnestäuschung oder so. Also hab sagte ich:

-Linus, das ist doch Bullshit. Das hier ist nichts. Es ist ja nicht mal ein richtiger Lost Place. Es ist nur eine olle Brandruine. Und er nur so:

-Ja, ich weiß. Ich habe das Haus ja auch angezündet.«

15: DIE BUERDE

Ben warf mir bei dieser Eröffnung einen schockierten Blick zu. Dann schüttelte er den Kopf und sagte:

»Scheiße! War das sein Ernst? Und wann hat er das gemacht?«

»Ja, so ungefähr habe ich auch reagiert. Ich dachte zuerst, er hätte das Haus angezündet, als es schon ein Lost Place war und dass er sich deswegen so gegen Vandalismus engagiere. Sozusagen als Buße. Aber es wurde noch viel verrückter. Er meinte dann nämlich:

-Ich habe hier einen Teil meiner – bitte entschuldige die Ausdrucksweise: äußerst beschissenen – Jugendjahre verbracht und irgendwann konnte ich die Schikane, die Erniedrigungen, nicht mehr aushalten, bin völlig ausgerastet und habe das Haus in Brand gesteckt.

Ich war total geschockt und hab mir die Ohren zugehalten, obwohl es natürlich schon zu spät dafür war. Ich habe gesagt:

-Du kannst mir doch nicht einfach so eine Straftat gestehen. Jetzt bin ich Mitwisserin und damit mitschuldig. Dann fiel mir auf einmal auf, dass die Sache noch viel krasser war, als mir im ersten Moment bewusst gewesen ist.

-Warte mal: Bist du etwa ein Mörder? Ich bin dabei rückwärts von ihm weggegangen und habe über die Schulter geschaut. Ich hatte schon meinen Notfallplan. In die Bucht zu den Kids rennen, damit ich nicht mehr alleine mit ihm wäre. Dann hab ich gedacht: *Scheiße, was wenn er eine Knarre hat?* Nach diesem Geständnis hab ich ihm erst mal alles zugetraut. Aber Linus schüttel-

te einfach nur den Kopf und sagte zum Glück ganz deutlich, dass niemand dabei gestorben sei. Ich war zuerst erleichtert, aber dann sagte er noch:

-Zumindest nicht direkt im Feuer. Ich wollte ihn zuerst fragen, was das jetzt bedeuten sollte, aber dann dachte ich: *Verdammt! Das will ich doch gar nicht wissen.* Ich sagte ihm, dass ich nichts mehr davon hören wolle. Da stand er auf.

Er war ja die ganze Zeit ganz ruhig im Schneidersitz dagesessen, als er mir dieses verrückte Geständnis gemacht hatte. Aber jetzt stand er vor mir und sagte:

-Bitte, El! Ich muss mit irgendjemandem reden! Ich muss einfach! Und ich nur so:

-Nein, behalt deinen Bullshit bitte für dich.

Er redete aber einfach weiter und sagte, dass er eine ziemlich beschissene Kindheit gehabt hat und dass er mit irgendjemandem darüber sprechen müsse. Ich wollte nicht die Person sein und sagte, er könne mir so was nicht einfach aufzwingen und aufhalsen. Da hat er das Einzige gemacht, womit er mich umstimmen konnte: Er hat einfach nur genickt, den Kopf hängen lassen und gesagt, dann würde er mich jetzt heimfahren. Auf einmal kam ich mir scheiße vor. Linus und ich waren Freunde und er brauchte jemanden zum Reden. Ich hatte nur an mich selbst gedacht. Daran, dass ich mich mit seinen Problemen nicht belasten wollte.«

»Na ja, das ist aber doch verständlich. Es ging schließlich um eine ziemlich krasse Straftat«, wandte Ben ein. Ich zuckte die Schultern.

»Freund ist Freund. Ich würde dir auch zuhören, wenn du ein Haus angezündet hättest. Zumindest, wenn niemand im Feuer ums Leben gekommen wäre.«

»Gut zu wissen, aber ich hoffe, dass ich niemals auf dieses Angebot zurückkommen muss…«

»Das hoffe ich auch, denn ich wäre zwar bereit dazu, ich bin aber nicht gerade scharf drauf, so was noch
mal mitzumachen.«

»Was ist dann passiert?«

»Na ja, wir haben uns auf den Betonboden gesetzt,
an die Hauswand gelehnt – also an das, was noch davon
übrig war – und geredet. Linus hat mir von seiner Kindheit erzählt und die war echt ziemlich übel.

Das Hauptproblem war seine Mutter. Sie war eine
Bitch, sie rauchte zwei Schachteln Kippen am Tag und
war meistens betrunken. Manchmal blieb sie wohl über
Nacht weg, machte mit irgendwelchen Typen rum, was
jeder wusste. Sie war das Gesprächsthema Nummer eins
im Ort – damals noch ein anderer Ort – und manchmal
warf sie auch was ein.

Linus waren die Nächte lieber, in denen sie ganz
wegblieb. Denn wenn sie total voll nach Hause kam,
muss es schlimm gewesen sein. Sie konnte nämlich
ziemlich fies und gewalttätig sein. Sie sagte ihm und
seiner älteren Schwester, dass sie nur Unfälle gewesen
seien und dass sie eigentlich nie Kinder wollte. Sie nannte ihn einen feigen Schlappschwanz und seine Schwester
eine dumme Schlampe.

Was die Schwester anging, blieb es wohl bei solchen verbalen Angriffen, aber auf Linus schlug sie re-
gelmäßig ein, wenn sie voll oder high war und er traute
sich nicht, sich zu wehren. Anfangs, weil er noch ein
kleines Kind war, später, weil er sie nicht ernsthaft verletzen wollte.

Seine Schwester nahm sich wohl ein Beispiel an der
Mutter. Sie hat sich schon mit 12 angewöhnt zu rauchen
und dann fing sie auch an zu trinken, sich mit komischen
Typen rumzutreiben und immer länger wegzubleiben.
Linus ist eineinhalb Jahre jünger als sie und hat sich ge-

genteilig verhalten. Er hat nie Alkohol oder Zigaretten angerührt. Irgendwie hatten eben beide ihre eigene Art von Rebellion gegen die Mutter.

Linus' Vater war wohl ziemlich zurückhaltend. Als Kind hat Linus sich gerne von ihm trösten lassen, aber als er älter wurde, fing er an, es seinem Vater übelzunehmen, dass er kaum was tat, um ihn und seine Schwester zu beschützen. Er ließ wohl einfach zu, dass seine Frau mit ihm und den Kids umsprang, wie sie wollte. Zwar redete er wohl immer wieder davon, sich scheiden zu lassen und versprach Linus und seiner Schwester, mit ihnen wegzugehen. Aber das war nur Gerede.

Linus Mutter sprang mit ihm übrigens nicht anders um als mit den Kids. Sie nannte ihn einen Versager und sie machte ihm Vorwürfe, weil sie in einer kleinen engen Wohnung lebten. Dabei war er der Einzige, der Geld verdiente. Sie versoff nur einen guten Teil davon. Aber trotzdem drohte sie ihm immer wieder damit, dass sie ihn verlassen würde, wenn er ihr kein besseres Leben bieten konnte. Linus hoffte immer darauf, dass sie es endlich tun würde. Aber sie tat es nicht.

Mit 14 hatte Linus vor wegzulaufen. Aber dann passierte was total Verrücktes. Sein Vater erbte nämlich von irgendeinem Großonkel oder so das Café am See. Da hörte Linus' Mutter auf einmal auf, davon zu reden, dass sie ihn verlassen würde. Denn sie war ja schon immer scharf auf ein gutes Leben. Sie konnte sich auf einmal wohl ziemlich gut vorstellen, eine Café-Besitzerin in einem schicken Urlaubsort zu sein. Linus' Vater hat wohl geglaubt, der Tapetenwechsel könnte sie verändern.

Er hoffte wohl, dass alles besser werden würde, wenn sie wegzogen und seine Frau eine Aufgabe hatte. Eine Zeit lang lief dann auch alles besser. Linus' Mutter trank zwar immer noch, aber sie bemühte sich wenigstens mehr, backte Kuchen und bediente auch die Kundschaft, wenn ihr gerade danach war. Managen musste trotzdem alles Linus' Vater. Und dann wurde nach und nach wieder alles wie früher. Die Mutter blieb über Nacht in der Kneipe im Ort oder bei wer weiß wem, fiel morgens in ihr Bett, stand nie vor drei Uhr nachmittags auf und sein Vater wusste nicht, wo ihm der Kopf stand. Linus' Schwester war irgendwann eine Woche lang vermisst, bis sich herausstellte, dass sie einen Roadtrip mit irgendwelchen Leuten machte, die sie kaum kannte. Danach kam sie kaum mehr überhaupt noch nach Hause.

Linus wurde wieder zum Prügelknaben. Ich weiß jetzt sogar, warum er diese Frisur hat, mit den langen Haaren in der Stirn.« Ich wedelte mit meiner Hand herum.

»Er hat auf der Stirn eine ziemlich krasse Narbe. Da hat ihn nämlich eine Flasche getroffen, die seine Mutter nach ihm geworfen hat. Er hat extrem Glück gehabt, dass er keine Scherben ins Auge bekommen hat.

An dem Abend fasste Linus den Entschluss, dass er etwas tun musste. Weil einfach niemand bemerkte, was da abging – oder niemand es bemerken wollte. Niemand interessierte sich für das, was er durchmachte. Er schmiedete also einen Plan, wartete aber noch bis zum perfekten Zeitpunkt, um ihn durchzuführen. Er dachte, dass er direkt nach dem Angriff seiner Mutter zu verdächtig wirken würde. Außerdem musste er das Zeug dafür besorgen.«

»Brandbeschleuniger?«

»Keine Ahnung. Hat er nicht so genau gesagt. Was ist den Brandbeschleuniger überhaupt und wo kriegt man das her? Vielleicht hat er auch nur Benzinkanister besorgt. Jedenfalls hat er auf seine Gelegenheit gewartet. Das war nach Saisonende, im Herbst. Da war das Café geschlossen. Am See war auch nichts los. Sein Vater war einkaufen und seine Mutter und Schwester wieder irgendwo. Der perfekte Moment, es durchzuziehen.«

»Also das Haus anzuzünden?« Ich nickte.

»Es war wohl irgendwie eine Art Aufschrei. Er konnte einfach nicht mehr – und sein Vater anscheinend auch nicht. Als er vom Einkaufen heimkam, hat er nicht die Feuerwehr gerufen. Bis das Feuer bemerkt wurde, war nichts mehr vom Gebäude zu retten. Außerdem wurde Linus Vater vermisst. Sein Auto stand vor dem Haus, aber keine Spur von ihm. Zuerst dachten natürlich alle, er wäre reingegangen und verbrannt, aber er wurde irgendwann im See gefunden.«

»Er hat sich ertränkt?« Ich nickte.

»Wow«, machte Ben. »Was für eine schlimme Geschichte. Genauso schlimm wie die anderen Geschichten von euren Lost Places und Geistern.«

»Ganz genau. Diese Geschichte war nämlich der Auslöser dafür, dass Linus den Kanal überhaupt ins Leben gerufen hat«, erklärte ich.

»Er wollte die Storys anderer Leute erzählen, weil von seiner Story niemand Notiz genommen hat, bevor er ein Haus angezündet hat?«

»Ja, das war auf jeden Fall einer der Gründe. Aber da war noch ein Ereignis, sozusagen ein Schlüsselerlebnis, das ihn erst auf die Idee mit den Lost Places und dem Kanal gebracht hat.

Linus hat ziemliches Glück im Unglück gehabt. Es hat nämlich niemand rausgefunden, dass er das Haus angezündet hat. Oder vielleicht konnte es auch nur niemand beweisen. Das hat er nicht gesagt. Auf jeden Fall kam er damit davon und landete noch dazu in einer ziemlich coolen Pflegefamilie. Er meinte, die sei der einzige Grund gewesen, warum er nicht völlig abge-

168

rutscht ist und stattdessen sein Leben in den Griff bekommen hat.

Für eine Weile hat er seine alte Familie einfach total vergessen. Aber irgendwann konnte er die Erinnerungen dann doch nicht mehr verdrängen. Es kam immer wieder hoch, als er gerade im ersten Semester von seinem Architekturstudium war.

Er meinte, er weiß nicht warum, aber er musste einfach noch mal zurück und sich sein Werk ansehen. Das abgebrannte Haus. Zwar dachte er, es sei vielleicht schon längst was Neues dort gebaut worden, aber er musste sich einfach selbst davon überzeugen.

Aber als er dann dort war, war alles beim Alten. Nur war es ziemlich ruhig im Ort und eins der Restaurants hatte zugemacht. Er fragte sich, ob das vielleicht alles seine Schuld sei. Ob wegen der üblen Geschichte keine Touristen mehr kämen.

Als er bei der Brandruine war, hat es ihn total umgehauen. So hat er es glaube ich gesagt. Ich denke, er war von seinen Gefühlen überwältigt. Auf jeden Fall hat er sich hingesetzt und es nicht fertiggebracht, wieder aufzustehen, bis es dämmerte. Und in der Dämmerung, als es schon fast dunkel war, hat er auf einmal einen Mann auf dem Steg am See gesehen. Der Mann erinnerte ihn total an seinen Vater. Er konnte ihn natürlich nicht gut erkennen, weil es so dunkel war. Aber Statur und Körperhaltung passten perfekt. Er rannte auf den Mann zu, aber der ging immer weiter auf das Ende des Stegs zu. Linus konnte ihn dort stehen sehen. Der Mann drehte sich um und verschwand einfach, in dem Moment, als Linus das Ende des Stegs erreichte. Angeblich ist der Typ völlig geräuschlos verschwunden. Er kann also nicht ins Wasser gesprungen sein. Er hat sich einfach so in Luft aufgelöst.«

»Oder er war von Anfang an nur Luft, weil da nämlich gar keiner war. Linus hat was gesehen, weil er was sehen wollte. Noch dazu war es ja ziemlich dunkel«, warf Ben ein. Ich nickte.

»Ja, das hab ich auch gedacht. Ich meine, er muss enorme Schuldgefühle haben. Auch wenn ich irgendwie verstehen kann, was er getan hat in seiner Verzweiflung. Er wollte dabei ja niemanden verletzen.

Ich habe also versucht, Linus davon zu überzeugen, dass er keinen Geist gesehen hat. Aber er war sich seiner Sache ziemlich sicher und erklärte mir, dass er noch mehrmals zurückgekommen sei, aber nie wieder was Ähnliches gesehen habe.

Dann ist er auf die Idee gekommen, den Kanal zu gründen. Zuerst mal nur, um herauszufinden, ob er an anderen Orten noch mehr solche Sachen sehen kann. An Orten, an denen auch schon andere Leute Geistererscheinungen hatten. Er wollte seinen Recherchen mit dem Kanal öffentlich machen und wissen, was die Leute im Netz dazu sagen.

Er war also auf der Suche. Aber er hat nie wieder was in der Art gesehen. Dafür merkte er, dass die Geistergeschichten ziemlich gut ankamen und dass sie ihm irgendwie nahegingen. Wie du schon erraten hast, erinnerten sie ihn an seine eigene Story und er wollte, dass diese Geschichten gehört werden. Dass sie nicht untergehen, so wie seine eigene Story.

Zuerst war das Ganze also ziemlich persönlich, aber dann kamen immer mehr Klicks, Likes und Abos und die Videos wurden mehr und mehr zur Routine. Am Anfang war es eine todernste Sache, aber dann fand er Spaß daran. Seine eigene Geschichte trat immer mehr in den Hintergrund.

Bis zu dem Tag, an dem Maya ihm komische Dinge über mich erzählt hat. Linus hat sich wohl erhofft, dass ich irgendwie hypersensibel sei und Sachen sehe, die sonst niemand sehen kann. Er hatte von Anfang an den Plan, mich mit zu dem Café am See mitzunehmen, weil er dachte, wenn dort jemand was sieht, dann jemand wie ich. Was natürlich völliger Blödsinn war. Maya hat wahrscheinlich völlig überzogenes Zeug über mich erzählt. Sie war ja da schon Fan von Linus' Videos und wollte ihn bestimmt beeindrucken.«

»Okay, aber wenn Linus dich von Anfang an aus diesem Grund engagiert hat: Warum hat er dann zwei Jahre gewartet, bis er dich zu dem Café geschleift hat?«

»Das habe ich ihn auch gefragt. Er meinte, er habe mich ja nicht *nur* deshalb engagiert. Und anfangs habe er zu viel Angst davor gehabt, mich in diese ganz persönliche Geschichte einzuweihen. Aber als ich gesagt habe, dass ich aufhören wolle, konnte er es eben nicht mehr rauszögern.

Ich glaube ihm das. Die Sache war ihm ziemlich wichtig. So wichtig, dass er an diesem Nachmittag ein ganz anderer Linus war, als der, den ich kenne. Er redete viel langsamer und wirkte die ganze Zeit so verlegen und nervös. Obwohl er nicht rumzappelte wie sonst. Er hat sogar die ganze Zeit kein koffeinhaltiges Getränk vernichtet.«

»Okay. Das leuchtet vielleicht ein, aber ich verstehe immer noch nicht, wo diese traurige Geschichte hinführt. Willst du drauf raus, dass Linus irgendwie durch seine Kindheit gestört ist und du ihm alles zutraust?«

»Wow. Können wir bitte nicht dieses furchtbar stigmatisierende Wort benutzen? Ich bin nämlich zufällig auch ziemlich *gestört*.«

»Entschuldigung, aber ich hab's doch nicht böse gemeint, ich wollte nur…«

»Du wolltest sagen, dass die Geschichte dich langsam langweilt und du gerne vorspulen möchtest.«

»Das hab ich doch auch nicht gesagt… El, ich möchte dich einfach nur verstehen und du verdrehst alles, was ich sage.«

»Sorry«, murmelte ich. Ben schüttelte den Kopf. Sein Gesicht nahm einen sanfteren Ausdruck an und er sagte:

»Dieser Linus ist völlig traumatisiert. Okay, ja, vielleicht ist er durch diese Pflegefamilie nicht völlig abgestürzt, aber er wurde jahrelang von seiner Mutter misshandelt und gedemütigt. Stell dir nur mal vor: Sie hat ihm die ganze Zeit eingeredet, dass er wertlos ist – und als Kind glaubt man so was seiner Mama. Er muss so wütend und traurig gewesen sein. Er hat das Haus seiner eigenen Familie angezündet und war damit irgendwie mit schuld am Selbstmord seines Vaters. Was glaubst du, was so was alles in einer Person auslöst?«

»Viel. Aber Linus ist auf seine verrückte Art ausgeglichen und cool.«

»Ja, aber vielleicht nur, weil er seine Traumata gut überspielt. Meinst du nicht, es kann sein, dass er da in diesem Kinderheim irgendwas Schräges abgezogen hat, womit er dir einen riesen Schrecken eingejagt hat?« Ich wollte einfach nur *nein* sagen, aber stattdessen sagte ich:

»Da ist dieser Fäulnis-Mann.«

»Dieser was?«

»Ich hatte einen Traum vom Kinderheim, in dem ein gruseliger riesengroßer Mann auf mich zugekommen ist – und irgendwie bestand er aus Fäulnis. Ich habe das Gefühl, dass das was zu bedeuten hat, weil er mir nicht mehr aus dem Kopf geht und weil er auch nichts mit Cindys Geschichte zu tun hat.«

»Cindy?«

»Die Betreuerin, die im Keller...« Ben winkte ab.

»Okay, ja, weiß schon.« Ich fing an, mich zu fragen, ob *ihm* die ganzen Geschichten über den Tod nicht langsam zu viel wurden.

»Ich frage mich auf jeden Fall, ob dieser Mann irgendwas mit Linus oder mit seiner Geschichte zu tun haben könnte. Ich meine, Linus hat mir von dem Mann auf dem Steg erzählt. Wie er da in der Dunkelheit stand. Ich habe diese Träume von diesem verfaulten Mann, den kein Licht berühren kann, der immer im Dunkeln steht.«

»Und du glaubst nicht, Linus könnte auch selbst dieser Fäulnis-Mann sein? Weil er irgendwas Schräges abgezogen hat? Was ist, wenn du doch Bilder im Kinderheim gemacht hast? Vielleicht war deine Speicherkarte ja auch nur leer, weil Linus sie gelöscht hat. Vielleicht hast du irgendwas fotografiert, von dem er nicht wollte, dass es irgendjemand sieht.« Ben schüttelte den Kopf:

»Wie ging denn die Geschichte eigentlich weiter? Was ist passiert, nachdem du dir seine Story angehört hast? Du wolltest doch mit dem Kanal aufhören. Warum warst du danach noch mal mit ihm unterwegs?«

»Na ja, es ist eigentlich nichts mehr passiert.« Das war eine Lüge. Aber ich wollte in dem Moment nicht weiter mit Ben darüber reden. Es war zu anstrengend, mit ihm zu diskutieren und ich wusste, dass er langsam ungeduldig wurde, weil er an sein Date dachte. Sein Date mit Nola. Also sagte ich:

»Ich habe die letzte Expedition einfach aus Mitleid mit Linus gemacht. Weil er so enttäuscht und traurig war, dass ich den Geist seines Vaters nicht gesehen habe.«

»Was, wenn er es dir nachgetragen hat, dass du keine Geister gesehen hast und er deshalb...«

173

»…was Schräges abgezogen hat? Ich hab doch auch keine Ahnung, Ben.«

»Du hältst dich von diesem Linus fern, oder?«

»Ja.«

»Und du musst unbedingt deinem Psychiater davon erzählen. Du solltest vielleicht auch wirklich nicht alleine rausgehen. Kann man bei so was nicht vielleicht auch irgendwie Polizeischutz beantragen?«

»Ben, du übertreibst.« Ich war froh, ihm verschwiegen zu haben, dass ich den Fäulnis-Mann auch nachts in unserem Viertel gesehen hatte.

»Du weißt nicht, ob ich übertreibe, weil du dich nicht erinnern kannst«, führte Ben an.

»Sorry, hab ich ganz vergessen«, witzelte ich und dann fügte ich hinzu: »Ja, ja, ja. Ich spreche mit Dr. Brick drüber und ich gehe nie alleine raus.« Ich hatte ja zumindest immer Chucky an meiner Seite.

»Großes Ehrenwort?«

»Ehrenwort… Falls ich so was wie Ehre besitze… Ich meine, ich verspreche es dir. Aber Ben, du denkst auch an dein Versprechen, ja? Kein Wort über Linus' Geschichte zu irgendjemandem.«

»Nur, wenn *du dich* an dein Versprechen hältst.«

»Ja, ja… ja.«

16: FAST DAS ENDE

Sonntag

In dieser Nacht hatte ich einen wirklich üblen Traum. Ja, noch übler als die beiden Kinderheim-Träume und übler als der mit der Zombie-Cindy. Das lag daran, dass dieser Traum ganz anders war als jeder, den ich bisher hatte.

Ich war nicht ich selbst, sondern nur eine Beobachterin, die auf mich und Ben hinunterschaute. Ich beobachtete, wie wir auf dem Garagendach saßen und redeten. Ich konnte ein paar Wortfetzen hören. Alle stammten wortwörtlich aus dem Gespräch über Linus, das wir am Samstag geführt hatten. Mein Blick – also der Blick meines beobachtenden Ichs, das auf magische Weise über allem schwebte – fiel auf einmal auf Bens Zimmerfenster. Das Fenster genau über der Garage, durch das wir immer nach draußen stiegen. Irgendwas war komisch daran. Dann war ich für kurze Zeit die Version meines Traum-Ichs, das auf dem Garagendach saß. Es schaute auch zum Fenster rüber, konnte aber nichts dahinter erkennen. Alles war dunkel.

Als Beobachterinnen-Ich schaute ich einfach durch die Wand hindurch – und da sah ich ihn! Es war der Fäulnis-Mann. Er stand in Bens Zimmer, am Fenster. Er beobachtete Ben und mich bei unserem Gespräch. Er stand da ganz ruhig mit seinem zu großen Kopf und den eckigen Schultern. *Oh verdammt, oh verdammt!*, dachte das Beobachterinnen-Ich. *Ich muss sie warnen!* Also versuchte ich zu schreien, mit den Armen zu wedeln.

175

Irgendwas zu tun, um Ben und mich auf dem Garagendach zu warnen. Aber es kam kein Ton aus meinem Mund. Ich war nicht wirklich da, wurde mir bewusst. Trotzdem versuchte ich es weiter, und wachte strampelnd und zappelnd auf. Ein lautes *Bong*. Chucky war entsetzt aus dem Bett gesprungen. Vermutlich hatte ich ihn versehentlich getreten.

Gruselig, dachte ich. *Verdammt gruselig.* War das wirklich nur ein Traum gewesen oder eine Vision, die mir die Wahrheit über diesen Nachmittag offenbart hatte? Die mir gezeigt hatte, dass der Fäulnis-Mann ständig da war. Dass er uns beobachtet und unser Gespräch belauscht hatte. Mir kam der Gedanke, dass ich eventuell nicht mit Dr. Brick über den Fäulnis-Mann gesprochen hatte, weil ich ihn fürchtete. Nicht nur, weil es unbequem war. Ich wagte es nicht, den Fäulnis-Mann zu verpetzen. Wahrscheinlich hätte ich ihn auch Ben gegenüber nicht erwähnen sollen. Doch nun war es zu spät für diese Einsicht.

Ich versuchte krampfhaft, mich zu erinnern, ob ich während des Gesprächs mal zum Fenster hinübergeschaut hatte. Aber natürlich erinnerte ich mich nicht. Konnte ich also mit Sicherheit sagen, dass er nicht wirklich dort gestanden hatte? Der Fäulnis-Mann… Ihr denkt jetzt bestimmt: Langsam nimmt die Geschichte seltsame Züge an. Wir wollten hier doch eigentlich nicht an übernatürlichen Scheiß glauben – und ich würde wirklich gerne dabei bleiben, muss aber zugeben, dass ich in diesem Moment hin- und hergerissen war. Wie gesagt: ein verdammt übler Traum.

Danach habe ich nicht mehr wirklich gut geschlafen. Folglich kämpfte ich mich erst am späten Vormittag aus dem Bett. Als ich sah, dass es schon kurz nach elf war, zog ich mir schnell was an, rannte die Treppen runter und griff in der Küche im Vorbeigehen nach einem Apfel. Ben wollte um die Mittagszeit zurückfahren und ich wollte ihn unbedingt vorher noch erwischen, um mich zu verabschieden. Einerseits, weil ich mir wünschte, er würde nicht gehen und ich ihn vorher noch mal sehen wollte – was ein legitimer Grund ist. Andererseits, weil ich wissen wollte, wie sein Date gelaufen war – was in dieser Situation weniger legitim war. Um nicht zu sagen: grenzwertig.

Bevor ich die Küche mit dem Apfel und dem Hund im Schlepptau verlassen konnte, hielt meine Mutter mich auf und sagte:

»Dein Freund hat angerufen.«

»Ben?«

»Nein, Linus.« Ich fühlte einen Stich in der Magengrube. Das war die Situation, vor der ich mich von Anfang an gefürchtet hatte – und sie trat ausgerechnet jetzt ein. Fast als hätte ich Linus' Anruf mit meinen Gedanken an ihn provoziert. *Warum steht ihr auch im Telefonbuch?*, dachte ich ärgerlich. *Niemand steht heutzutage noch im Telefonbuch.*

»Er hat sich wirklich Sorgen um dich gemacht, weil er dich nicht erreichen konnte. Ich habe ihm gesagt, dass du dein Handy verloren hast und er hat mir seine Nummer gegeben.« Sie drückte mir einen grünen Zettel in die Hand. »Kannst du ihn bei Gelegenheit mal anrufen? Er meinte, das würde ihn sehr freuen. Scheint echt ein netter junger Mann zu sein.« Ich überlegte einen Moment lang, ob ich ihr von meinen Zweifeln an Linus erzählen sollte. Aber was würde das bringen? Es hätte lediglich zur Folge gehabt, dass sie den ganzen Tag wie ein aufgescheuchtes Huhn um mich herum flattern würde. Also steckte ich den Zettel einfach in die Jeanstasche und sagte:

»Ja, ja. Bei Gelegenheit.« *Vergiss es,* dachte ich.

Ich erwischte Ben gerade noch. Er wollte wissen, ob ich okay sei und ob es noch was gebe, über das ich reden wollte. Oder etwas, wobei er mir helfen könnte. Ich verneinte und bat ihn noch mal, Linus' Geschichte unbedingt für sich zu behalten.

Dann fragte ich noch:

»Wie lief dein Date?«

»Gut«, sagte Ben sofort. Die Antwort kam wohl aus einem Impuls heraus, denn dann wiegte er den Kopf hin und her und relativierte: »Na ja, es ist immer noch nichts gelaufen. Wir waren aus, alles war prima, aber danach hat sie sich einfach verabschiedet. Sie ist da glaube ich sehr zurückhalten und ich will sie nicht drängen… Es könnte nämlich wirklich was Ernstes werden.« Ich musste schlucken und hoffte, dass er es nicht bemerkte.

Ben leidet unter dem Luxusproblem, dass nahezu alle Frauen, die ihn kennenlernen auf ihn abfahren und er manchmal den Wald vor Bäumen nicht mehr sieht, wie er es mal ausgedrückt hat – was ich etwas respektlos finde. Sein Sexleben ist beeindruckend, aber seinen Aussagen zufolge schlummert in ihm eigentlich ein Romantiker, der sich nach der einen großen Liebe sehnt. Er riss mich aus meinen Gedanken mit den Worten:

»Ich glaube, du musst Nola wirklich mal kennenlernen. Du wirst sie mögen. Sie ist ziemlich witzig und es würde dir bestimmt guttun, eine vernünftige Person in diesem Kaff zu haben, wenn ich weg bin.« Er zwinkerte mir zu. Die ehrliche Antwort wäre gewesen:

»Jaaa, Nola ist so witzig und so vernünftig. Beides auf einmal. Einfach unglaublich.« Stattdessen machte ich *Hm.*

Eine halbe Minute, nachdem wir uns verabschiedet hatten, vibrierte mein Handy in der Hosentasche. Es war eine Nachricht von Nola. Schon wieder so ein Zufall. Zuerst hatte ich ein schlechtes Gewissen wegen Ben, dann sagte ich mir, dass er ja selbst gesagt hatte, ich solle sie kennenlernen. Dass ich auf sie stand, war außerdem irrelevant, weil ich ja ganz offensichtlich keine Chance bei ihr hatte. Vielleicht konnten wir Kumpel-Freundinnen werden. Vielleicht konnte ich sie irgendwann einfach als eine solche sehen. Sie schrieb:

»Hey, hier ist Nola. Wie steht's? Ich wollte mal testen, ob ich die Nummer richtig eingespeichert habe. Ich hoffe also, du bist es.«

»Klar, hier ist Satan. Wie kann ich behilflich sein?«, antwortete ich.

»Kommt drauf an. Was kannst du denn so?«

»Na ja, Menschen der endlosen Verdammnis zuführen, gehört zu meinen Spezialitäten :-).«

»Prima. Dann bin ich ja froh, dass ich jetzt diese Nummer habe. Werde bei Bedarf Gebrauch davon machen :-D.«

»Cool. Steht das Angebot mit der Listening-Session noch?« Nach einer kurzen Bedenkpause, beschloss ich, Nägel mit Köpfen zu machen und fügte hinzu: »Weißt du schon, wann es dir passt?«

Ich sah, dass sie tippte. Dann stoppte sie. Fing wieder an. Erneut eine Pause. Ich starrte wie gebannt auf den Bildschirm. Sie tippte eine ganze Weile. Dann eine neue Pause. Das würde eine lange Nachricht werden. Mir schnürte sich die Brust zu. Sie war offenbar dabei, eine Ausrede zurechtzuschustern. Sie wollte mich nicht sehen. Schließlich kamen drei Wörter bei mir an:

»Nachher? Gegen vier?« Ich musste erst mal tief durchatmen, bevor ich schrieb:

»Passt super. Ich freue mich.« Dann löschte ich das meiste wieder und sendete nur ein Wort: »Passt.« Mir fiel ein, dass mir für das Treffen noch eine entscheidende Info fehlte:

»Soll ich bei dir zu Hause vorbeikommen?«

»Ne. Ich habe nachher einen Stadion-Gig :-D… Klar, bei mir zu Hause.« Sie sendete mir die Adresse. Ich musste also nur noch ein paar Stunden durchhalten, ohne einen Nervenzusammenbruch zu bekommen. Wie ihr euch sicher vorstellen könnt, fiel mir das nicht ganz so leicht. Aber anstatt euch von der zähen Zwischenzeit zu berichten, hole ich lieber etwas anderes nach: Ich erzähle euch die Geschichte, die ich Ben verschwiegen hatte. Ich erzähle euch, wie es mit Linus weitergegangen ist – beim Café am See:

Wir saßen immer noch vor dem Café und er hatte mir seine ganze Story samt seinem Erlebnis auf dem Steg und den Anfängen seines YouTube-Kanals erzählt. Langsam brach der Abend an und die Kids vom See kamen laut plappernd mit einem pinken aufblasbaren Einhorn, einer Kühltruhe und Bierflaschen in der Hand an uns vorbei.

»Weißt du El«, sagte Linus, als sie außer Hörweite waren, »ich kann dich verstehen. Es ist durchaus nachvollziehbar, dass du aufhören willst, weil diese Storys manchmal echte Downer, also richtig niederschmetternd, sind. Aber du verstehst jetzt bestimmt auch, was sie mir bedeuten und dass sie für mich mehr wert sind, als die Abos und die Werbeeinnahmen. Ich bin kein Sellout-Boy.« Ich nickte.

»Ja, und deshalb habe ich noch eine letzte Bitte an dich, bevor du aussteigst«, fuhr er fort. Ich warf ihm einen skeptischen Blick zu:

»Ich dachte, *das hier* war deine letzte Bitte.«

»Ja, und ich bitte dich nur, dass du *das hier* mit mir zu Ende bringst.«

»Was heißt *zu Ende bringen*?«

»Es heißt, die Nacht hier zu verbringen.« Ich sah ihn mit hochgezogenen Brauen an und er erhob abwehrend die Hände:

»Okay, okay. Ich weiß, wie das klingt. Es klingt verrückt und... Aber ich muss einfach wissen, ob du nicht vielleicht doch etwas wahrnehmen kannst. Nach der Dämmerung, also im Schatten der Nacht. Wenn alles nicht mehr so busy ist.«

»Ich mag nicht hier übernachten.«

»Okay, okay. Ich verstehe schon. Aber ich habe alles, was wir benötigen, im Kofferraum. Isomatten, Schlafsäcke, eine Lampe, Campingkocher. Ravioli.«

»Super, dass du das alles so perfekt geplant hast... ohne mich zu fragen.«

Er sagte:

»El, ich weiß, du willst es nicht glauben, aber was, wenn du... also einfach mal angenommen, du hast doch eine besondere Fähigkeit und du bist die Einzige, die...«

»Linus, selbst wenn das, was ich mir als Kind manchmal eingebildet habe, mehr als nur eine blühende Fantasie war: Ich habe keine Geister gesehen... nur Zeugs eben.« Ich zuckte hilflos die Schultern.

»Maya sagte, du hättest auch einmal diese alte Frau gesehen, die niemand sonst sehen konnte. Auf dem Friedhof bei der Krypta.«

»Oh Gott, habe ich ihr das etwa auch erzählt? Mann, wie dumm. Aber das war nur das eine Mal – und vielleicht hat auch einfach nur niemand sonst die Frau bemerkt. Das Ganze ist ziemlich unklar. Ich erinnere mich auch kaum noch dran.«

»Okay, okay, aber ich hätte eventuell eine Erklärung für das Ganze.«

»Für was denn, Linus?«

»Na, eine Erklärung dafür, wie die verschiedenen Dinge, die du sehen kannst, zusammenpassen.« Ich schloss die Augen und sagte ergeben:

»Los, erzähl…« Ich wusste, dass er andernfalls keine Ruhe geben würde.

»Was, wenn du sozusagen in eine andere Dimension blicken kannst…«

»Oh, Linus… Komm schon…«

»Sozusagen in eine andere Wirklichkeit. Eine parallele Wirklichkeit, die mit unserer verbunden ist, aber in der es kleine Unterschiede gibt.«

»Linus…« Er hatte schon früher während langer Autofahrten fasziniert von Paralleluniversen gesprochen – woraufhin ich mir jedes Mal alten Death Metal in die Ohren gestöpselt hatte.

»Okay, okay, El… Ich weiß, du willst nicht daran glauben und die Wahrscheinlich, dass ich mit meiner Vermutung, meinen zugegebenermaßen wilden Theorien, recht habe, ist verschwindend klein. Aber wenn doch die Möglichkeit besteht… Ich meine, es gibt definitiv Dinge, die wir heute noch nicht erklären können und falls es tatsächlich so etwas wie Risse gibt, die du auf irgendeine Art öffnen kannst…«

»Linus, es gibt Risse hier im Beton. Aber es…«

»Okay, okay. Du musst ja gar nicht daran glauben, El. Aber mit dieser Theorie würde es sowohl Sinn machen, dass du die Umgebung verändert wahrnimmst als auch, dass du Menschen sehen kannst, die eigentlich schon tot sind.«

»Linus, du schraubst dir da gerade irgendwas zurecht, nur aus dem einen Grund: Weil du noch einmal mit deinem Vater sprechen willst.«

»Ja, vielleicht. Aber selbst wenn…«

So ging es noch eine Weile hin und her. Linus bestand darauf, dass er mich auf keine andere Weise dazu gebracht hätte, ihn zu verstehen. Ich bezweifelte, dass es ihm guttat, noch mehr Zeit an diesem Ort zu verbringen und seine ganze Hoffnung in… ja, in was eigentlich, zu setzen.

Irgendwann ließ ich mich aber doch überreden, *es zu Ende zu bringen*. Der Hauptgrund dafür war wohl, dass Linus' Geschichte mich überrascht und tief bewegt hatte. Nicht die Geschichte mit der Geistersichtung, aber die über seine Kindheit. Ich wollte nicht im Streit mit ihm heimfahren. Ich wollte ihn als Freund nicht verlieren.

Also holten wir die Schlafsachen aus dem Auto und schlugen unser Lager auf dem betonierten Vorplatz des Cafés auf. Wir machten Ravioli auf dem Campingkocher warm und sahen zu, wie die Sonne über dem See unterging. Dabei sprachen wir sehr wenig und Linus trank weiterhin nur Wasser. Ich dachte, dass er eigentlich Entzugserscheinungen bekommen müsse, so ganz ohne seine übliche Koffeindosis, aber er wirkte ganz ruhig. Zumindest eine Zeit lang.

Ich dachte daran, dass wir es nur hinter uns bringen müssten. Er würde dann hoffentlich aufgeben, verstehen, dass es sinnlos war.

Schließlich saßen wir in völliger Dunkelheit auf unseren Matten, die Beine in den Schlafsäcken. Es war eine laue Sommernacht. Der Sternenhimmel war beeindruckend und ein fast voller Mond sorgte dafür, dass man die Silhouetten der Bäume gut erkennen konnte. Aber keine Geister. Linus' Nervosität kehrte langsam zurück und er begann im Minutentakt Fragen zu stellen:

»El. Irgendwas Ungewöhnliches, etwas Merkwürdiges, entdeckt?«

»Immer noch nichts?«

»War da nicht irgendwas?«

»Wie fühlt es sich für dich an?«

Ich konnte ihm auf keine dieser Fragen eine befriedigende Antwort geben. Also schlug ich irgendwann vor, uns aktiv auf die Suche zu machen. Aktiv Zeit totzuschlagen. Wir wanderten noch mal durch den Innenraum der Ruine und zum See hinüber. Dabei benutzten wir nur unsere Handytaschenlampen. Es erschien uns wahrscheinlich beiden logisch, dass der helle Strahl der Maglite, die wir in dunklen Gebäuden benutzten, jeden Geist vertreiben würde. Auch wenn ich nicht an Geister glaubte. Linus stellte weiter seine Fragen, bis ich irgendwann rief:

»Linus, halt die Klappe! Wenn ich ein Geist wäre, würde dein Geplapper mich auch abschrecken.« Er hörte auf mich. Wir umrundeten den See und gingen auf jeden Steg hinaus. Es gab drei Stück und sie schwankten alle so bedenklich, dass ich froh war, sie trockenen Fußes wieder verlassen zu können.

Nach diesem Spaziergang wurde ich von einer erschlagenden Müdigkeit überfallen. Ich wollte einfach nur noch schlafen. Zu Linus sagte ich, ich würde im Liegen weiter beobachten. Wir drehten die Kopfenden unserer Nachtlager in Richtung des Sees. Ich legte mich auf den Bauch und bettete mein Kinn in meine Hände. Ich behauptete, dass mir nichts entgehen würde, aber in Wirklichkeit machte ich immer wieder die Augen zu – und irgendwann muss ich eingepennt sein.

Allerdings schlief ich nicht bis zum Morgen. Als ich aufwachte, war es immer noch dunkel und mir tat alles weh. Vor allem meine Hüftknochen und meine Arme. Die Isomatte stellte auf dem Betonboden eine wirklich dürftige Polsterung dar. Ich hatte meine Brille immer noch auf der Nase und griff nach meinem Handy, um nachzuschauen, ob es sich rentierte, mich anders hinzulegen oder ob ich einfach im Sitzen auf den Morgen warten und später im Auto pennen könnte. Da nahm ich eine Bewegung im Augenwinkel wahr. Ich erstarrte, noch bevor meine Hand das Telefon gefunden hatte.

Ich sah eine Silhouette. Eine geisterhafte Gestalt stand auf dem Steg und bewegte sich langsam auf dessen Ende zu. Ich hielt die Luft an. Die Erkenntnis traf mich wie ein Faustschlag. Es war doch was dran an Linus' Geschichte. Es gab Dinge, die es nicht geben durfte! Zuerst war meine Kehle wie zugeschnürt, dann brachte ich ein Flüstern hervor:

»Linus. Linus, wach auf!« Meine Augen hingen wie gebannt an der Erscheinung auf dem Steg. Die Dämmerung war noch nicht angebrochen und im Mondlicht konnte ich nicht mehr als die Umrisse der Gestalt erkennen. Ich dachte an Linus' Worte über die Escheinung, die er gesehen hatte. Er hatte gesagt, dass die Körperhaltung und Statur genau zu seinem Vater gepasst habe. Die Statur und Haltung dieses Geistes passte zu Linus. Hatte sein Vater ihm geähnelt?

»Linus! Da ist er. Du hattest recht!«, flüsterte ich und wollte ihn antippen, ohne meinen Blick von der Erscheinung abzuwenden, die völlig echt aussah und sich einfach nicht in Luft auflösen wollte. Mein Finger fand Linus nicht. Ich sah zu ihm hinüber. Nein, ich sah zu seinem leeren Nachtlager hinüber. Linus war nicht da. Ich seufzte. Die Statur und Körperhaltung des Geistes passten zu Linus, weil Linus selbst der Geist war. Er hatte es einfach nicht auf seinem Schlafplatz ausgehalten und war noch mal losgezogen. *Soll er doch. Ich hab ge-*

185

tan, was ich konnte, dachte ich. Mein Handy zeigte 3:24 Uhr an. Ich rollte mich seufzend auf den Rücken und legte die Brille beiseite.

Da machte es auf einmal *Platsch*. Ich fuhr herum und setzte meine Brille zurück auf die Nase. Zuerst hatte ich geglaubt, der Steg sei zusammengebrochen. Aber der stand noch. Nur Linus war verschwunden. Ich schälte mich so schnell ich konnte aus dem Schlafsack heraus und rannte barfuß und schreiend auf das Seeufer zu:

»Linus! Linus! Hey! Nein! Mach das nicht!« Ich war sicher, dass er nicht schwimmen gegangen war. Er wollte sich umbringen. Wie sein Vater.

»Linus!«, brüllte ich, konnte aber außer dem aufgewühlten Wasser nichts von ihm sehen.

»Scheiße! Linus! Nein! Das kannst du mir nicht antun.« Ich rannte über den wackligen Steg, spürte, wie sich ein großer Spreißel in meine rechte Fußsohle bohrte, rannte aber weiter. Ich war schon drauf und dran, ihm nachzuspringen. Da kam mir der Gedanke, dass nasse Kleider einen ziemlich fies nach unten ziehen können. Also entledigte ich mich der Jeans und dem T-Shirt, holte Luft und sprang in Unterwäsche.

Um mich herum war blubberndes, aufgewühltes Wasser. Es war nicht einmal sonderlich kalt. Die Sonne hatte es während der letzten Tage gut aufgewärmt. Ich schrie weiter Linus' Namen. Dann tauchte ich unter. Sofort bekam ich Panik. Alles war so dunkel. Irgendwas berührte meine nackten Beine. Ich begriff, dass es nur Pflanzen waren. Ich hatte Angst, den Überblick zu verlieren. Zu verwechseln, wo oben und unten war. Also tauchte ich wieder auf. Ich strampelte und schrie so laut, dass ich dachte, Linus müsste einfach bemerken, dass ich da war – und mein Plan ging anscheinend auf.

186

Sein Kopf tauchte nicht weit von mir aus dem Wasser. Er keuchte und spuckte und die Haarsträhnen klebten in seiner Stirn.

»Linus, du verdammt blöder Arsch!«, schrie ich ihn an und warf mit einem Algenbündel nach ihm. Ich konnte Linus Blick in der Dunkelheit nicht erkennen, sondern hörte nur sein Röcheln.

»Komm sofort aus dem scheiß See raus! Scheiß Idee, wirklich! Was denkst du dir eigentlich? Mich hierher zu schleppen und mir so was anzutun!« Meine Stimme überschlug sich. Ich schwamm auf das Ufer zu und war so sauer, dass ich mich nicht noch mal umdrehte. Wenn er sich jetzt immer noch umbringen wollte, sollte er doch. Ich hatte sowieso nicht die Kraft, ihn zu retten. Meinen Standpunkt hatte ich wohl klar gemacht.

Das Ufer war unterhalb des Stegs steinig und ich hatte Mühe, an Land zu klettern. Dann ging ich auf den Steg zurück, um mir meine Klamotten zu schnappen. Ich hielt sie mir schützend vor den Körper, während ich beobachtete, wie Linus mir über die Steine ans Ufer folgte. Meine versehentlich gepiercte Fußsohle schmerzte wie verrückt. Linus keuchte immer noch. Er trug nur Boxershorts und ein T-Shirt. Sein Glück, denn mit mehr nassen Klamotten am Körper wäre es schwieriger gewesen, wieder aufzutauchen. *Vielleicht hat er auch gar nicht wirklich vorgehabt, sich umzubringen. Vielleicht wollte er nur meine Aufmerksamkeit,* dachte ich ärgerlich.

»Mann, Junge. Du brauchst echt einen Psychiater. Ich kann dir bei der Sache nicht mehr helfen«, sagte ich. Linus nickte mit hängendem Kopf und murmelte:

»Sorry.« Seine Stimme klang rau.

Ich wies ihn an, zum Café zurückzugehen und sich nicht umzudrehen, damit ich die nasse Unterwäsche loswerden und meine Tagesklamotten wieder anziehen

187

konnte. Er tat, was ich ihm befohlen hatte und als ich humpelnd – wegen des Schmerzes in meiner Fußsohle – wieder zu ihm zurückkehrte, trug er ebenfalls Jeans und einen Hoodie, den er wohl noch dabei gehabt hatte.

»Was ist passiert?«, fragte Linus kleinlaut. »Du humpelst.«

»No shit, Sherlock«, grummelte ich, schaltete den Strahler an und hob den Fuß hoch.

»Warte«, sagte Linus und griff nach meinem Bein. »Holy… das ist ja ein riesen Ding.« Ich ließ mir widerwillig von ihm helfen. Spreißel war eine Untertreibung für den Holzsplitter, den er aus meinem Fleisch zog. Es blutete, aber Linus hatte immer Desinfektionsmittel dabei. Nicht selten kam es vor, dass wir uns kleine Verletzungen zuzogen, wenn wir in Lost Places herumstöberten.

»Kann…«, setzte Linus vorsichtig an. »Kann ich mich noch ein bisschen aufs Ohr hauen, bevor wir fahren?« Ich nickte gnädig. Schließlich wusste ich selbst nicht, ob ich mich in dem Zustand von ihm chauffieren lassen wollte.

Wir krochen also wieder in unsere Schlafsäcke und schliefen tatsächlich bis um 9:00 Uhr am nächsten Morgen Linus' Wecker klingelte. Zumindest schlief ich. Was Linus getrieben hat, weiß ich nicht so genau. Auf jeden Fall wirkte er – gerade in Anbetracht dessen, was passiert war – relativ fit und trank ein Kaffeegetränk, als ich aufwachte.

Mir war kotzübel und ich verzichtete auf ein Frühstück. Während wir zurückfuhren, verloren wir beide kein Wort mehr über die vorausgegangene Nacht. Linus erzählte dieselbe Art von Storys wie immer. Über irgendwelche Recherchen und geschichtliche Ereignisse. Ich stöpselte mir schon bald Musik in die Ohren – dieses

Mal keinen alten Death Metal. Das vertrug ich jetzt nicht. Meine Wahl fiel auf *The Heavy*. Dann pennte ich ein.

Das war fast das Ende von Linus' und meiner gemeinsamen Geschichte bis zu diesem Zeitpunkt. Zum Rest komme ich später noch.

17: NOLA

Ich hätte gewettet, dass es in Nolas Wohnung eine alte Backsteinwand geben würde, aber dieses Kultur-Klischee erfüllte sie nicht. Bei mir dachte ich, dass dieses Kaff womöglich einfach über kein einziges Apartment mit Backsteinwand verfügte.

Nola wohnte in einem Loft im Erdgeschoss eines Hauses, das nicht so neu war, dass man von einem schicken Neubau sprechen konnte, aber auch nicht so alt, dass es coolen Retro-Charme versprühte. Die Fassade war anscheinend vor kurzem blütenweiß gestrichen worden. Auf der Frontseite grenzte Balkon an Balkon. Sogar in den Erdgeschossen. Kleine spießige Refugien mit Topfpflanzen, Plastikmöbeln und überdachte Nischen bei den Balkontüren. Einen Garten gab es nicht.

Im Gegensatz zur Außenfassade versprühte Nolas Einrichtung sehr wohl den Charme, der von außen fehlte. Der große offene Raum wurde dominiert von einer riesigen dunkelblauen Couchgarnitur mit Löwenfüßen und einigen offensichtlich antiken Vitrinen, die weiß gewachst waren, um ihnen den beliebten Vintageschick zu verleihen. Hinter den angelaufenen Glasscheiben der Möbelstücke war ein Sammelsurium aus verschiedenstem Zeug ausgestellt: ein Holzpferdchen, ein Grammophon, ledergebundene Bücher. Vermutlich alles auf Flohmärkten zusammengekauft. Aber der Kram wirkte perfekt arrangiert, wie als wäre jedes einzelne Stück mit einem Lineal ausgerichtet worden. An den Wänden hingen Schallplatten in dafür vorgesehenen Rahmen: Standardwerke der Rock- und Popmusik wie *Dark Side of the*

Moon oder *Sergeant Pepper* und zwischendrin Titel, die ich nicht einmal aussprechen konnte. Als mein Blick daran hängenblieb, erklärte Nola, dass sie gerade total auf *Dark Space Noise Punk* stehe. Von diesem Genre hatte ich noch nie gehört. Ziemlich cool.

Ich hatte ohne zu fragen meinen Hund mitgebracht, in der Hoffnung, dass mich seine Anwesenheit beruhigen würde. Stattdessen machte ich ihn aber nur so verrückt, dass er hechelnd hin- und herrannte.

»Hat er vielleicht Durst?«, wollte Nola wissen. Ich hatte bisher noch kaum ein Wort gesagt und bekam auch jetzt keine Antwort heraus. Aber sie wartete sowieso nicht darauf, sondern ging in die Küchenzeile, um eine große Schüssel mit Wasser zu füllen.

»Meine Salatschüssel«, erklärte sie. Dass sie schulterzuckend akzeptierte, dass Chucky sein Sabbermaul mit der langen rosa Zunge darin versenkte, war auch ziemlich cool. Nola wies mich an, auf dem Sofa Platz zu nehmen und da saß ich steif wie ein Brett, als sie ihren Laptop und einen babyblauen Kopfhörer anschleppte und mich fragte, was ich trinken wolle. Sie sagte:

»Ich hätte da zum Beispiel Pfefferminzsirup…«

»Super!«, rief ich, ohne mir den Rest des Angebots aufzählen zu lassen – obwohl ich Minze hasse.

Ich trank zwei höfliche Schlucke von der selbstgemixten Minzlimo, machte *Mhm* und stellte das Glas dann auf dem Couchtisch aus Teak-Holz ab. Sie nahm neben mir Platz, fuhr den Laptop hoch und steckte den Kopfhörer ein.

»Eigentlich würde ich gerne mit dir zusammen hören, aber über die Kopfhörer klingt es einfach besser«, erklärte sie. Das war vermutlich eine Lüge. Ich bemerkte, wie sie ihr Gewicht nervös von einer Pobacke auf die andere verlagerte, während ich dem ersten Song lauschte. Bestimmt hätte sie es nicht ausgehalten, ihre Musik mit mir gemeinsam anzuhören. Sie hatte mir erklärt, dass das eine Premiere sei. Mir gebührte die Ehre, diese Stücke als Erste zu hören.

Voller Erleichterung stellte ich fest, dass sie gut waren und ich nicht zu lügen brauchte. Denn ganz egal, was ich ihr versprochen hatte oder wie ich normalerweise ticke: Ich hätte es ihr niemals gesagt, wenn die Songs furchtbar gewesen wären. Drei davon durfte ich hören. Ihre neuesten.

Als ich die Kopfhörer absetzte, biss sie sich auf die Unterlippe und ich hatte das gute Gefühl, auf einmal die Oberhand zu haben. Nun war sie aufgeregter als ich.

»Nola, der Kram ist ganz furchtbar«, sagte ich und beobachtete, wie sich ihre Augen verengten und ihr Gesicht einen bestürzten Ausdruck annahm.

»Verarscht«, erklärte ich kichernd. »Mir gefällt es richtig gut!«

»Oh, du bist doch unmöglich!«, rief Nola und stupste mir mit den Zeigefingern in die Seite, während sie ebenfalls zu kichern begann. Ich wehrte sie ab und fühlte mein Herz in der Brust hämmern.

»Nein, aber mal ganz im Ernst: Was hältst du davon? Was geht dir dabei durch den Kopf?«, wollte sie wissen. Die Fragen fanden sich auch im Standard-Repertoire von Dr. Brick, aber hier und jetzt hatte ich viel mehr Lust, sie zu beantworten.

»Ich finde, sie haben eine mysteriöse Aura, sind aber gleichzeitig entspannt, fast schon beruhigend.« Es stimmte. Sie hatten mich beruhigt. Dann fiel mir noch etwas ein: »Wenn ich eine Indie-Game-Entwicklerin wäre, würde ich dafür töten, die für den Soundtrack zu kriegen.« Ich bin ziemlich sicher, dass nicht jeder Mensch dieses Kompliment zu schätzen gewusst hätte, aber Nola strahlte und fragte:

»Ja? Was für eine Art von Indie-Game?«

»Hm…« Ich überlegte. »Was Entspanntes eben. Was mit stylisher Grafik. Ein Puzzle-Game oder ein Adventure vielleicht. Jedenfalls nicht der Beulenpestsimulator.«

»Spielst du den etwa auch?«

»Klar. Cool, du auch?«

»Ne. Ich meinte nur, weil Ben ihn auch spielt.« Die Nennung seines Namens versetzte mir einen kleinen Stich, aber ich vergaß ihn schnell wieder, da es hier um etwas Wichtigeres ging.

»Oh nein!«, rief ich mit gespieltem Entsetzen. »Sag bloß, du gehörst zu den Hatern?!« Sie nickte mit zusammengepressten Lippen.

»Oh, verdammt. Dann wird das nichts mit unserer Freundschaft. Dann muss ich dich jetzt hassen.«

»Ja, und ich dich.«

»Wir sind in verschiedenen Lagern.«

»Unversöhnlichen Lagern. Dabei hat es doch so gut angefangen, als du Puzzle-Games und Adventures erwähnt hast.«

»Das zählt alles nichts, wenn uns der BP-Sim spaltet.«

»Ja, ist wahr.«

»Sad but true«, sagten wir gleichzeitig und mussten kichern.

Ich bemerkte, wie eine Wespe sich auf dem Rand meines Glases niederließ. Im ersten Moment dachte ich, dass sie wohl mehr auf Minze stünde als ich, aber sie flog sofort wieder auf und direkt auf Nolas Gesicht zu. Die sprang kreischend hoch und duckte sich weg.

»Oh nein. Nein. Ich bin allergisch auf die Dinger!«
Die Wespe verfolgte sie wie eine Killerdrohne. Nola
schrie weiter und Chucky rannte bellend um sie herum.
Ich schnappte mir das Buch, das auf dem Couchtisch lag
und nahm die Verfolgung auf.

»Warte, warte! Ich erschlag sie!«, rief ich.

»Oh, mein Gott! Nein, du machst sie nur noch ag-
gressiver«, kreischte Nola. Ich ließ mich nicht beirren,
denn es war meine Pflicht, sie zu retten. Für einige Momente herrschte völliges Chaos. Nola sprang mit einge-
zogenem Kopf herum, ich wedelte mit dem Buch in der
Luft, Chucky bellte und irgendwo muss die Wespe her-
umgeschwirrt sein. Aber irgendwann wurde uns allen
klar, dass wir sie aus den Augen verloren hatten. Wir
hielten in unserem irren Tanz inne und schauten uns um.
Auf einmal sah ich sie wieder in der Luft schwirren. Ich
wusste, ich brauchte sehr viel Kraft, um sie runterzuho-
len. Ich holte mit dem Buch weit aus und schlug zu. Irgendwie tauchte dabei – mir ist immer noch ein Rätsel,
wie das geschehen ist, oder wie ich nicht bemerken
konnte, dass sie da war – Nola im Schwungbereich auf.
Ich versuchte, meinen Arm abzubremsen. Aber ich
klatschte ihr das Buch ins Gesicht. Auf die Wange. Mitsamt der Wespe, die sich zwischen dem Buch und ihrer
Backe befand. Nola sank in die Knie. Ich schlug die
Hand vor den Mund. Dann ließ ich mich vor ihr fallen
und berührte ihre Wange. Beinahe im selben Moment, in
dem sie dasselbe mit ihrer Hand tun wollte. Unsere Hände trafen sich. Die platte Wespe war zu Boden gesunken.
Meine Hand lag an Nolas Wange, ihre Hand auf meiner.

»Oh Gott, das tut mir so leid! Hat sie dich gesto-
chen?«, rief ich.

»Nein, aber du hast mich ganz gut erwischt.«

»Oh Gott, das tut mir so leid. Ich stelle mich bei dir so dumm an. Jetzt hast du bestimmt endgültig die Schnauze voll von mir.« Unsere Hände verharrten da, wo sie waren.

»Nein. So leicht wirst du mich nicht los«, antwortete sie und lächelte gequält. Eine merkwürdige Pause entstand.

»Ähm…«, sagte ich. »Wenn wir hier so rumsitzen, könnte man das ziemlich falsch interpretieren.« Ich wollte meine Hand wegnehmen, aber sie hielt sie mit ihrer fest.

»Meinst du denn, das wäre so falsch?«

»Auf jeden Fall. Weil du ja mit Ben ausgehst.« Bei der Erwähnung seines Namens ließ sie ihre Hand sinken und ich meine ebenfalls.

Ihre Wange sah nicht gut aus. War sie etwa sogar geschwollen?

»Oh Gott, das tut mir so leid«, sagte ich schon zum dritten Mal.

»Mir auch«, sagte sie dann, was mich zuerst verwirrte, bevor ich verstand, dass sie von Ben sprach.

»Vielleicht wäre es das Beste, wenn ich einfach ganz schnell gehe.«

»Nein!«, rief Nola sofort. Dann schüttelte sie den Kopf und fand wieder zu ihrer vernünftigen Art zurück: »Nein, ich meine, das wäre dumm. Denn dann wird es sehr komisch sein, wenn wir uns nächstes Mal sehen. Ich würde sagen, wir sollten zuerst mal darüber nachdenken und es besprechen.« Ich wollte nicht darüber nachdenken oder sprechen. Es gab auch nichts nachzudenken oder zu besprechen. Sie war die Freundin meines besten Freundes. Oder zumindest die Fast-Freundin. Die Fast-Freundin meines einzigen Freundes, der mich die ganze Zeit unterstützte. Nie hätte ich mir träumen lassen, jemals in eine Konkurrenzsituation mit ihm zu geraten. Aber ich konnte nicht leugnen, was ich soeben gespürt und in Nolas Augen gesehen hatte.

»Setzen wir uns doch mal. Du hast noch gar nicht ausgetrunken«, sagte sie und kehrte zur Couch zurück.

»Ich hasse Pfefferminze«, sagte ich und blieb stehen.

»Warum warst du denn dann so scharf drauf, als ich dir den Sirup angeboten habe?«

»Weil du mich nervös machst, verdammt!« Ich zuckte die Schultern, hob die Handflächen in die Luft.

»Hm«, machte Nola und nahm einen zu großen Schluck von meiner Limo, sodass ihre Backen ganz dick wurden und ein paar Tropfen an ihrem Kinn herunterliefen. Sie wischte diese ab und starrte so konzentriert in das Glas, als würde es die Lösung aller Probleme enthalten. Auch wenn ich noch so gerne einfach davonlaufen wollte, gab es da eine Sache, die mich wirklich brennend interessierte:

»Wann hast du es gemerkt?« Sie erwiderte die Frage mit einem ebenso fragenden Blick. Wir sahen uns an. Dann redeten wir durcheinander. Sie sagte:

»Schon beim ersten Mal, als wir uns getroffen haben.« Und ich gleichzeitig:

»In der Musikschule.« Wir sahen uns immer noch an, nickten gleichzeitig. Es war fast schon lächerlich. Was war das zwischen uns? So etwas hatte ich noch nie zuvor erlebt. Obwohl wir so gegensätzlich waren, gab es diese starke Verbindung zwischen uns.

»Und das fehlt einfach zwischen Ben und mir«, sagte Nola, als habe sie meine Gedanken gelesen. Ich schloss die Augen, wollte den Satz ungehört machen. So sehr ich mir gewünscht hatte, dass sie so empfand, wünschte ich mir – nun, da sie es ausgesprochen hatte – dass es nicht so gewesen wäre.

»Er war eigentlich gestern nur aus einem Grund da«, fuhr sie fort. »Ich habe ihn nach unserem Treffen am Freitag gefragt, ob er nicht spontan Zeit für ein weiteres Date habe. Ich brauchte einfach noch mal den direkten Vergleich, um sicher zu sein.«

»Gott, verdammt, hör auf!«, sagte ich und drehte mich weg.

»Es ist aber wahr. Ich kann nicht weiter mit Ben ausgehen, wenn ich weiß, dass da du bist.«

»Ich bin aber Bens beste Freundin und ich kann dich nicht mehr sehen, wenn ich weiß, dass du Ben wegen mir abservierst.«

»Das ist nicht fair!« Nola sprang auf und stemmte ihre Hände in die Seiten. »Ich bin viermal mit Ben ausgegangen. Wir waren noch in der Findungsphase – und ich habe gemerkt, dass ich bei ihm nicht das finde, was ich suche. Er hat sogar gesagt, wir könnten es locker angehen und auch andere Leute nebenher daten.« Ich verdrehte die Augen und sagte:

»Das sagt er immer, weil er cool und locker sein will. Aber er meinte damit nicht, dass du seine beste Freundin treffen und angraben kannst.«

»Ich finde, *du* hast mich mehr angegraben als ich dich.«

»Ich habe dir ins Gesicht geschlagen.«

»Mit einer ziemlich alten Ausgabe von Jules Verne, die ich sehr schätze, wie ich dazu bemerken möchte.« Ich sah auf das Buch hinunter, das ich immer noch in der Hand hielt und auf einmal mussten wir wieder beide lachen, obwohl uns eigentlich nicht danach war.

»Ich hab noch kein einziges Buch von Jules Verne gelesen. Und auch beim BP-Sim ticken wir ganz verschieden?«, sagte ich verzweifelt. Sie schüttelte den Kopf:

»Differenzen machen es spannend – und ich lese dir notfalls Jule Vernes komplettes Lebenswerk vor, bevor es daran scheitern sollte.« Ich seufzte. Sie war so verdammt gut. Sie hatte immer eine Antwort parat. Ich würde nie wieder eine Frau finden, die in einer solchen Situation noch zu blöden Witzen aufgelegt war. Zumindest keine, die dabei so gut aussah und sich seltsamerweise auch noch für mich interessierte.

Sie wurde mit einem Mal ernst und erklärte:

»Hör zu, El. Ich kann so oder so nicht mehr mit Ben ausgehen. Weil es sich nicht so anfühlt, wie es soll. Ich muss ihm das sagen. Ob du dich dann dafür entscheidest, mich besser kennenzulernen oder nicht, liegt an dir. Aber das mit Ben ist meine Sache.«

»Warte doch noch ein bisschen damit.« Ich fingerte an dem Buch herum, der alten Ausgabe, die sie sehr schätzte. Auf dem Frontcover war jetzt ein Fleck.

»Aber worauf denn? Besser, er erfährt es so schnell wie möglich.«

»Dann sag wenigstens nichts von uns. Das ist nämlich meine Sache… Ich meine, falls…«

»Ja, falls…«, sagte sie und wirkte geknickt.

»Also sagst du ihm nichts? Über uns…« Sie schüttelte den Kopf, meinte aber:

»Falls du dich dafür entscheidest, dich wieder bei mir zu melden, würde ich dir aber empfehlen, vorher mit ihm zu reden. Nur ein kleiner Tipp. Es wäre fair.«

»Ja, wäre es«, sagte ich. Ich wusste, dass es ein guter Tipp war und ich sagte nicht, wie schlecht ich darin war, gute Tipps zu befolgen.

18: SCHEISSE

Auf dem Rückweg riss Chucky mich aus meinen Gedanken, weil er auf einmal knurrte, bellte und wie ein Ochse an der Leine zerrte. Ich war froh, dass ich ihm eine solche angelegt hatte und hielt dagegen. Das Problem war schnell erkannt: Er hatte den Gremlin entdeckt. Die Frau führte ihn dieses Mal ebenfalls an der Leine, aber Chucky erinnerte sich offenbar an den Überfall. Er verhielt sich anderen Hunden gegenüber sonst nie feindselig. Er war immer freundlich bis gleichgültig. Nur dieses Mal nicht. Die Frau, die an der Gremlinleine hing, rümpfte die Nase und wechselte die Straßenseite. Zwei andere Frauen, die uns entgegenkamen, warfen dem wütenden Chucky abschätzige Blicke zu. Für sie war er einfach der große böse Hund, der sich auf kleinere Opfer stürzte. Den Überfall des Kleinen auf den Großen hatte natürlich niemand gesehen. Auch wenn Chucky dem Gremlin körperlich weit überlegen war, hatte dieser ihm einen Heidenschrecken eingejagt. Es war bestimmt nicht angenehm und ziemlich demütigend gewesen, als ich ihm das Maul zugehalten hatte, während das kleine Biest ihm in die Hinterbeine gebissen hatte. Klar, dass er jetzt sauer war und eine Revanche forderte. Aber all das erkannten die Frauen nicht. Als sie an mir vorbeigingen, hörte ich eine von ihnen sagen:

»Meistens liegt das gar nicht am Hund, sondern an den Haltern. Die Aggression überträgt sich vom Menschen auf den Hund.«

Ja, klar. Liegt nur daran, dass ich einen Hass auf kleine Hunde habe, dachte ich ärgerlich, und dann noch: *Warum ist die Welt voller Idioten?*

Ich war frustriert und verwirrt, als ich zu Hause ankam und verkroch mich in den BP-Sim.

»Damals waren die Probleme noch simpler«, sagte ich zu Chucky, während ich meine Belohnungen für den Login abholte. Dann verzog ich das Gesicht: »Ich muss aber zugeben, dass sie auch irgendwie tödlicher waren.«

Montag

Am nächsten Tag geschah genau gar nichts. Zumindest bis zum Abend. Ich hing herum, hatte einen vielversprechenden Lauf im BP-Sim, den ich aber am Ende doch völlig in den Sand setzte, weil ich mich einfach nicht darauf konzentrieren konnte. Mein alter Überlebens-Rekord blieb ungebrochen. Dann fing das Drama an:

Es war etwa acht Uhr abends und ich putzte mir gerade die Zähne, weil ich nur noch schlafen wollte, als es losging. Mein Handy vibrierte gleich viermal hintereinander in kurzen Abständen. Ich nahm es von der Anrichte und sah, dass ich Nachrichten von Ben und Nola erhalten hatte. Es brauchte keine Hellseherin, um zu erraten, was los war. Im ersten Moment wollte ich das Handy einfach ausschalten, aber dann siegte doch die Neugier. Ich stellte die Zahnbürste beiseite, spuckte aus und entsperrte das Display. *Ben, Nola, Ben, Nola? Zuerst Ben. Verdammt!*

»Lief wohl doch nicht so gut mit meinem Date. Sie hat gerade Schluss gemacht.« Es folgte gleich noch eine Nachricht:

»Na ja, eigentlich waren wir ja gar nicht zusammen. Es war also das Ende vor dem Anfang ;-).«

Ich wusste, dass er den Smiley nur hinzugefügt hatte, um cool und locker zu wirken. Von Nola kam ebenfalls eine weitere Nachricht. Bevor ich sie las, schrieb ich Ben zurück:

»Scheiße.« Das war der ehrlichste Kommentar, den ich in dieser Situation abgeben konnte. Die Situation war Scheiße. So viel stand fest.

Ich wechselte zur Unterhaltung mit Nola:

»So. Ich hab's getan und ihm gesagt, dass es sich für mich nicht so anfühlt, wie es sollte und es besser wäre, wenn wir uns nicht mehr sehen.«

»Ich komme mir ziemlich schäbig vor, weil ich's am Telefon machen musste. Eigentlich nicht meine Art.«

Ben hatte wieder eine Nachricht gesendet. Nola hatte noch geschrieben:

»Du weißt, wenn du mich sehen willst, musst du dich nur melden.« Ich war versucht, darauf auch einfach mit *Scheiße* zu antworten. Natürlich fühlte es sich nicht scheiße an, dass sie mich sehen wollte. Ganz im Gegenteil. Wenn ich daran dachte, sie zu treffen, schoss mir die Wärme ins Gesicht. Aber dass Ben mir nebenher sein Leid klagte und ich nicht einmal imstande war, ihm vernünftig zu antworten, fühlte sich schrecklich an.

»Ja, ziemlich ätzend. Ich verstehe es vor allem nicht«, hatte er geschrieben. » Okay, es ist nichts gelaufen. Aber trotzdem waren unsere Dates super. Da war was zwischen uns.«

»Scheiße«, schrieb ich noch einmal – und kam mir dabei wirklich genau so vor: scheiße.

»Sie hat gesagt, es wäre nicht der richtige Zeitpunkt.« *Einer von euch lügt,* dachte ich.

»Aber das ist ja nur so eine berühmte Ausrede.« *Stimmt auch wieder.* Und das traf sowohl auf *Es fühlt sich nicht so an, wie es soll* als auch auf *Es ist nicht der richtige Zeitpunkt* zu. Also war es eigentlich egal, welchen Grund sie ihm tatsächlich genannt hatte.

»Es würde mir besser gehen, wenn sie wenigstens ehrlich wäre«, schrieb er. *Würde es nicht,* dachte ich. Ich schrieb:

»Sorry, Akku fast leer.« *Ziemlich lahm.*

»Okay, macht nichts. Ich glaube, das Einzige, was mir gerade hilft, ist ein starker Drink.«

»Übertreib's nicht«, schrieb ich. *Lahm.* Dann schaltete ich das Handy aus und legte mich ins Bett.

Wo wir gerade schon beim Thema *Ende* sind, kann ich euch nach dem Ende von Bens und Nolas gemeinsamer Geschichte auch noch das Ende von Linus' und meiner Geschichte schildern. Es gibt nämlich noch eine wichtige Tatsache, die ich euch bisher verschwiegen habe. Nämlich, dass wir kurz vor meinem Verschwinden Streit hatten. Das war mir erst wieder eingefallen, nachdem Dr. Brick mich zu Linus befragt hatte. Vorher war da nur diese seltsame Abneigung gegen Linus gewesen. Aber alles der Reihe nach:

Nach dem denkwürdigen Ausflug zu dem Café am See setzte Linus mich in meiner WG ab und tat so, als sei nichts gewesen. Ich umarmte ihn zum Abschied, so wie immer, sagte aber noch:

»Linus, du musst dir echt Hilfe holen« und er nickte.

Ich sah ihn dann eine Woche nicht und hörte auch nichts von ihm, was wirklich ungewöhnlich war. Er antwortete auch nicht auf meine Nachrichten und ich fing an, mir ernsthafte Sorgen zu machen. Aber dann stand er auf einmal vor meiner Tür. Er wirkte müde und reumütig, erklärte, dass er jetzt in Therapie sei. Dann fragte er mich, ob ich nicht doch noch ein letztes Video mit ihm machen könne. Ich sagte:

»Linus, verdammt. Es gab doch schon zwei letzte Male.« Damit meinte ich den Ausflug zum Café und die Übernachtung dort.

»Okay, okay, ich weiß«, antwortete Linus und ließ den Kopf hängen. »Aber ich brauche bestimmt ein bisschen Zeit, um einen guten Ersatz für dich zu finden und einzulernen und ich wollte solange gerne noch irgendwas Großartiges, ein Highlight, posten. Wir haben doch alles für das Kinderheim vorbereitet. Also müssen wir lediglich hinfahren und die Pläne in die Realität umsetzen. Schnitt und die restlichen Obligationen, den langweiligen Teil, übernehme ich.«

Ich wusste, dass es keine so schnelle, einfache Sache war, wie er behauptete. Das Kinderheim war nicht gerade in der Nähe. Wir würden sogar übernachten müssen. Aber Linus konnte sehr überzeugend sein und ich war in diesem Moment wirklich froh, dass ihm nichts zugestoßen war. Außerdem hatte er auf meinen Rat gehört und sich in Therapie begeben. Er gab was auf das, was ich sagte. Also stimmte ich letztendlich zu.

So kam es, dass ich eigentlich schon raus war, aber trotzdem mit ihm das Kinderheim besichtigte. Mir war während der ganzen langen Fahrt eine Frage auf der Zunge gelegen. Aber ich hatte nicht gewagt, sie auszusprechen. Als wir jedoch dort waren und uns trennten, um uns – wie immer – zunächst einzeln umzusehen, hielt ich es nicht mehr aus.

»Linus«, rief ich ihm nach. Er drehte sich um und ich lief ihm nach, weil ich die Frage nicht durch den Gang schreien wollte. »Wolltest du dich eigentlich wirklich umbringen, als du in den See gesprungen bist?« Seine Gesichtszüge verhärteten sich und anstatt meine Frage zu beantworten, knurrte er:

»Du verstehst das nicht und wirst das nie verstehen!«

»Wie bitte?«, sagte ich.

»Du hast richtig gehört«, gab er zurück. »Du und deine behütete Kindheit mit deinen überfürsorglichen Eltern. Dir ist doch noch nie etwas Schlimmes zugestoßen!« Diese Aussage machte mich überaus zornig. Ich weiß nicht, warum. Natürlich war es nicht ganz fair, wie er mich behandelte, aber als ich mich später an die Szene erinnerte, war es mir ein Rätsel, warum seine Aussage mich nicht nur wütend, sondern extrem wütend gemacht hatte. Mehr noch. Sie hatte mich irgendwie tief getroffen. Dabei hatte ich doch tatsächlich noch nie etwas richtig Schlimmes erlebt. Zumindest nichts, was mit Linus' Vergangenheit mithalten konnte. Natürlich hatte ich meine Probleme und das Ding mit meinem besonderen Blick, der mich ab und an ordentlich erschreckt hatte. Aber was war das schon, verglichen mit der jahrelangen Misshandlung durch seine Mutter und den mitverschuldeten Suizid seines Vaters? Trotzdem brüllte ich Linus an:

»Und das behauptest du einfach so über mich? Scheiße, du arroganter Arsch!«

»Was denn? All das, was du bisher berichtet hast, über deine Eltern und dieses Kaff ist doch…«, fuhr Linus fort. An dieser Stelle unterbrach ich ihn mit einem lauten Wutschrei. Ich konnte meine Gefühle in diesem Moment nicht in Worte fassen. Ich meine, ich kann es jetzt immer noch nicht. Linus sah mich verwundert an. Ich war selbst verwundert von mir und dem Schrei, der aus meiner Kehle gekommen war. Trotzdem war ich in erster Linie wütend auf Linus, ließ ihn einfach stehen und ging meiner Wege. Er ging mir nicht nach. Zumindest nicht dass ich wüsste.

Ich versucht dann, mich auf die Arbeit zu konzentrieren, tat das, was wir immer tun: Das Gebäude in Augenschein nehmen, Eindrücke und Ideen sammeln. Es tat mir gut, mich abzulenken.

Natürlich musste ich, als ich mich später daran erinnerte, an Bens Worte denken: *Was, wenn er es dir nachgetragen hat? Was, wenn er etwas Schräges abgezogen hat?*

Ich überlegte, was *etwas Schräges* war. War es etwa denkbar, dass er sich an mich rangeschlichen hat, während ich durch das Fenster geschaut habe, um ein Foto zu machen? Und dann? Hat er mich so erschreckt, dass ich mich an den scharfen Kanten der zerbrochenen Scheibe geschnitten habe? Oder hat er dabei vielleicht sogar nachgeholfen? Eine furchtbare Vorstellung.

Dann war da noch Bens andere Idee: Dass ich Linus bei etwas fotografiert habe, das seiner Meinung nach nicht an die Öffentlichkeit gelangen durfte und er deshalb meine Speicherkarte gelöscht hat. In dem Fall wäre Linus nicht hinter mir gestanden, sondern draußen vor dem Fenster. Aber bei was hätte ich ihn dort fotografieren sollen? Wohl kaum dabei, seinen Schwingel in die Büsche zu hängen, um zu pissen. Denn dann hätte ich mich von alleine schnell weggedreht und nicht abgedrückt. Was dann? War er mit einem Benzinkanister angelaufen gekommen, um das Kinderheim in Brand zu stecken? War er ein notorischer Brandstifter? Das hielt ich für unwahrscheinlich. Weder in unserer Heimatstadt noch bei den von uns besuchten Lost Places hatte ich je von mysteriösen Feuern gehört.

Aber da war noch etwas anderes, was mich an diesen Theorien störte: Als ich Linus im Gang stehenließ, wirkte er nicht wütend. In diesem letzten gemeinsamen Moment, an den ich mich erinnerte, wirkte Linus eher beschämt. Als ob mein Wutausbruch ihm bewusst gemacht hätte, dass er mir gegenüber unfair gewesen war. Ich war die Wütende gewesen. Nicht er! Und ich war inzwischen ziemlich sicher, dass diese seltsame Abneigung gegen Linus, die ich immer noch verspürte, von der eben beschriebenen Auseinandersetzung herrührte. Seine Aussage hatte etwas in mir bewegt. Ich kann mich nicht erinnern, je so wütend gewesen zu sein, wie in dem Moment, in dem ich einfach nur laut geschrien habe. Das Komische war, dass ich immer noch nicht wusste, warum. Schon wieder eine neue Frage auf meiner langen Liste.

Als ich im Begriff war einzuschlafen, wanderten meine Gedanken zwischen Nola, Ben und Linus hin und her und als ich aufwachte, war es noch dunkel. Da mein Handy ausgeschaltet war, hatte ich keine Ahnung, wie viel Uhr es war. An der Wand hing zwar eine Uhr, aber die war schon vor Jahren stehengeblieben. Das Nähzimmer war eine zeitlose Zone.

Ich setzte die Brille auf die Nase, schaltete die Nachtischlampe an und dann das Telefon. Weniger, weil ich wissen wollte, wie viel Uhr es war, sondern eher, weil ich ein schlechtes Gewissen hatte, dass ich Ben so abgewürgt und Nola gar nicht erst geantwortet hatte. Ob sie wohl in der Zwischenzeit noch etwas geschrieben hatten? Das neue Telefon fuhr schnell hoch und das Erste, was ich sah, waren drei Anrufe in Abwesenheit. Von einer unbekannten Nummer. Unbekannt? Nein. Nur nicht eingespeichert! Die Nummer war sichtbar, nur im Adressbuch mit keinem Namen verknüpft. In mir zog sich alles zusammen. Ich hielt die Luft an. Ging die Nummer noch mal durch. Ganz langsam. Ziffer für Ziffer. Das konnte doch nicht wahr sein! Aber es war wahr. Ich kannte diese Nummer in- und auswendig. Es war meine alte Handynummer. Die Nummer der Simkarte, die ich mitsamt dem Handy verloren hatte. Mein Herz hämmerte wie wild in meiner Brust. Ich war von meinem alten Telefon aus angerufen worden. Auf meiner neuen Nummer! Meiner neuen Nummer, die fast niemand kannte. Die fast niemand kennen konnte.

Meine Gedanken überschlugen sich. Ich hatte das alte Handy verloren. In den Stunden, an die ich mich nicht erinnern konnte. Aber vielleicht war es auch gestohlen worden. Oder ich hatte es jemandem gegeben. Aber wem denn? Außerdem erklärte das immer noch nicht, wie diese Person an meine neue Nummer gelangt war. Schnappatmung. Ich hatte eine Idee, öffnete den Browser und gab meine neue Telefonnummer in die Suche ein. Keine Treffer. Wie erwartet. Die Nummer war nirgends öffentlich gelistet. Zudem hatte der Anrufer – oder die Anruferin – offensichtlich meinen alten Pin geknackt. Ich überlegte einen Moment, ob es möglich war, dass die Polizei das Handy doch noch gefunden hatte, denn die konnten bestimmt sowohl Pins knacken als auch an meine neue Nummer gelangen. Aber das war aus zwei Gründen unrealistisch. Erstens: Warum hätten sie noch mal zurückgehen und danach suchen sollen und zweitens: Selbst wenn sie zufällig darüber gestolpert wären oder es jemand bei ihnen abgegeben hätte, hätten sie sicherlich keine so unheimliche Show abgezogen und mich von meinem eigenen Telefon aus angerufen. Besonders nicht nach acht Uhr abends.

Irgendetwas sehr Seltsames ging hier vor. Ich sah vor meinem inneren Auge, wie der Fäulnis-Mann das alte Telefon in der Hand hielt und meine neue Nummer wählte. Die Härchen auf meinen Armen stellten sich auf. *Nein! Das kann nicht sein! Das darf nicht sein!* Aus einem Impuls heraus, löschte ich die Benachrichtigung über die Anrufe. *Verpiss dich, Fäulnis-Mann,* dachte ich. Ich dachte an den Traum, in dem er Ben und mich belauscht hatte. Vielleicht verschwand er ja, wenn ich ihn nicht hereinließ. War das nicht in vielen Horrorromanen der Fall? Womöglich befand ich mich ja doch mitten in einer Gruselgeschichte. Ich schaltete das Handy wieder aus und zog mir die Decke über den Kopf.

Dienstag

Als die Erinnerung an die Ereignisse am nächsten Morgen zurückkehrte, bekam ich eine Gänsehaut. Ich musste sofort jemandem davon erzählen. Ich brauchte sozusagen eine zweite Meinung. Eine vernünftige zweite Meinung. Im ersten Moment dachte ich an Nola, aber ich konnte sie – während sie darauf wartete, ob ich uns eine Chance geben würde – kaum mit unheimlichen Storys belästigen. Also gab es da nur Ben. Natürlich war es in dieser Situation fast genauso egoistisch, ihn zurate zu ziehen. Aber er war der Einzige, der fast die ganze Geschichte kannte – neben Nola.

Ich verfasste eine Nachricht:

»Ben, sorry, dass ich gestern nicht hilfreicher sein konnte. In meinem Hirn spielt sich gerade eine Menge ab und ich bin manchmal einfach überfordert.« Das war keine Lüge. »Bist du okay? Gestern ist nämlich was echt Schräges passiert und ich muss einfach wissen, was du davon hältst.« Bens Telefon lag während der Arbeit immer auf seinem Schreibtisch. Er antwortete schnell:

»Ja, bin okay. Bisschen verkatert. Sollen wir später telefonieren?«

»Wenn es okay ist, schreibe ich dir einfach, was los ist.«

»Okay, versuchen wir's. Aber ich bin bei der Arbeit und kann dir nicht versprechen, dass ich mich darauf konzentrieren kann.«

»Werden wir sehen. Gibt auch gar nicht viel zu sagen: Gestern wurde ich von meiner alten Handynummer angerufen. Dreimal.«

»Scheiße. Wer war dran?«

»Ich weiß nicht. Mein Handy war aus.« Ich änderte den letzten Satz in: »Mein Akku war ja leer. Ich habe es erst irgendwann gestern Nacht gesehen.«

»Ist deine neue Nummer im Netz?«

»Nein. Hab's sogar noch mal gecheckt.«

»Und du hattest einen Pin bei deinem alten Handy?«

»Klar.«

»Bist du sicher, dass es wirklich deine alte Nummer war? Ich kriege manchmal auch irgendwelche Werbeanrufe von unbekannten Nummern.«

»Nein, es war ganz sicher meine alte Nummer.«

»Okay.« Es folgte eine weitere Nachricht:

»Mach doch mal einen Screenshot. Ich hab deine alte Nummer noch. Dann kann ich vergleichen… Nur zur Sicherheit.«

»Ich hab die Anrufe gelöscht.« Im Moment, in dem ich die Nachricht absendete, wusste ich, wie das klang. Es folgte gleich die Bestätigung:

»Und du bist dir sicher, dass du das Ganze nicht geträumt hast?« Ich begann auf einmal selbst zu zweifeln.

Ich weiß, ich habe gesagt, ich mache das nicht mit euch: Euch im Unklaren lassen, ob es sich bei dem, was ich erzähle, um Traum oder Realität handelt. Aber in dem Fall bleibt mir kaum etwas anderes übrig, wenn ich die Geschichte so erzählen will, wie ich sie erlebt habe.

Bens Lösungsvorschlag war verführerisch. Damit wären wir wieder beim Thema der einfachsten Lösung. Ich schrieb zurück:

»Es kam mir ziemlich real vor. Aber vielleicht hast du recht.«

19: EITER

Es war ja nun schon wieder Dienstag und ihr wisst vielleicht, was das bedeutet: Genau, ich hatte einen weiteren Termin bei Dr. Brick – und: Ich hatte meine Hausaufgaben gemacht, wenn auch nicht ganz so, wie er sich das wohl vorstellte. Er hatte mich gebeten, über Linus nachzudenken und mir bei der nächsten Sitzung zu verraten, wie sich das für mich anfühlte. Wie ihr wisst, hatte ich tatsächlich viel über Linus nachgedacht, und mir bewusst gemacht, wie es für mich war, an ihn zu denken.

Euch habe ich die Wahrheit darüber verraten. Zu Dr. Brick wollte ich allerdings nicht ganz so ehrlich sein. Vielleicht klingt es komisch, seinem Psychiater Dinge zu verschweigen, wenn man doch eigentlich mit ihm gemeinsam daran arbeitet, Erinnerungen zurückzubringen. Aber ihr müsst verstehen, dass es dabei um Linus' Leben ging. Linus, der immerhin mal ein guter Freund gewesen war und von dem ich nicht wusste, welche Rolle er in der Sache spielte.

Ich fürchtete, dass es für uns beide Konsequenzen haben würde, wenn Dr. Brick zu viel von dieser Geschichte mit dem Café wüsste. Nein, ich würde so lange nichts Belastendes über Linus verraten oder einen Verdacht gegen ihn äußern, bis ich mehr wusste.

Also hatte ich mir eine maßgeschneiderte Antwort für Dr. Brick zurechtgelegt, die einzig und allein dazu diente, das Thema schnellstmöglich abzuhandeln.

»Das Problem an Linus, wenn man das überhaupt *Problem* nennen kann – eigentlich ist es eher ein Problemchen – Also das wäre, dass er anstrengend ist und ich dafür momentan einfach keine Nerven habe«, erklärte ich und war stolz auf diesen guten Anfang.

»Können Sie dieses Wort, *anstrengend,* näher erläutern?« Natürlich hatte ich Fragen wie diese vorausgesehen und mir überlegt, was ich am besten sagen würde, um Linus so harmlos wie möglich wirken zu lassen. Ich nickte und tat so, als würde ich überlegen. Dann sagte ich langsam:

»Wissen Sie, Linus steckt so voller Energie und Ideen. Ich habe Ihnen ja schon einiges von seinem Kanal erzählt. Linus hat so viele Einfälle dafür und sein Wissen ist wirklich beeindruckend und so… Aber ich habe gerade einfach keinen Nerv, ihm bei neuen Projekten zu helfen.«

»Das sollen Sie auch nicht«, sagte Dr. Brick und schaute mich streng über den Rand seiner Brille an. Wir hatten das Thema ganz am Anfang angesprochen. Ich nickte schnell:

»Ja, ja. Das weiß ich. Ich werde vielleicht ganz aus dem Kanal aussteigen.« Dr. Brick wusste nicht, dass das längst beschlossene Sache war. »Aber momentan kann ich einfach nicht darüber nachdenken und deshalb auch nicht mit Linus sprechen. Er wird so enttäuscht sein, wenn ich nicht mehr dabei bin und das ertrage ich gerade einfach nicht. Ich bin momentan ziemlich mit mir selbst beschäftigt.« Mit dieser Antwort war Dr. Brick ganz offensichtlich zufrieden.

»Das ist durchaus verständlich. Wenn Sie sagen, Sie sind mit sich selbst beschäftigt, was meinen Sie damit?«

»Na ja, das wissen Sie doch. Das ganze Nachdenken.«

»Ja, das weiß ich. Aber ich wollte es etwas konkreter hören. Was beschäftig Sie ganz genau?«

»Na, wenn Sie mir nicht auftragen über Linus nachzudenken, dann versuche ich, mich an das zu erinnern, was ich vergessen habe. Bevor Sie fragen: Nein, keine Fortschritte.«

»Drehen sich Ihre Gedanken dann nur um den Zeitpunkt des Verschwindens?« Die Frage überraschte mich und ich musste eine Weile überlegen, bevor ich sagte:

»Nein. Allgemein denke ich natürlich auch darüber nach, was gerade so alles passiert und was ich in Zukunft machen will.«

»Das ist gut. Darauf sollten wir später noch einmal zurückkommen. Aber zunächst würde mich interessieren, ob Sie auch manchmal in die Vergangenheit zurückblicken. Weiter in die Vergangenheit.« Noch so eine verwirrende Frage.

»Wie meinen Sie das? Auf was soll ich denn in der Vergangenheit zurückblicken?«

»Das müssen *Sie* mir sagen. Gibt es irgendeinen Punkt, der schon weiter zurückliegt als Ihre Erinnerungslücke – der Sie beschäftigt? Aus welchem Grund auch immer.« Ich runzelte die Stirn.

»Nein, ich glaube nicht. Warum fragen Sie?«

»Ich frage, weil wir bisher noch nicht viel weiter gekommen sind.« Schnell fügte er hinzu: »Was vollkommen in Ordnung ist. Trotzdem frage ich mich langsam, ob wir nicht die ganze Zeit an der falschen Stelle nach Ihren Erinnerungen suchen. Wissen Sie, alte Traumata sind ein komplexes Thema. Sie können sich diese wie Narben vorstellen, die zwar zugenäht, aber nicht verheilt sind. Diese mentalen Wunden können jederzeit wieder aufreißen, wenn es einen Auslöser, einen sogenannten Trigger, gibt. Das Problem ist, dass es fast unmöglich ist, vorauszusagen, was ein altes Trauma wieder an die Oberfläche bringt. Im besten Fall ist es eine ähnliche Situation – und mit *bester Fall* meine ich nur, weil

213

dann am leichtesten erkennbar wird, woran man ist. Aber oft sind es viel unscheinbarere Dinge, die ein altes Trauma zurückbringen. Zum Beispiel ein Geruch, ein Geräusch, ein eigentlich unbedeutender Gegenstand. Irgendetwas, das ein Trauma-Patient bei seinem schlimmen Erlebnis wahrgenommen und deshalb unbewusst damit verknüpft hat.« Dr. Brick machte eine Pause.

»Das ist ja alles faszinierend. Aber was hat das mit mir zu tun?«, fragte ich irritiert.

»Ich habe gedacht, vielleicht ist es möglich, dass wir nicht herausfinden, was ihnen an diesem Ort – in diesem alten Kinderheim – zugestoßen ist, weil das eigentlich dramatische Erlebnis gar nicht dort stattgefunden hat. Vielleicht wurden Sie dort nur an eine einschneidende Erfahrung in der Vergangenheit erinnert.« Ich zog die Brauen zusammen:

»Kann so was, so eine aufgeplatzte Mentalwunde, dafür sorgen, dass man so dumm ist, sich in eine gesplitterte Glasscheibe zu hängen, dann wegzurennen und alles zu vergessen?«

»Was dadurch ausgelöst wird, ist schwer vorauszusagen. Wenn ein tiefsitzendes Trauma auf einmal völlig unerwartet an die Oberfläche kommt, löst das aber auf jeden Fall größten Stress aus. Das kann zu allen möglichen Reaktionen führen. Wir sind da sehr individuell.«

»Hm«, machte ich. »Das klingt ja schon alles ganz logisch. Aber da gibt es nichts. Ich habe eigentlich noch nie vorher was richtig Schlimmes erlebt.«

Es waren Linus' Worte. Die Worte, die mich so wütend gemacht hatten. Die Worte, die ich nun selbst benutze, weil sie wahr waren. Für einige Augenblicke herrschte nachdenkliche Stille.

Ich untersuchte, wie sich Linus' Worte anfühlten, wenn sie aus meinem Mund kamen. Gut. Gut ist vielleicht übertrieben. Sie fühlten sich normal an. Unbedeutend. Es war nichts dabei. Linus war der mit dem Trauma. Nicht ich.

Aber zumindest konnte ich nun besser verstehen, was mit ihm geschah, wenn er zu dem Café am See zurückkehrte. Seine Mentalwunde platzte auf. Der ganze Eiter brach heraus und überzog ihn. Eine gelbe Masse, die ihn unter sich begrub. Großer Stress. Er musste kämpfen, um nicht vom Eiter erstickt zu werden. Darum war er in den See gesprungen. *Er hat sich bestimmt nicht töten wollen. Er hat nur versucht, den ganzen Eiter abzuwaschen,* dachte ich.

»Und?«, fragte Dr. Brick. Mir war klar, dass er eine Frage gestellt hatte und ich bat ihn, diese zu wiederholen. Wir redeten, wie Dr. Brick bereits angekündigt hatte, über meine Gedanken über die Gegenwart und meine Zukunft. Ich versuchte, mich dabei so vage wie möglich zu halten und stellte das Musical, meinen Hund und meine Zweifel an meinem Beruf als Fotografin in den Vordergrund. Nicht die seltsame Dreiecksbeziehung zwischen Ben, Nola und mir. Ich fand, Dr. Brick konnte wirklich froh sein, dass er nicht alles über mich wusste. *Du musst schon ziemlich irre sein, wenn es so viele Dinge gibt, die du nicht einmal deinem Psychiater erzählen kannst,* dachte ich.

Ganz am Ende der Sitzung kam Dr. Brick noch einmal auf Linus zurück. Er sagte:

»Übrigens denke ich, Sie würden sich womöglich besser fühlen, wenn Sie mit Ihrem Freund Linus sprechen würden. Wenn Sie ihm aus dem Weg gehen, nur um nicht über die Zukunft sprechen zu müssen, setzt der Gedanke daran, es irgendwann tun zu müssen, Sie ständig unter Druck. Warum sagen Sie ihm nicht das, was Sie mir gesagt haben? Dass Sie eine Pause brauchen und momentan anderes im Kopf haben als diese Videos? Wenn er ein Freund ist, wird er es verstehen. Wenn er es nicht versteht, können Sie ihn immer noch ausschließen« Ich seufzte tief und nickte. Er hatte mir den richtigen Ratschlag gegeben, nur zum falschen Problem. Linus wusste ja schon längst, dass ich aus der Sache raus war. Aber es gab in der Tat einen Freund, dem ich etwas sagen musste – und das war Ben.

Mittwoch

Mit den guten Vorsätzen ist es immer schwierig. Ich meine, es ist nicht schwierig, sie zu formulieren, aber sie in die Tat umzusetzen, ist eine ganz andere Nummer. Der Mittwoch verstrich, ohne dass ich den Mut aufbringen konnte, Ben zu schreiben, dass ich mit ihm sprechen müsse. Gegen Abend erhielt ich eine Nachricht von Nola:

»Ich weiß, ich habe gesagt, du kannst dich einfach melden, falls du Lust hast, mich wiederzusehen. Aber es wäre auch nett, wenn du dich melden würdest, falls du nicht vorhast, mich wiederzusehen. Wenn du das willst, ist es in Ordnung. Aber es wäre gut, es gleich zu wissen, damit ich nicht hier sitze und warte.« Wow. Sie saß also da und wartete. Auf mich. Ich kam mir zuerst großartig und dann erbärmlich vor und schrieb zurück:

»Ich will dich nicht warten lassen… Aber die Sache mit Ben. Ich bin noch dran, das zu klären.« Es kam keine Antwort zurück.

Am Abend war wieder Musicalprobe. Dieses Mal in der Musikschule.

»Wir brauchen heute etwas mehr Platz, um die ganze Szene zu proben«, erklärte Amila.

Vielleicht wollt ihr wissen, ob ich meine Stimme geübt hatte. Die Antwort lautet: na ja. Eine halbe Stunde vor der Probe hatte ich die Aufnahme heruntergeladen und versucht mitzusingen – mit mittelmäßigem Erfolg. Es kam mir also gelegen, dass es dieses Mal eher um das Schauspiel gehen sollte. Amila klebte eine ovale Fläche auf dem Boden ab und erklärte:

»Das ist der Pool. Ihr habt das Skript gelesen?« *Oh, verdammt.* Ich nickte, weil alle anderen es auch taten.

»Heute proben wir natürlich noch ohne Kostüme und Maske«, sagte Amila, nachdem sie uns die Plätze zugewiesen hatte. »Wichtig ist aber, dass das die einzige Szene ist, für die wir den Mädels keine Kostüme stellen… Aus den ganz offensichtlichen Gründen.« Die anderen kicherten und ich versuchte, mit einem Lächeln zu kaschieren, dass ich keine Ahnung hatte, wovon sie sprach. Amila fuhr fort:

»Also im Klartext: Jede von euch muss für die Kostümprobe einen eigenen Bikini mitbringen.«

»Einen was?«, rutschte es mir heraus.

»Na, einen eigenen Bikini«, wiederholte Amila und alle starrten mich an. »Falls ihr nur einen schwarzen habt, okay. Aber lieber wären mir richtig knallige Farben für die Optik: Pink oder so was.«

»Orange«, sagte eins der Mädels aus meiner Gesangsgruppe.

»Perfekt«, gab Amila zurück. War ich im falschen Film?

Wie um dem Ganzen die Krone aufzusetzen, erklärte Amila dann noch, dass sie eine Überraschung habe. Aus einer Tasche zog sie mehrere Packungen Kaltwachsstreifen und erklärte:

»Die sponsere ich euch für die Szene, damit auch *alles glattgeht.*« Gelächter, gemischt mit *Uuuuh*-Ausrufen.

Ich unterbrach die Euphorie mit den Worten:

»Äh, wie bitte, was? Wir sollen Bikinis tragen? Auf der Bühne? *Nur* Bikinis?« Wieder starrten mich alle an.

»Nur die Mädels«, antwortete Amila. Unsere Gruppe bestand aus sieben jungen Mädels, zwei Frauen zwischen 40 und 50, zwei Männern in etwa demselben Alter und meiner Wenigkeit.

»Das werde ich sicher nicht machen. Ich stelle mich doch nicht im Bikini auf eine Bühne«, sagte ich kopfschüttelnd und stemmte die Hände in die Seiten.

»Äh, was?«, fragte Amila, die offensichtlich nicht auf Widerspruch eingestellt war. »Aber das ist so geplant für die Szene. Steht doch im Skript.« Das Mädchen mit dem orangefarbenen Bikini legte mir eine Hand auf die Schulter und sagte:

»Du musst dich nicht schämen. Alle Körper sind schön.« Ich muss sie angesehen haben, als hätte sie mir gerade gestanden, dass sie meine Mutter überfahren hat. Sie zog ihre Hand schnell zurück und machte einen großen Schritt rückwärts, und ich sagte:

»Scheiße, nein. Darum geht es doch überhaupt nicht. Ich weigere mich nur, mich im Bikini auf die Bühne zu stellen und von meinen Nachbarn angaffen zu lassen. Und was ist in der Szene noch geplant? Sollen wir vielleicht auch noch mit dem Arsch wackeln?«

»Aber Musicals sind doch immer sexy. Irgendwie müssen wir ja auch die Halle füllen«, sagte eine der älteren Frauen schulterzuckend und alle nickten. Ich schaute Amila an:

»Und was ist mit dem Feminismus? Ich dachte, das Musical vertritt einen feministischen Ansatz.« Sie nickte erneut und sagte:

»Ja, unbedingt. Aber ich bin der Meinung, dass moderne Feministinnen tragen können, was sie wollen, ohne dass man sie dafür auf Objekte reduziert. Das ist meine Auffassung von Freiheit.«

»Das klingt in der Theorie ja alles super, aber wenn wir uns mit perfektem Kahlschlag in Bikinis auf eine Bühne stellen, fordern wir doch eindeutig dazu auf, uns anzustarren wie Objekte.«.

»Na, aber das ist doch genau der Witz dabei. In der folgenden Szene geht es darum, dass die Protagonistin merkt, dass sie auf Eye Candy reduziert wird und niemand ihr Talent sieht. Und als ihr Manager sie dann auch noch belästigt, während er ihr schnellen Erfolg verspricht, merkt sie, dass sie diese Abkürzung nicht nehmen will. Das Publikum wird zum Voyeur – und soll sich dabei unwohl fühlen. Das ist eine wirkungsvolle feministische Message. Das sensibilisiert.«

»Wenn du glauben willst, dass das bei den sabbernden Typen in der ersten Reihe ankommt, okay. Aber ich sage, die sehen in der Szene nur eins: Mädels im Bikini von unten. Freiheit und Feminismus bedeuten für mich, auch *nein* sagen zu können und was nicht mitzumachen. Und genau das mache ich jetzt: Ich sage *nein, danke.* Sorry, aber ich bin raus.«

Ich hörte leises Kichern und Tuscheln hinter mir, als ich den Saal verließ. Niemand versuchte, mich aufzuhalten.

Ich ging zu Fuß nach Hause, weil mein Vater damit rechnete, mich erst zwei Stunden später abholen zu müssen. Es war bereits dunkel, doch in diesem Moment dachte ich nicht einmal darüber nach. Frustriert stolperte ich vor mich hin und kickte kleine Steinchen weg.

Wieder eine Sache, die ich nicht durchgezogen hatte. Das Musicalprojekt konnte sich in eine lange Reihe einordnen. Ich zog mein Handy aus der Hosentasche und öffnete gedankenversunken verschiedene Apps, ohne irgendetwas mit ihnen anzustellen. Fast wäre ich dabei vor ein Auto gelaufen.

Nachdem dieser Zwischenfall mich aus meinen Gedanken gerissen hatte, murmelte ich:

»Ach, scheiß drauf«, und schrieb eine Nachricht an Nola:

»Was machst du morgen :-)?«

»Hast du es mit Ben geklärt?«, wollte sie wissen. Ich seufzte:

»Mache ich heute Abend noch.«

»Wollen wir uns morgen Abend treffen? Abendessen to go und ein Spaziergang durch den Park?«, schlug sie vor. Ich wusste, dass das nicht ideal war. Schließlich musste ich von dort auch wieder nach Hause kommen und auf einmal fiel mir wieder ein, dass ich nicht vorgehabt hatte, alleine im Dunklen unterwegs zu sein und diese Regel bereits in diesem Moment brach. Trotzdem stimmte ich der Aufforderung zu einem weiteren Verstoß zu. Ich wollte nicht immer die Spielverderberin sein – und wie könnte ich mich auf eine möglicherweise ernsthafte Beziehung einlassen, wenn ich lebte wie eine Teenagerin? *Benimm dich wie eine Erwachsene,* dachte ich und nahm all meinen Mut zusammen. Ich schrieb Ben eine Nachricht:

»Wir müssen reden. Können wir telefonieren?«

Ich kam zu Hause an, erklärte, die Probe sei ausgefallen und eine der Darstellerinnen habe mich im Auto mitgenommen. Schon das gefiel meinen Eltern nicht. Sie meinten, es sei wohl das Beste, wenn *sie* mich herumchauffierten und erklärten, ich könne sie jederzeit deshalb anrufen. Ich bedankte mich für das Angebot und ging in mein Zimmer.

Eigentlich hatte ich erwartet, Ben würde mir zurückschreiben, um eine Uhrzeit für ein Telefonat vorzuschlagen – und natürlich hatte ich gehofft, dass er an diesem Abend keine Zeit mehr finden würde. Stattdessen rief er mich einfach an. Ich starrte schockiert auf das klingelnde Telefon. Mein Herz raste. Am liebsten hätte ich es genommen und einfach aus dem Fenster geworfen. *Wer ruft an, ohne es vorher schriftlich anzukündigen?* Ich hatte meine Worte noch gar nicht zurechtgelegt. *Sei erwachsen!* Ich nahm ab.

»Hey El, was ist? Was passiert?«

»Hm, ja.«

»Okay. Willst du mir sagen, was los ist?«

»Ich… na ja, ich bin beim Musical rausgeflogen. Oder besser gesagt, habe ich mich selbst rausgeworfen.« *Sehr erwachsen. Vorgeschobenes Thema.*

»Warum das denn?« Es gab kein Zurück mehr. Der Moment, in dem ich bereit gewesen war, über Nola zu sprechen, war verstrichen. *Er ist selbst schuld. Er hat mich mit seinem Anruf überfallen.*

Nachdem ich von der Musicalprobe berichtet hatte, meinte Ben:

»Hm… Ich verstehe dich ja schon irgendwie. Dass du keinen Bock auf so was hast. Aber meinst du nicht, Amilas Standpunkt macht auch Sinn, wenn die Mädels darauf Bock haben und du hast ein bisschen überreagiert?« Ben kannte mich. Ich wusste, dass er recht hatte.

»Niemals!«, sagte ich.

»Also keine bissigen Formulierungen, kein krasser Abgang?«

»Gar nicht.« *Ja, er kannte mich wirklich.*

»Okay, aber trotzdem… Versuch doch mal, Amilas Position zu verstehen. Ich finde ihren Ansatz mit der Szene und die Denkweise eigentlich ganz clever.« *Verräter!*

»Also muss man sich zuerst demütigen lassen, um dem Publikum bewusst zu machen, was Feminismus ist?«

»Das meine ich mit *eine Show* draus machen. Und bevor du mich gleich in Stücke reißt: Ich habe ja gesagt, ich verstehe dich. Das ist nicht dein Ding. Aber andere Frauen fühlen sich vielleicht cool und sexy dabei. Ich meine, sie tun das für sich selbst, wenn du weißt, was ich meine. Und sie verlangen, dabei nicht als Objekte wahrgenommen zu werden. Das ist doch in Ordnung.«

»Wusste gar nicht, dass du jetzt auch eine erfahrene Feministin bist.«

»El…«

»El mich nicht.«

»Ich meine doch nur, es ist okay, wenn du anderer Meinung bist und bei der Sache nicht mitmachen willst. Aber es gibt bestimmte andere Möglichkeiten, als sich zu zerstreiten und gleich alles hinzuschmeißen.«

»Oh ja, ich könnte mich ja stattdessen für die Triangel melden.«

»Das wäre immer noch besser, als immer gleich wegzurennen, wenn es einen Konflikt gibt.«

»Du bist ein blöder Arsch! Du hast keine Ahnung…«

»Ich hab keine Ahnung, ja. Ich hab keine Ahnung, wie es ist, du zu sein oder, was du gerade durchmachst, aber du sagst doch selbst immer, dass du Dinge nie zu Ende bringst – und ich habe manchmal das Gefühl, du bedauerst das.«

»Nicht im Geringsten. Ich habe gerne meine Ruhe.«

»Aber ich hatte das Gefühl, dieses Musical bedeutet dir was.«

»Ne.«

»Na gut… Aber falls… und ich sage nur *falls* du deine Meinung ändern solltest, würde ich dir vorschlagen, einfach noch mal mit Amila zu reden. Sie ist vernünftig. Vielleicht gibt es ja eine Möglichkeit, deine Rolle generell zu behalten und einfach nur in der einen Szene eine andere Position einzunehmen. Vielleicht könntest du ja die eine Freundin der Protagonistin sein, die gegen Bikinis rebelliert.«

»Und damit Amila die Show stehlen?«

»El, es war nur eine Idee. Wenn du lieber davonrennst, bitte.«

20: ABEND IM PARK

Donnerstag

Mein Gehirn ist wie ein Computer, nur dass es nicht so gut rechnen kann. Es hat eher die schlechten Eigenschaften eines Computers. Wenn man zu viel auf einmal verlangt, geht gar nichts mehr. Erst hängt es nur, dann stürzt es ab.

Anstatt einer Flut von Gedanken, befand sich da oben im Rechenzentrum nur gähnende Leere. Mein Denken war so blockiert, dass nicht einmal Nervosität wegen des bevorstehenden Dates aufkam.

Als ich am Nachmittag mit dem Skateboard auf der Straße unterwegs war, war ich völlig in einer anderen Welt. Zumindest bis ich bei einem gewaltigen Ollie über ein Grünstreifen-Gap fast mit jemandem zusammengestoßen wäre. Ich versuchte schon bei der Landung auszuweichen, drehte mein Becken, stürzte fast, schaffte es aber noch abzuspringen und auszulaufen, während sich das Board davonmachte.

Erst als ich die Worte *wow, krass* anstelle der erwarteten Verwünschungen vernahm, bemerkte ich, dass der Typ, den ich fast umgenietet hätte, Amal war.

»Danke«, murmelte ich kleinlaut. Er war bei der Probe am Vorabend nicht dabei gewesen, war aber mit Sicherheit längst ins Bild gesetzt worden.

Ich wollte mich schnell umdrehen und mein Board verfolgen, das den Gehsteig hinunter gefahren war, aber Amal hielt mich mit den Worten »Hey El, tut mir leid wegen gestern« zurück. Ich musste an das denken, was Ben gesagt hatte und dachte, dass es wohl nicht schaden konnte, Amal entgegenzukommen, nachdem er den ersten Schritt gemacht hatte.

»Na ja, danke. Ich war aber auch nicht gerade nett und kompromissbereit und all das.« Amal grinste:

»Hab so was gehört.« Ich schielte wieder meinem Brett hinterher, aber Amal war noch nicht fertig:

»Weißt du, du hast vielleicht recht und die Szene – so wie sie aktuell geplant ist – ist ein Fehler.« Ich sah ihn überrascht an. »Eigentlich finde ich das, was Amila damit bezweckt, super, aber vielleicht hast du recht und sie erreicht nur das Gegenteil. Ist doch gut möglich, dass sich noch andere Frauen nicht wohl dabei fühlen, sich da im Bikini zu präsentieren, sich aber nicht trauen, es zu sagen.« Ich zuckte die Schultern und meinte:

»Na, das ist dann aber ihre Sache.« Er schüttelte den Kopf:

»Nein, es ist auch unserer Sache, weil wir einen Gruppenzwang etablieren – und damit genau das, was wir in dem Stück anprangern wollen. Es funktioniert vielleicht bei einer großen Aufführung mit professionellen Schauspielerinnen, dem Publikum einen Spiegel vorzuhalten, aber nicht, wenn da die eigenen Nachbarn im Publikum sitzen. Ohne dich wäre uns das womöglich gar nicht bewusst geworden. Darum hoffe ich, dass du uns noch eine Chance gibst und zurückkommst.« Ich starrte ihn irritiert an. Sollte das ein Scherz sein?

»Oh, natürlich ohne dass du dich da im Bikini hinstellen musst«, fügte er schnell hinzu und gestikulierte dabei wild mit den Armen. »Ich habe mit Amila besprochen, dass wir die Szene etwas verändern. Wir machen das anders mit den Klamotten. Wir machen es so, dass alle, die in den Pool wollen, mit Badekleidung in den

Pool können – auch die Männer. Alle anderen posieren um den Pool herum in schicker Abendkleidung.«

Ich musste grinsen, weil ich nahezu sicher war, dass Amila die Sache nicht so sah wie ihr Bruder. Bestimmt war sie weder einverstanden, kleinbeizugeben, noch die Szene zu verändern. Ich beschloss, meinen Sieg auszukosten, ganz egal, ob das kindisch war und fragte:

»Kann ich dann auch zerrissene Jeans tragen?«

»Ähm, na ja…«, stammelte Amal. Dann kam ihm eine Idee. »Wie wäre es denn, wenn du so was hier machst?« Er wedelte mit den Armen.

»Was? Rumstehen und diskutieren?«

»Nein. Auch wenn du das ziemlich bühnenreif kannst. Ich meinte, das mit dem Skateboard. Das fände ich krass und dabei kannst du auch zerrissene Jeans tragen.

Weißt du: Ich wollte ja zuerst eigentlich ein Inliner-Musical auf die Beine stellen, aber in dieser Stadt gibt es offenbar kaum Menschen, die anständig fahren können. Außerdem ist die Bühne nicht groß genug. Wie wäre es da, wenn wir als Ersatz wenigstens ein Skateboard kriegen könnten?«

»Wenigstens ein Skateboard? Dir ist schon klar, dass Skateboards in einer ganz anderen Liga spielen als… *Inliner.*« Ich spuckte das letzte Wort aus wie etwas Ekelhaftes.

»Ansichtssache.«

»Fakt«, beharrte ich und stemmte die Hände in die Hüften.

»Völlig egal jetzt.« Er fuchtelte wieder in der Luft herum. »Ich sehe die Szene schon vor mir. Alle flanieren und posieren am Pool. Dann kommst du. Machst so einen… So einen krassen Sprung wie vorhin und crashst damit alles.«

»Wie meinst du *crashen*?«

226

»Na ja, natürlich nicht wörtlich. Du sollst natürlich nicht crashen, aber du photobombst die Szene – und im Moment, in dem du einschlägst, hat Amila ihre Eingebung. Sie versteht, dass es nicht das Leben ist, das sie sich vorgestellt hat.« Ich wiegte den Kopf hin und her:

»Gar nicht mal so übel, Amal.«

»Deal?« Er hob seine Hand in die Luft und ich brauchte einen Moment, um zu verstehen, dass ich einschlagen sollte. Ich schlug mit der Faust dagegen, vielleicht ein bisschen zu fest, und sagte:

»Passt schon. Bin dabei.«

Wenn ich ehrlich bin: Ich freute mich darauf, doch nicht aufgeben zu müssen.

Später schrieb Ben:

»Hey, wie steht's?« Ich wollte antworten. Ich wollte wirklich etwas antworten. Das Richtige antworten. Ihm die Wahrheit über Nola beichten. Mehrmals hatte ich das Telefon in der Hand und dabei fest vor, das Richtige zu tun. Aber es ging nicht. Ich tippte:

»Alles okay, aber wir müssen reden.« Statt die Nachricht abzusenden, löschte ich sie. Dann schrieb ich:

»Super. Hab das mit dem Musical geregelt. Bin wieder dabei.« *Du drückst dich,* sagte meine innere Stimme. Ich behielt den Text, schickte ihn aber nicht ab. *Vielleicht später,* dachte ich. *Vielleicht ergänze ich ja später noch was.*

Schließlich kam der Abend und meine Gehirnleistung hatte glücklicherweise ausgereicht, bis dahin einen Plan zurechtzulegen, mit dem ich meinem Gefängnis entkommen konnte, ohne dass das in einen Streit mit meinen Eltern ausartete. Ich behauptete, die Musicalprobe würde nachgeholt und bat meinen Vater, mich zu fahren. Den Zeitpunkt wählte ich so, dass mir bei seiner üblichen Verspätung noch genügend Zeit blieb, um von der Musikschule, an der er mich absetzte, bis zu Nolas Haus zu laufen, wo wir uns trafen.

Als ich aus dem Auto stieg, setzte die Nervosität mit einem Schlag ein, aber als ich Nolas Haus erreichte und sah, wie sie dort von einem Fuß auf den anderen trat, während sie auf dem Gehsteig wartete, wurde es besser. *Sie hat genauso viel Angst vor dir, wie du vor ihr,* dachte ich. Weil ich mich ihr von hinten näherte, konnte ich sie in Ruhe beobachten. Sie hatte eine große Umhängetasche dabei. Zum Glück keines dieser kleinen Handtäschchen. Ich weiß nicht warum, aber Frauen mit kleinen Handtäschchen verunsichern mich. Erst als ich mich bis auf zwei Armlängen genähert hatte, rief ich: »Hey!« Sie fuhr herum und sagte verlegen:

»El! Ich dachte, du würdest aus der anderen Richtung kommen.«

»Hab noch eine kleine Runde gedreht.«

»Eine Runde gedreht?«

»Na ja, um die Blocks… Du weißt schon?« Ihr Gesichtsausdruck sagte *nein,* während sie nickte.

»Wow, das sieht schlimm aus«, bemerkte ich, mit einem Blick auf ihre Wange, die nach meinem Angriff immer noch dunkel verfärbt war.

»Ja, hast du gut hinbekommen«, meinte sie zwinkernd. Meine Lippen formten ein *Sorry.*

»Hm«, machte sie, anstatt zu antworten. »Ich dachte, wir holen uns bei Willy was zu essen und gehen dann in den Park. Genießen noch einen der letzten warmen Abende, bevor es Herbst wird. Weißt du? Willy hat jetzt auch to go. Er verpackt das in diesen Warmhalteschalen. Ohne Gabeln. Aber ich habe Gabeln dabei.« Ich gewann den Eindruck, dass sich bei ihr die Nervosität ebenfalls

228

in Worten entlud – genau wie bei mir. Sie war noch nicht fertig und ließ mir keine Gelegenheit zu antworten:

»Es gibt nur ein einziges veganes Gericht, aber das ist echt okay. Die saisonale Gemüsepfanne. Lustig ist nur, dass zu jeder Jahreszeit genau dasselbe Gemüse drin ist. Ich habe die Bedienung mal drauf angesprochen und ich schwöre, sie hatte keine Ahnung, wovon ich rede.« Ich zuckte die Schultern und meinte, als ich endlich zu Wort kam:

»Saisonal ist ja nicht regional. Irgendwo ist immer Sommer.«

»Ja, irgendwo ist wohl immer Sommer. Darauf sollten wir anstoßen«, sagte sie und zog zwei 500 ml-Dosen Bier aus ihrer Umhängetasche. Nun da ich wusste, wozu sie ihre große Tasche verwendete, gefiel mir das noch viel besser. Meistens wird alles einfacher mit Bier. Falls ihr euch jetzt fragt, ob ich mich nicht an den Abend im Visage erinnerte, behauptete ich einfach mal ganz dreist: nein. Der Abend soll vergessen sein.

Schweigend trinkend zogen wir in Richtung Willy: Café, Schnellimbiss, Zeitschriftenkiosk – alles, was eine Kleinstadt eben so braucht, aber nichts davon in guter Qualität. Die überschaubare Fußgängerzone war zu dieser Uhrzeit unter der Woche ziemlich ausgestorben. Wir gingen quer über den Platz. Tauben flogen im goldenen Licht der Abendsonne auf.

»Wir sollten vielleicht nicht hiermit in der Hand bestellen«, bemerkte Nola und hob die Dose hoch. Ich nickte.

»Wie voll ist deine noch?« Sie wiegte ihr Bier hin und her.

»Bisschen weniger als halb.«

»Meine auch«, schätzte ich. »Dann weg damit, was?« Sie sah mich etwas verunsichert an, stimmte dann aber zu:

»Weg damit!« Wir setzten an und tranken. Nola musste kurz pausieren. Sie kämpfte sichtlich. Als wir fertig waren, unterdrückte ich ein lautes Aufstoßen. Sie machte zwei Schritte und stolperte über ihre eigenen Füße.

»Woah.« Ich fing sie auf.

»Wollte dir nur wieder eine Ausrede liefern, mich wieder anzugraben«, nuschelte sie lachend und steckte die leere Bierdose einfach zurück in ihre Tasche.

»Ach so? Dieses Mal soll ich dir also nicht ins Gesicht schlagen?«, sagte ich und küsste sie. Es war ein großartiger Kuss mit Biergeschmack. Besser als jeder andere zuvor. Er dauerte ziemlich lange an und nachdem ich sie losgelassen hatte, kam sie wieder auf mich zu und küsste mich erneut.

Als wir endlich ein paar Momente Luft holten, sagte ich:

»Eigentlich habe ich gar keinen Hunger.«

»Ich auch nicht. Und wenn ich ehrlich bin, ist die saisonale Gemüsepfanne ziemlich bescheiden.«

»Aber zumindest ist sie irgendwo auf der Welt bestimmt saisonal.«

Wir beschlossen, direkt weiter in Richtung des Parks zu gehen. Es handelte sich um einen ehemaligen Privatgarten, der zu einer Villa aus dem 19. Jahrhundert gehörte. Früher hatte dort irgendein reicher Kaufmann gewohnt. Inzwischen gehörte das Gebäude der Stadt, die im unteren Stockwerk eine Bibliothek untergebracht hatte. Gleichzeitig hatten sie den Park mit seinen schattigen Alleen und den künstlich verspielten Brunnen öffentlich zugänglich gemacht. Das Tor stand rund um die Uhr offen. Wohl auch nur, weil die Stadt zu klein war, um eine echte Drogenszene zu haben und die Jugendlichen sich lieber in den abgefuckten Ecken der Innenstadt breit machten. Die Villa und der Park lagen nämlich etwas außerhalb.

Nachts war es dort ziemlich dunkel. Nur der Eingang war beleuchtet. Außerdem war die Stadt offensichtlich mit der Parkpflege überfordert. Die kleinen Wege drohten ständig, überwuchert zu werden.

Nola spähte durch das gusseiserne Tor. Eine Bank stand gleich beim Eingang unter einer der wenigen Laternen. Sie war bereits angegangen. Die Dämmerung war hereingebrochen. Hinter der Bank ragte eine Hecke auf, die – vermutlich durch Schädlingsbefall – seltsam ungleichmäßig ausgedünnt worden war und eine Form angenommen hatte, die an ein Monster mit abgewinkelten Krallen erinnerte.

»Wow, ziemlich gruselig eigentlich«, stellte Nola fest. »Ich hatte gedacht, das würde dir vielleicht gefallen. Aber jetzt merke ich gerade, dass das womöglich eine ziemlich blöde Idee war… nach allem…« Ich schüttelte schnell den Kopf und sagte:

»Quatsch, es ist perfekt.«

Wir gingen hinein und setzten uns auf die Bank. Es war still, unglaublich still, während die völlige Dunkelheit über uns hereinbrach. Irgendwann fingen wir an, über irgendetwas Belangloses zu reden. Nola wollte unbedingt ein Selfie machen. Sie zog ihr Handy heraus, wir posierten Wange an Wange, dann noch mal und noch mal. Beim vierten Mal drückte sie mir einen Kuss auf die Wange. Danach lehnten wir uns aneinander und redeten zunächst über Belanglosigkeiten.

Ich weiß nicht mehr, was es war und wie der Themenwechsel zustande kam, aber auf einmal sprach ich wieder über Linus und den YouTube-Kanal. Ich hütete mich davor, seine heiklen Geheimnisse zu verraten. Auch wenn ich Nola vollkommen vertraute, hatte ich das Gefühl, es sei unnötig, ihr von dem Feuer und dem angeblichen Geist zu erzählen. Ich hatte das alles schon Ben erzählt – und es hatte sich im Nachhinein nicht richtig angefühlt. Also erzählte ich dieses Mal nur alles, was in Bezug auf meine Situation relevant war: Dass Linus und ich gute Freunde gewesen waren. Wie er tickte. Wie sich der Kanal langsam verändert hatte und ich über meinen Ausstieg nachgedacht hatte. Dass ich dann erfahren hatte, dass Linus eine schwere Kindheit gehabt hatte, dass ich versucht hatte, ihm zu helfen, aber gescheitert war – und schließlich, dass wir im Kinderheim Streit gehabt hatten, an dem wir irgendwie beide Schuld trugen.

»Hm«, machte Nola nachdenklich, als ich meinen Bericht beendet hatte.

»Ich frage mich jetzt, ob das Ganze irgendetwas mit meinem Verschwinden und der Gedächtnislücke zu tun hat. Auch wenn ich keine Ahnung habe, *was* es damit zu tun haben könnte«, erklärte ich hilflos.

»Hm«, machte sie erneut. »Vielleicht hat der Streit dir Angst gemacht?«

»Wie meinst du das?« Ich war verwirrt von dieser Idee, die sich so grundlegend von Bens Theorien unterschied.

»Na ja, wenn der Streit heftig war und irgendwie unvorhersehbar, hattest du vielleicht Angst, Linus als Freund zu verlieren. Du wolltest ja mit dem Kanal aufhören. Vielleicht dachtest du, ihr könntet im Streit auseinandergehen. Dass du ihn damit komplett verlierst.« Mir wurde auf einmal klar, dass Nola das Gute in Menschen sah. Für Ben war Linus sofort ein Verdächtiger gewesen.

232

Für Nola war er ein Freund. Weil ich ihr erzählt hatte, dass er ein Freund war.

»Okay, ja. Ich habe mir wirklich Sorgen um unsere Freundschaft gemacht. Aber das war harmlos. Um einfach so wegzulaufen und ein paar Stunden komplett zu verdrängen, braucht es glaube ich etwas mehr«, sagte ich.

»Hm«, machte Nola noch einmal. »Hast du vielleicht schon mal eine üble Verlusterfahrung gemacht? Früher irgendwann?« Ich erinnerte mich daran, was Dr. Brick über alte Traumata gesagt hatte und kramte in meinem Gedächtnis. Aber da war nichts. Die einzige Situation, die mir einfiel, war die, in der Ben das andere Mädchen geküsst hatte. Das hatte mich verletzt und gekränkt. Aber hatte ich damals schlimme Verlustängste verspürt? Es kam mir nicht so vor, aber meine Erinnerungen an diese Zeit waren ohnehin ziemlich verschwommen. Zudem verspürte ich keine Lust, Ben Nola gegenüber zu erwähnen.

Also schüttelte ich einfach den Kopf und erklärte:

»Ne, glaube nicht. Ich weiß nicht, ob Verlust wirklich der Schlüssel ist. Es ist momentan nicht so, dass ich mir Sorgen um Linus mache oder ihn vermisse. Es ist eher so, dass ich ihm den Streit ziemlich lange nachgetragen habe. Ich weiß nicht mal so genau, warum.«

»Habt ihr noch mal über den Streit geredet?« Das war mir bisher nicht mal in den Sinn gekommen.

»Ne… Wir haben überhaupt nicht mehr gesprochen, seit das alles passiert ist.«

»Ach wirklich? Wäre das aber nicht vielleicht gut? Würde es dir nicht vielleicht ganz allgemein helfen, die Sache zu klären? Vielleicht weiß er noch irgendwas, woran du dich nicht mehr erinnerst. Außerdem – nach allem, was du erzählt hast – braucht er dich vielleicht auch.« Wow. Sie war schon die zweite Person, die vorschlug, Kontakt mit Linus aufzunehmen.

Ich wünschte mir, der Abend würde nie enden, aber als Nola schließlich sagte, sie müsse bald nach Hause, weil sie am nächsten Tag früh raus musste, war ich trotzdem froh. Paps hatte nämlich schon zwei Nachrichten geschrieben und gefragt, ob die Probe nicht bald zu Ende sei. Auf die zweite hatte ich einige Minuten zuvor geantwortet und ihm mitgeteilt, dass es nicht mehr lange dauern würde. Ich hatte aber gesagt, er solle nicht losfahren, bevor ich ihm Bescheid gab.

Nola erklärte, warum sie am nächsten Tag so früh aufstehen musste: Irgendetwas mit städteübergreifender Koordination, Meetings und dem Tagesgeschäft. Ich konnte ihr aber nicht so recht folgen, weil mir etwas ganz anderes durch den Kopf ging. Da ich davon ausging, dass sie sich gleich verabschieden würde, fragte ich:

»Nola, was magst du eigentlich an mir?« Sie sah mich verwundert an und lachte.

»Ich meine das ernst. Ich meine, wir haben schon festgestellt, dass ich im Visage ein Arschloch war. Und dann habe ich dir noch meine ganze verrückte Geschichte erzählt und dir mit deinem Lieblingsbuch ins Gesicht geschlagen. Ich verstehe nicht ganz, wie das zu *dem hier* führen kann.« Ich zeigte auf sie und mich. Sie lächelte erneut und sagte:

»Na ja, du warst ein Arschloch und etwas tollpatschig, aber du warst auch unglaublich ehrlich. Du warst nicht wie alle anderen, die einen Open Mic-Abend cool finden, einfach weil das was ist, was man mögen sollte, um dazuzugehören. Mit dir kann man diskutieren. Du bist herausfordernd – und mutig. Außerdem habe ich das Gefühl… Hm…«, machte sie. »Das Gefühl, dass du

234

mich anschaust und mich wirklich siehst. Du hast den Nagel auf den Kopf getroffen. Die meisten halten mich wirklich nur für eine Orgatante. Du hast in mir eine Künstlerin gesehen. Ich weiß nicht, ob ich mich so nennen kann. Aber tatsächlich mache ich das, was ich mache, nicht hauptsächlich weil ich gut organisieren kann, sondern wegen meiner Begeisterung für Kunst. Du hast das sofort gewusst, ohne mich zu kennen. Fast schon unheimlich.« Ich wusste, was sie meinte und nickte:

»Ja, fast schon unheimlich, wie das ist mit uns.« Sie zog ihr Handy raus und schickte mir eines der Selfies, das sie von uns gemacht hatte. Das mit ihren Lippen an meiner Wange. Es gefiel mir. Das gelbe Licht der Straßenlaterne und die dunkle Hecke hinter uns gab ihm einen unheimlichen Touch. Ich fügte es als Anrufbild für Nola zu, obwohl ich so was normalerweise nie tue. Sie gab mir einen Kuss auf den Mund und sagte dann:

»Du musst von hier aus rechts lang, oder? Ich könnte dich begleiten, falls du nicht gerne alleine unterwegs bist, nachdem…«

»Nein, Quatsch!« Ich schüttelte vehement den Kopf. »Das ist okay. Man muss mich nicht mit Samthandschuhen anfassen oder so.«

»Sorry, das wollte ich nicht…«

»Nein, ist schon okay. Danke. Aber ich schaffe das.«

»Gut. Meldest du dich morgen?«

»Ich melde mich.«

»Gut.«

»Gut.«

»Bleibst du noch?«, fragte sie, weil ich keine Anstalten machte aufzustehen, nachdem sie sich erhoben hatte.

»Ähm, nur noch eine Nachricht tippen. Ich gehe auch gleich. Lass dich nicht aufhalten«, log ich. Schließlich wollte ich vermeiden, dass sie sah, wie ich in dieselbe Richtung ging wie sie. Denn sie nahm natürlich an, ich würde nach Hause gehen, aber ich musste ja zur Musikschule, was vom Park aus sogar weiter und somit eigentlich völlig schwachsinnig, war.

Sie wirkte einen Moment lang unschlüssig, ging dann aber und winkte mir noch mal über die Schulter zu.

Nachdem sie aus meinem Blickfeld verschwunden war, hörte ich in mich hinein und prüfte, wie es sich anfühlte: An einem einsamen Ort, im Licht einer Straßenlaterne. Ich wusste, dass in dieser Situation ganz leicht etwas passieren konnte. Man musste nicht so durch den Wind sein wie ich, um in der Stille und der Dunkelheit seltsame Dinge zu sehen. Aber da ich mir dessen bewusst war, verspürte ich keine Angst. Ich war mir der Gefahr bewusst – also der Gefahr, wieder auszurasten – und darum war ich sicher, sie im Griff zu haben. In meinem Rücken befand sich diese seltsam geformte Hecke. Sicher würde sie versuchen, mir im Schummerlicht etwas vorzumachen, wenn ich mich zu ihr umdrehte. Sie würde vorgeben, ein Monster zu sein – mit langen Klauen, die nach mir griffen. Ich stand auf, drehte mich ruckartig um und zeigte auf sie.

»Haha, vergiss es!«, sagte ich. In der direkten Konfrontation blieb die Hecke, was sie war: Ein sehr seltsam geformtes, düsteres Gewächs. Nicht mehr als das.

»Dachte ich mir doch!«, murmelte ich, gerade als ich aus dem Augenwinkel einen Schatten bemerkte. Ich sah in die Richtung, ohne den Kopf zu drehen – und zuckte innerlich zusammen: Die Hecke war zwar nur eine Hecke, aber weiter hinten, in der ungepflegten dunklen Allee, da meinte ich eine Gestalt zu erkennen.

Sie stand da völlig reglos. Es war zu dunkel, um sagen zu können, ob sie mich anstarrte. Aber was sollte sie auch sonst da tun? Wie lange war die Person schon dort? War sie wirklich echt? Ich fühlte mich auf einmal furchtbar ausgeliefert, fast schon nackt, im gelben Licht der Laterne und trat einen Schritt zurück, sodass ich nicht mehr ganz im Zentrum des Lichtkegels stand. Dabei ließ ich langsam meinen Zeigefinger sinken, der immer noch auf die unschuldige Hecke gerichtet war. Instinktiv hielt ich es für eine gute Idee, der Person in der Allee nicht zu signalisieren, dass ich sie bemerkt hatte. Warum, kann ich nicht sagen. Fürchtete ich, sie würde einem Jagdtrieb verfallen wie ein wildes Tier und die Verfolgung aufnehmen, wenn ich losrannte?

Auf jeden Fall drehte ich mich nur langsam um und ging zügigen, aber nicht zu schnellen Schrittes auf das Eisentor, den Ausgang des Parks, zu. Dabei tastete ich nach meinem Schlüssel in der Hosentasche und lauschte angestrengt. Waren da Schritte in meinem Rücken zu hören? Ganz unterschwellig und leise?

Gerade im Moment, als ich durch das Tor ging, ließ ein lautes und gar nicht unterschwelliges Geräusch mich zusammenfahren. *Idiotin, nur das Handy,* sagte ich mir, schaute aber trotzdem gehetzt über die Schulter. Ich konnte niemanden sehen. Falls ich mir die Person nicht eingebildet hatte, hatte sie ihren Posten inzwischen verlassen. Gleichzeitig zog ich das Telefon aus meiner Jeanstasche. Sicher Paps. Der Blick aufs Display versetzte mir jedoch gleich den nächsten Schock: Es war wieder die Nummer! Meine alte Handynummer. Dann hatte es auch schon aufgehört zu klingeln. Nach nur zwei Wiederholungen. Wieder blickte ich hektisch über die Schulter. Der Schatten im Park und die Person, die mich anrief – ein und dieselbe? Spielte da jemand mit mir? Ich konnte nach wie vor niemanden mehr sehen, aber es gab auch Tausende tote dunkle Winkel überall im Park. Innerhalb weniger Sekunden in Deckung zu gehen, war sicher kein Problem. Nun rannte ich doch los – und zwar nicht in Richtung der Musikschule. In diesem Moment lag mir nichts daran, meine Lügenfassade aufrechtzuerhalten. Ich wollte einfach nur nach Hause. Mit der einen Hand ließ ich das Handy zurück in die rechte Jeanstasche gleiten, während ich den Schlüssel aus der linken zog und wie eine Waffe mit der Faust umschloss.

Während ich rannte und keuchte, dachte ich an das, was Linus gesagt hatte. An seine Theorie mit der Verbindung zu einer Parallelwelt. Was, wenn der Fäulnis-Mann eine Gestalt war, die aus so einer alternativen Wirklichkeit stammte – und die ich irgendwie in diese Welt hineingelassen hatte? Was, wenn ich seine Realität betreten hatte? In dem Kinderheim. Ihn irgendwie aufgeschreckt hatte. Was, wenn ich mein Handy in dieser anderen Realität verloren hatte? Mein Handy, mit dem er mich jetzt anrief.

Ich fühlte einen eiskalten Griff an meiner Schulter, stolperte und drehte mich um. Aber da war niemand. Ich rannte weiter. Auf unser Haus zu. *So ein Bullshit,* dachte ich. *Du redest dir all den Schwachsinn nur selbst ein. Berührungen an der Schulter, Handys, die in anderen Dimensionen verlorengehen.* Mir wurde klar, wie das laut ausgesprochen klingen würde. Nein, es gab ganz bestimmt eine andere Erklärung. Mit einem weiteren Schulterblick vergewisserte ich mich, dass da niemand war.

21: DER ANRUF

Nein, dieses Mal war ich nicht so dumm gewesen, die Benachrichtigung über den verpassten Anruf zu löschen. Sie war am nächsten Morgen noch da. Nicht Ben – und auch nicht ich selbst oder sonst irgendjemand – würde mir wieder einreden, dass ich den Anruf nur geträumt oder die Nummer verwechselt hatte. Hier war der Beweis. Nur wusste ich beim besten Willen nicht, was ich damit anfangen sollte. Ich zerbrach mir die halbe Nacht den Kopf darüber, bis ich irgendwann einschlief. Wieder einmal wurde ich dabei von einem befremdlichen Traum heimgesucht.

Anfangs war es nur die Wiederholung der Szene, von der ich schon einmal erzählt habe. Ich stand im Gang des Kinderheims. Linus stand direkt vor mir. Wir lächelten uns an. Er nahm meine Hände. Dann kam wieder das Mädchen dazu. Aber dieses Mal erkannte ich sie. Es war Cynthia Walter – und dann war Linus auf einmal Ben. Aber er und ich waren erwachsen und Cynthia immer noch ein Kind. Sie fasste erneut unsere Hände und sie küsste Ben. *Warum?*, dachte ich ärgerlich, als ich mit einem seltsamen Geschmack im Mund aufwachte.

Ich wollte nicht davon träumen, wie 12-jährige Mädchen erwachsene Männer küssen. Außerdem: Linus, Cynthia, Ben... Warum spielte Nola nie eine Rolle in meinen nächtlichen, sondern nur in meinen Tagträumen? Ich verfluchte mein Unterbewusstsein, lächelte aber, als mir Nola in den Sinn kam. Dann dachte ich wieder dar-

über nach, was ich wegen der Anrufe unternehmen sollte.

Ich rief die letzte Unterhaltung mit Ben auf. Aber
dann zögerte ich wieder. Nein, ich konnte ihm jetzt nicht
schreiben.

Falls ihr euch übrigens fragt, was geschehen ist,
nachdem ich in der Nacht davor mit dem Schlüssel in der
Faust nach Hause gerannt bin: Ich habe eine Weile im
Vorgarten gewartet, bis meine Atmung sich wieder beruhigt hat. Dann habe ich die Tür aufgeschlossen, meinen Eltern erzählt, mich hätte erneut eine Darstellerin
heimgefahren und mir damit wieder eine Diskussion
eingehandelt. Schluss, aus mit der Gruselgeschichte.

Kommen wir wieder zum Freitagmorgen, bezie-
hungsweise Vormittag, denn ich war nach der bewegten
Nacht ziemlich spät aufgewacht. Noch bevor ich mich
erfolgreich dazu zwingen konnte, aufzustehen, vibrierte
mein Handy. Ich zuckte zusammen, weil ich im ersten
Moment einen Anruf befürchtete, aber dann war es doch
nur eine kurze Vibration, die eine Nachricht ankündigte.
In der Hoffnung, noch vor dem ersten Kaffee von Nola
zu hören, griff ich nach dem Telefon, musste aber fest-
stellen, dass die eingehende Nachricht von einer nicht
gespeicherten Nummer kam – jedoch nicht von meiner
alten Mobilnummer. *Vermutlich jemand vom Musical,*
dachte ich, als ich sie öffnete. Aber ich wurde überrascht. Da stand:

»Hey El, sorry. Ich habe mich idiotisch benommen.
Ich glaube, du möchtest nicht mit mir sprechen, denn
sonst hättest du ja längst auf eine meiner tausend Messa-
ges geantwortet.« Als ich die folgenden Sätze las, traute
ich meinen Augen nicht:

»Ich wollte dir nur sagen, ich habe dein altes Phone
gefunden und dich damit angerufen. Ich dachte wohl,

240

dann würdest du vielleicht aus Neugier abnehmen. Wahrscheinlich hältst du mich jetzt aber für einen creepy Stalker. Also wollte ich dir nur sagen, dass ich dich ab jetzt in Ruhe lasse und dir das Telefon postalisch zusende. Linus«

»Linus«, knurrte ich. »Linus, Linus, Linus, du verdammter…!« Ich schlug auf mein Kissen ein. Tausend Gedanken und Fragen gingen mir durch den Kopf.

Vermutlich hätte ich ihn sofort blockiert und beschlossen, ihn für immer zu verfluchen und zu vergessen, wenn nicht Dr. Bricks und vor allem Nolas Worte in meinem Kopf widergehallt hätten. Sie hatten beide gemeint, es würde mir besser gehen, wenn ich mit Linus spräche.

Vielleicht hatten sie recht. Ich wollte nicht mehr davonlaufen. Ich wollte ihm all meine Fragen an den Kopf werfen, weil ich Antworten verdiente. Also hämmerte ich wütend auf *Anruf.*

»El?«

»Linus, verdammt! Du blöder Arsch, was fällt dir eigentlich ein?« Ich stellte fest, dass meine Stimme nicht angemessen verärgert, sondern ziemlich verschlafen klang, während er sich wach wie immer anhörte.

»Okay, okay, ich weiß, ich weiß. Ich hätte dir Zeit geben sollen und dich nicht drängen und ich hätte dir auch nicht schreiben müssen, um dir mitzuteilen, dass ich dich jetzt in Ruhe lasse. Ich hätte dich einfach gleich in Ruhe lassen sollen. Du hättest ja alleine dadurch gemerkt, dass ich dich in Ruhe lasse. Jemandem zu sagen, dass man die Person in Ruhe lässt, ist ja im Prinzip schon ein Paradoxon an sich.« Er redete auch so viel wie immer. Aber das konnte ich auch.

»Ja, richtig erkannt, Linus. Aber das ist eigentlich noch das kleinste Problem. Du hast mir mit meiner alten

Nummer den Schrecken meines Lebens eingejagt! Ich dachte, irgendein Psycho hätte mein Handy gestohlen… und so ist es ja auch irgendwie. Aber ich dachte, es wäre irgendein *fremder* Psycho, der mit Telekinese an meine neue Nummer gekommen ist oder so…«

»Shit«, murmelte Linus und klang ehrlich verwundert und betroffen. »Okay, okay. Ich dachte nicht, dass du das mit der Nummer scary finden würdest. Ich kenne so was wie Angst, Furcht, eigentlich gar nicht von dir. Ich dachte, es würde deine Neugierde wecken – und ich hätte so die Chance, mit dir zu sprechen.«

»Ziemlich krank. Warum willst du denn eigentlich so unbedingt mit mir reden?«

»Na, weil wir Freunde sind?!« Er klang immer noch auf ehrliche Weise betroffen und fuhr fort: »Ich habe mir Sorgen gemacht… Deine Mum hat mir gesagt, dass es dir ganz gut gehe. Aber ich schätze, ich wollte es auch noch mal aus deinem Mund, von dir persönlich, hören. Vielleicht auch nur aus dem ganz egoistischen Grund, dass ich dich vermisse, El.«

Eine Pause entstand. Ich realisierte zähneknirschend, wie idiotisch meine Linus betreffenden Verdächtigungen gewesen waren. Jetzt, da ich seine Stimme hörte, wurde mir bewusst, wie vertraut sie war. Ich kannte diesen Typen. Er war vielleicht ein bisschen verrückt, aber wer war das nicht? Ich war der Psycho von uns beiden. Linus hätte mir nie irgendetwas angetan.

»Äh, ja…«, murmelte ich. Dann kamen mir all die anderen Fragen wieder in den Sinn – und mein Ärger kehrte zurück, wenn auch in abgeschwächter Form.

»Wo hast du das blöde Telefon überhaupt gefunden? Habe ich es in deinem Auto vergessen oder was?«, wollte ich wissen.

»Nein. Es befand sich noch im Kinderheim. Es ist in einen Schutthaufen gefallen. Zwischen irgendwelche Wandfliesen und Staub. War ziemlich leicht zu übersehen.«

»Aber… Im Kinderheim. Du warst noch mal dort? Hast du gedreht?«

»Ne, nur dein Phone gesucht.«

»Warum?«

»Weil ich wissen wollte, wo es ist. Weil ich dachte, du möchtest es vielleicht zurück… Weil ich einfach irgendwas tun wollte, schätze ich. Deine Mutter hat mir erzählt, dass das Phone weg ist.« Ich seufzte:

»Und lass mich raten: Sie hat dir auch meine neue Nummer verraten.«

»Ja, hat sie. Sie hat gemeint, sie sagt dir, du sollst anrufen, aber sie gibt mir für alle Fälle auch deine Nummer, weil du ziemlich schlecht im Zurückrufen bist.« Ich seufzte erneut. Typisch.

»Und was ist mit dem Pin?«, wollte ich wissen.

»Na ja, ich habe dich ziemlich oft beim Entsperren gesehen. Ich wollte eigentlich…«

»Oh – mein – Gott! Du *bist* ein creepy Stalker.«

»Okay, okay. Es tut mir leid. Ich meine, ich wollte mir den Pin eigentlich gar nicht merken. Ich habe ihn nur irgendwie wahrgenommen… und… Ich hätte ihn gar nicht benutzen sollen, aber ich bin einfach schwach geworden, als ich dich nicht anders erreichen konnte.« Dann fügte er noch hinzu: »Das gestern Nacht war übrigens ein Versehen. Ich wollte eigentlich nur… Ich weiß nicht. Ich dachte, ich message dir und dann dachte ich, das wäre weird mitten in der Nacht und als ich gerade die App schließen wollte, bin ich versehentlich auf *Anrufen* gekommen.«

»Bist du dir sicher? Es war ein Versehen? Und es war nicht doch Absicht? Und du bist auch nicht im Park gestanden dabei?«

»Park? Warum sollte ich in einem Park telefonieren? Ist das irgendeinen popkultureller Insider?«

»Ach, egal…«

Ich revidierte meine Einschätzung über seinen und meinen Geisteszustand und sagte: »Wir sind wahrscheinlich beide Psychos.«

»Ich bin jetzt einmal die Woche in Therapie«, murmelte Linus kleinlaut.

»Ich zweimal.«

»Und? Hattest du schon Erfolg? Ich meine, hast du schon herausgefunden, was da im Kinderheim mit dir geschehen, was vorgefallen, ist?«

»Keine Ahnung… Na ja, eigentlich nicht. Da waren ein paar Ideen, aber am Ende waren es alles nur Sackgassen.«

»Ich habe das Gefühl, *ich* könnte schuld an der ganzen Misere sein«, sagte Linus.

»Was?« Mein Herz pochte und ich fürchtete, er würde mir im nächsten Moment doch noch etwas Schreckliches offenbaren. Aber er sagte nur:

»Na ja, falls es eine Art Nervenzusammenbruch war, habe ich wohl so einiges dazu beigetragen… Du kannst nicht behaupten, ich hätte nicht in letzter Zeit dein Stresslevel nach oben getrieben. Erst die Nacht am See, dann unsere Auseinandersetzung im Kinderheim.«

»Ach, das…«, murmelte ich erleichtert. »Schon vergessen. Ich finde, bei unserem Streit habe ich ziemlich überreagiert.«

»Nein, glaube ich nicht«, behauptete Linus zu meiner Verwunderung.

»Was? Warum? Wie meinst du das?«

»Na ja. Ich habe einfach etwas über dich behauptet, das ich gar nicht wissen konnte. Ich habe gesagt, dir sei noch nie etwas Schlimmes zugestoßen. Aber nur weil du mir von keinerlei solchen Dingen erzählt hast, heißt das nicht, dass du nicht irgendwelchen Shit durchmachen musstest. Dass ich dir das einfach so abgesprochen habe, hat dich ziemlich wütend gemacht. Zurecht. Ich verfüge ja nicht über das Trauma-Monopol.«

»Aber mir *ist* nie was Schlimmes passiert, Linus. Du hattest doch recht. Ich weiß nicht, warum ich mich so aufgespielt habe.«

»Das weißt du gar nicht? Hm.« Linus klang abwesend.

»Nein, keine Ahnung. Wahrscheinlich hast du recht: Ich war gestresst und deshalb habe ich einfach den Moment genutzt, um zu explodieren.«

»Aber was ist, wenn du es auch vergessen hast?«, fragte Linus.

»*Es*? Was denn?«

»Na, die schlimme Sache. Die, von der du gerade behauptest, es gebe sie nicht. Du hast diese Sache, ein Erlebnis, vielleicht verdrängt, aber sie ist noch in deinem Unterbewusstsein und darum hast du dich auch in dem Moment so geärgert. Weil du gespürt hast, dass da etwas ist, das ich nicht anerkennen wollte, nur weil ich nicht davon wusste. Vielleicht hat ja alles, was dann passiert ist – also dein plötzliches Verschwinden und deine Gedächtnislücke – damit zu tun. Weil es in deinem Gehirn eine Schranke gibt, die verhindert, dass du dich an den Shit, der passiert ist, erinnerst. So eine Art Selbstschutz-Schranke.«

»Hm… So was Ähnliches meinte mein Psychiater auch«, grummelte ich. Aber so wie Linus es erklärte, klang es auf einmal viel plausibler für mich. Vielleicht hatte Linus mich tatsächlich bei diesem Streit dazu gebracht, mich an etwas zu erinnern, was ein Teil von mir vergessen wollte. Eine neue Pause entstand. Dann sagte er:

»Jedenfalls tut es mir leid, dass ich zu deinem Stress beigetragen habe. Du bist eine wirklich gute Freundin, El.«

»Schon okay.«

»Ist es nicht… Aber na ja, es gibt noch eine Sache, die ich dir unbedingt sagen wollte.«

»Ja?«

»Da am See… Ich hatte nicht vor, ernst zu machen. Mit dir in der Nähe hätte ich so eine Scheiße nie gemacht. Ich war einfach nur so down, so verzweifelt und wollte wissen, wie es sich wohl anfühlt – unterzutauchen und nicht mehr zu atmen. Ich wollte es mir vorstellen können – und ich dachte, du schläfst… Ich weiß, das klingt dumm, aber ich wollte mich nicht umbringen, El.«

»Ich weiß«, sagte ich kraftlos.

»Ja?« Linus klang verblüfft.

»Ja, Linus. Es war nur der Eiter.«

»Der Eiter?«

»Aus der Wunde.« Ich berichtete, wie Dr. Brick Traumata mit Verletzungen verglichen hatte und wie ich es mir selbst vorstellte, wenn diese wieder aufbrachen.

»Ja, ich glaube, genau so ist das«, stimmte Linus zu.

»Und jetzt?«, wollte er wissen.

»Na ja, jetzt brauche ich dringend einen Kaffee.«

»Okay, okay… Und ich sende dir das Phone zu… und werde dir nicht mehr auf die Nerven gehen.«

»Ja…«, sagte ich zuerst, fügte dann aber hinzu: »Linus, wir sind immer noch Freunde und ich werde mich wieder bei dir melden, aber es wäre einfach nett, wenn du warten würdest, bis ich das tue. Mir geht gerade ziemlich viel im Kopf herum und ich kann dir bei deinen Problemen momentan nicht helfen.«

»Okay, okay, das ist klar, El«, sagte er. Dann sagte er noch: »Danke – und sorry noch mal für alles.«

Das aus seinem Mund zu hören, tat tatsächlich gut. Nola hatte sich nicht getäuscht. Was wäre auch anderes von ihr zu erwarten gewesen?

Ich fühlte mich erschöpft von dem anstrengenden Gespräch, gleichzeitig aber auch erleichtert. Es war, als wäre mit dieser Aussprache auf einmal einer der schweren Backsteine von meinen Schultern genommen worden. So seltsam es klingen mag – in Anbetracht dessen, dass ich jetzt wusste, dass Linus sich wie ein Stalker verhalten hatte –wusste ich jetzt, dass er nichts mit meinem Verschwinden im Kinderheim zu tun gehabt hatte. Zumindest nicht aktiv, sondern höchstens indirekt und unbeabsichtigt, indem er mich mit einer ungeschickten Aussage an irgendetwas erinnert hatte. Ich konnte spüren, dass er mir nichts Böses wollte.

Auch diesbezüglich hatte das Gespräch mich weitergebracht. Es hatte mich nicht direkt auf eine ganz neue Fährte geführt. Schließlich hatte Dr. Brick bereits die Trauma-Theorie aufgebracht. Aber Linus hatte sie noch plausibler gemacht, indem er einen möglichen Trigger benannt hatte: unseren Streit.

Zudem hatte das Gespräch mit Linus noch einen anderen Zweck erfüllt: Die Fronten zwischen uns waren nun geklärt. Ich war nicht sicher, ob er sich wirklich an sein Versprechen auf meine Rückmeldung zu warten, halten würde. Eigentlich entsprach das nicht Linus' Wesen. Es entsprach eher seinem Wesen, dreimal am Tag nachzufragen, ob ich mich bald bei ihm melden würde. Aber zumindest war ich nicht weiter davongelaufen, sondern hatte meinen Standpunkt klargemacht.

Damit hatte ich in Linus im Prinzip einen Freund auf Abruf. Einen, der wirklich große Stücke auf mich hielt und sich nicht so schnell vergraulen ließ, wie mir jetzt bewusst geworden war. Auch das fühlte sich gut an. Selbst wenn Linus ein ziemlich anstrengender Freund sein kann, für den meine nervlichen Kapazitäten nicht immer ausreichen.

22: DER MANN

Ich trank meinen Kaffee stehend in der Küche, während meine Mutter dabei war, das Mittagessen zuzubereiten. Sie brutzelte und kochte in mehreren Pfannen und Töpfen gleichzeitig. Ich war zu rastlos, um mich zu setzen. Dr. Brick, Nola und Linus hatten alle drei ähnliche Theorien in Bezug auf mein Verschwinden geäußert. Da musste doch etwas dran sein. Es wurde Zeit, aktiv in der Vergangenheit zu graben. Ich konnte das. Ich würde nicht mehr davonlaufen. Schließlich hatte ich auch Linus angerufen – und es war eine gute Idee gewesen.

Den einzig konkreten Ansatz für meine Nachforschungen boten Nolas Worte: »Hast du vielleicht schon mal eine üble Verlusterfahrung gemacht? Früher irgendwann?« Dazu war mir nur eine einzige Geschichte eingefallen, die vielleicht ansatzweise in die richtige Richtung ging, in meiner Erinnerung aber alles andere als traumatisch war. Trotzdem beschloss ich, der Sache auf den Grund zu gehen.

»Sag mal Mama…« Sie drehte sich zu mir um:

»Ja, Sonnenblume?«

»Weißt du noch, damals als Ben Cynthia Walter geküsst hat, obwohl er eigentlich mein Freund war?« Sie runzelte die Stirn, kramte offensichtlich in ihrem Gedächtnis. Dann wiegte sie den Kopf hin und her und nickte schwach:

»Na ja, bis gerade eben hatte ich sogar vergessen, dass ihr mal ein Paar wart. Ihr wart noch Kinder. Aber jetzt wo du es sagst: Ja, da war was. Aber wie kommst du denn jetzt darauf?«

»Oh Gott, Mama. Ist doch egal. Du erinnerst dich an damals. Ich hab dir von Cynthia erzählt, oder?« Sie nickte erneut, rührte irgendetwas um, regelte die Temperatur an einer Platte und sah mich wieder an.

»Weißt du noch, ob mich das sehr mitgenommen hat?«, fragte ich sie. Sie runzelte die Stirn.

»Du warst… na ja, ein wenig entrüstet. Sauer, würde ich sagen. Aber kurze Zeit später sind Gabriella und Ben ja drüben eingezogen und ihr wart die besten Freunde.«

»Ich war sauer? Richtig wütend?«

»So genau erinnere ich mich nicht mehr, Sonnenblume. Warum willst du das denn wissen?«

»Erkläre ich dir wann anders. Du erinnerst dich also an nichts Besonderes? Ich war nicht depressiv? Oder total geschockt? Oder habe tagelang nichts gegessen, oder so was?« Sie schüttelte nachdenklich den Kopf:

»Nein, ich glaube nicht. Vielleicht war es ja letztendlich auch eine Erleichterung für dich, weil ihr als Freunde besser miteinander klargekommen seid.«

Wenn selbst sie die Situation so locker bewertete, konnte da nicht mehr dran sein. Sie machte sich schon ihr ganzes Leben eher zu viele Sorgen um mich als zu wenige. Wenn ich durch diese Sache ein schlimmes Trauma erlitten hätte, hätte sie sicher Notiz davon genommen. Nein, das konnte es nicht sein. Wenn es *das schlimme Erlebnis* in meiner Vergangenheit tatsächlich gab, musste es etwas anderes sein.

Der Fäulnis-Mann, dachte ich. Was hatte er mit der ganzen Sache zu tun? Wer war er? Als ich ihm nachts in unserem Viertel begegnet war, hatte ich das Gefühl gehabt, die Antwort zu kennen. Aber jetzt glaubte ich wieder, keinen blassen Schimmer zu haben. Er kam mir immer noch vor wie ein Wesen aus einer anderen Dimension, das ich versehentlich freigelassen hatte – und das mich seither verfolgte. Natürlich war das Unsinn. Logischer war, dass es sich bei ihm um eine verblasste Erinnerung handelte, die mein verdrehtes Hirn immer wieder heraufbeschwor. Ausgelöst durch irgendetwas, das an diesem Tag im Kinderheim geschehen war. Womöglich durch meinen Streit mit Linus, der mein Unterbewusstsein wachgekitzelt hatte.

Gedankenverloren kehrte ich in mein Zimmer zurück, klemmte mir mein Board unter den Arm und verließ das Haus mit Chucky im Schlepptau. Ich versuchte mich gerade auf dem Gehsteig an einem Trick aus dem Stand, als ich ein tiefes Knurren hinter mir vernahm. Gefolgt von den Worten:

»Hey! Hey. Nimmst du den vielleicht mal weg?!«
Ich drehte mich um und sah Gabriella in ihrem Joggingoutfit. Sie war noch etwa zehn Meter entfernt, traute sich aber nicht weiterzulaufen. Sie lief auf der Stelle. Ich sah auf Chucky herunter. Er knurrte jetzt nicht mehr, war aber stocksteif und ließ Gabriella nicht aus den Augen. Ich beugte mich runter und packte ihn am Halsband.

»Du musst den hier in der Stadt an die Leine nehmen. Vielleicht auch mit Maulkorb«, ermahnte sie mich. »In meinem Vorgarten will ich den jedenfalls nicht mehr sehen.«

Wenn er dort gelegen hatte, während Ben und ich auf dem Garagendach gesessen hatten, war Gabriella meist außer Haus gewesen. Aber wann immer Chucky sie gesehen hatte, hatte ich eine seltsame Veränderung in seinem Verhalten festgestellt. Er hatte sie nur einmal zuvor angeknurrt, sie aber auch bei jeder weiteren Begegnung sehr genau im Blick behalten und sich versteift, sobald sie aufgetaucht war. Das geschah nur bei Gabriella, bei niemandem sonst. Bisher hatte ich der Sache keine große Beachtung geschenkt, aber jetzt, nachdem Gabriella mich so zusammengestaucht hatte, fragte ich mich doch, was es damit auf sich hatte.

Ich murmelte ein verlegenes *Entschuldigung*, ohne Gabriella in die Augen zu sehen. Aber ich blickte ihr hinterher. Kannte Chucky sie tatsächlich aus seinem früheren Leben? Oder erinnerte sie ihn vielleicht bloß an jemanden von damals? An eine Frau, die ihm nichts Gutes gewollt hatte? Ich musste an Dr. Bricks Worte denken: »Oft sind es unscheinbare Dinge, die ein altes Trauma zurückbringen. Zum Beispiel ein Geruch, ein Geräusch, ein eigentlich unbedeutender Gegenstand.«
Vielleicht war es einfach nur Gabriellas Parfüm oder ihr Jogging-Outfit, das Chucky reizte. Was ich übrigens gut verstanden hätte.

Mit den meisten Erwachsenen aus meiner Kinderzeit kam ich gut aus, aber mit Gabriella war ich nie wirklich warm geworden. Sie war immer die launische und viel zu gutaussehende Mutter geblieben. Ich habe ja schon erzählt, dass viele Kids Ben damals beneidet hatten, weil seine Eltern so jung, cool und stylish wirkten. Aber ich wusste jetzt, dass Gabriella schon immer schwierig gewesen war und ich das nicht nur als Rotzlöffel damals so empfunden hatte. Mit manchen anderen Eltern war es so gewesen. Ich hatte mich früher ein wenig vor ihnen gefürchtet oder sie als nervig oder dämlich empfunden. Heute wusste ich, dass sie nur streng gewesen waren, wenn wir Kinder ihnen auf der Nase herumgetanzt waren. Mit Gabriella war das anders. Sie war aufbrausend. Unberechenbar. Manchmal hatte sie Ben – und auch mir, wenn ich zu Besuch gewesen war – alles durchgehen lassen. Manchmal war sie dagegen wegen irgendeiner Kleinigkeit völlig ausgeflippt, hatte mich rausgeschmissen und Ben überzogen langen Hausarrest erteilt.

Während ich mir das bewusst machte, fiel mir wieder ein, was die zwei fremden Frauen kürzlich in der Stadt über Chucky und mich gesagt hatten: »Meistens liegt das gar nicht am Hund, sondern an den Haltern. Die Aggression überträgt sich vom Menschen auf den Hund.«

Bezogen auf die Situation, in der dieser Spruch gefallen war, hatte er natürlich keinen Sinn ergeben. Aber wenn man das Konzept auf Gabriella übertrug, ergab sich ein anderes Bild. Was, wenn Chucky Gabriella gar nicht aufgrund seiner eigenen Erfahrungen misstraute, sondern wegen meiner? Womöglich übertrug sich mein Unbehagen auf Chucky und er war deshalb in ihrer Gegenwart immer in Habachtstellung.

Ich starrte Gabriellas Haustür an, die sich längst hinter ihr geschlossen hatte. Was hatte es mit dieser Sache auf sich? Fürchtete ich sie wirklich nur wegen der Willkür in ihrer Erziehung? Oder war mit ihr irgendetwas Konkretes vorgefallen? Etwas Schlimmes. *Die schlimme Sache.*

Diese Theorie hatte nur wieder einen entscheidenden Fehler: Gabriella war kein Mann, der Fäulnis-Mann schon. Wenn ich eine Sache über ihn wusste, dann das. Nicht, dass ich es Frauen nicht zugetraut hätte, gruselig zu sein. Aber ich spürte, dass der Fäulnis-Mann ein Mann war. Darum hatte ich ihn auch im Traum so getauft und nicht Fäulnis-Gestalt oder Fäulnis-Wesen.

Auch Dr. Brick konnte mir bei meiner abendlichen Sitzung nicht weiterhelfen – was womöglich daran lag, dass ich ihm entscheidende Informationen vorenthielt. Aber daran ließ sich nun nichts mehr ändern. Ich hatte diesen Weg eingeschlagen. Ich konnte ihm unmöglich verraten, dass ich die Wahrheit… nun ja – etwas justiert – und einiges verschwiegen hatte. Ich konnte den Fäulnis-Mann mit seinem zu großen Kopf jetzt nicht so einfach aus dem Hut zaubern. Ich musste allein mit ihm fertigwerden. Also bestand die Sitzung hauptsächlich darin, dass wir uns gemeinsam darüber freuten, dass ich Linus angerufen hatte.

Paps holte mich später ab und fuhr mich nicht nach Hause, sondern direkt zu Nola. Ich hatte meinen Eltern in wenigen Worten erklärt, dass ich sie beim Musical kennengelernt hatte und sie hatten nicht weiter nachgehakt. Es war okay für sie, dass ich mich mit ihr traf, wenn ich mich später wieder abholen ließ. *Das muss endlich ein Ende haben*, dachte ich, als ich aus dem Auto stieg. *Ich muss rausfinden, was passiert ist, damit ich endlich wieder ein erwachsener Mensch sein kann.* Dann fiel mir ein, dass ich spätestens, wenn das geschah, auch über meine berufliche Zukunft entscheiden musste. Ich beschloss, das Thema zu vergessen und ging zu Nola hinein.

Sie hatte gekocht, aber wir vergaßen das Essen, als wir es uns auf dem Sofa gemütlich machten. Eine neue Beziehung ist manchmal die beste Diät. Obwohl ich nicht sicher bin, ob man es zu diesem Zeitpunkt als Beziehung bezeichnen konnte. Jedenfalls unterschieden sich unsere Dates vermutlich ziemlich stark von ihren Treffen mit Ben. Ich musste unwillkürlich daran denken, wie er Nola als *zurückhaltend* bezeichnet hatte, als sie nach nur ein paar Worten über mich herfiel – und ich über sie. Als sie meinen nackten Körper anschaute und mich berührte, fühlte ich mich auf einmal nicht mehr wie eine Nebendarstellerin. In dieser Szene war ich die Protagonistin – und das kostete ich voll aus. Ich genoss jede

Sekunde und als wir schließlich nur noch verschwitzt nebeneinanderlagen und grinsend zur Zimmerdecke hinaufsahen, erschrak ich. Ich warf schnell einen Blick auf die Uhr in der Küchenzeile. Einen Moment lang hatte ich befürchtet, Paps würde bereits im Auto auf der Straße warten. Ein ekliger Gedanke. Aber mir blieb glücklicherweise noch etwas Zeit und ich verdrängte das Bild schnell wieder. Ich kuschelte mich an Nola und legte meinen Kopf an ihre knochige Schulter.

Irgendwann war es aber doch Zeit, sich anzuziehen.

»Sag mal«, meinte Nola, als sie wieder in Jeans und Shirt auf dem Sofa saß. »Wie hat Ben die Sache eigentlich aufgenommen?« Ich hatte das Gefühl, dass sie die Frage schon früher hatte stellen wollen und sie bewusst aufgeschoben hatte, bis sie wieder angezogen war.

»Na ja… Er… Ach, ich weiß auch nicht...« Sie sah mich prüfend an.

»Du hast es ihm gar nicht gesagt«, mutmaßte sie und nickte, als ich nichts erwiderte. Es war unmöglich, ihr Scheiß zu erzählen.

»Hast du die Frage absichtlich auf *danach* verschoben?«, fragte ich jetzt laut – und wusste im selben Moment, dass das ein Fehler gewesen war. Sie stemmte ihre Hände in die Hüften und fragte zurück:

»Was soll das heißen? El, das ist nicht meine Angelegenheit. *Du* bist Bens beste Freundin.«

»Schon gut. So war es ja nicht gemeint. Lass uns jetzt nicht streiten.« Sie nickte, sah aber immer noch gekränkt aus. Ehrlich gesagt war ich erleichtert, dass ich gehen musste und mich aus der Affäre ziehen konnte.

Ich verabschiedete mich – wahrscheinlich so hektisch, dass es unhöflich war – und drückte Nola einen Kuss auf die Wange, bevor sie irgendetwas tun oder eben demonstrativ nicht tun konnte.

Nach dieser überstürzten Flucht kam ich etwas zu früh unten an. Ich stand auf dem Gehsteig, fröstelte, weil ich keine Jacke mitgenommen hatte und schlang die Arme um den Körper. Irgendwie fühlte ich mich beobachtet. Automatisch schaute ich zu den Balkonen und stellte fest, dass mein Instinkt mich nicht getrogen hatte. An der Balustrade eines Erdgeschoss-Balkons lehnte ein Mann, ein junger Mann, wenn ich mich in der Dunkelheit nicht täuschte, und rauchte eine Zigarette. Ich wandte mich schnell wieder ab und starrte auf die Straße.

Wahrscheinlich beobachtete er mich gar nicht wirklich, denn er stand ja da, um seine Kippe zu rauchen. Aber er konnte, wenn er wollte. *Er könnte mir mit etwas Anstrengung wohl auf den Kopf spucken*, dachte ich, und das stresste mich. Schon damals in der Schule hatte ich immer hart um einen Platz in der letzten Reihe gekämpft, weil ich es hasste, wenn andere Leute hinter mir saßen.

Während ich immer noch auf Paps wartete, der vermutlich wieder schnell ein Kapitel zu Ende lesen musste, drehte ich mich noch mal um, um zu schauen, ob der Kerl aufgeraucht hatte und wieder nach drinnen gegangen war. Glücklicherweise war das der Fall.

Aber als ich mich gerade wieder erleichtert der Straße zuwenden wollte, bemerkte ich eine andere Person auf dem Balkon nebenan. Sie saß auf einem weißen Plastikstuhl nahe der Glastür, die in die Wohnung führte. Zumindest konnte ich erahnen, dass da jemand saß. Im Schatten der Überdachung konnte ich nur die Umrisse erkennen. Der Stuhl stand zwischen mehreren großen Töpfen mit Pflanzen darin. Eigentlich wollte ich mich schnell wieder abwenden. Genau wie von dem Raucher zuvor. Aber ich konnte nicht. Von einer glimmenden Zigarette war nichts zu sehen und irgendwas sagte mir, dass die Person nicht dort saß, um frische Luft zu schnappen. Irgendwas stimmte nicht. In der zugehörigen Wohnung brannte kein Licht und die Balkontür war geschlossen. Das war vielleicht ein bisschen ungewöhnlich, aber doch nicht zu seltsam. Schließlich war es unter Umweltgesichtspunkten durchaus sinnvoll, das Licht auszuschalten und die Tür zu schließen. Etwas anderes störte mich. Es war mehr ein Gefühl. Das Gefühl, dass etwas nicht stimmte. Auf einmal kam mir der Gedanke, die Person auf dem Stuhl sei splitternackt. Ohne dass ich sagen konnte, warum ich das vermutete. Ich konnte nicht mehr sehen, als einen dunklen Schatten. Es hätte sich genauso gut um eine lebensgroße Puppe handeln können.

Doch es war keine lebensgroße Puppe. Das bewies die Gestalt im nächsten Moment, als sie aufstand. Es war mir immer noch unmöglich, mich umzudrehen. Ich war wie paralysiert. Die Gestalt ging ganz langsam auf die seitliche Balustrade zu. Mir fiel auf, dass sie seltsam proportioniert war. Der Kopf war viel zu rund und überdimensioniert. Sogar für einen Mann dieser Größe. Die Schultern waren breit und eckig.

Der Fäulnis-Mann.

Als er unter der Überdachung hervortrat, traf ihn das Licht der Straßenlaterne. Ich meine, es hätte ihn treffen müssen. Aber er blieb ein Schatten. *Geh weg!,* dachte ich. *Geh weg! Verschwinde! Lös dich in Luft auf! Es gibt dich gar nicht! Du bist nur ein altes Trauma. Eine Wunde, aus der Eiter tropft.* Dann war da auf einmal ein anderer Gedanke in meinem Kopf – und dieser fühlte sich nicht an, als sei er mein eigener: *Einen Scheiß werde ich tun!* Dann lehnte er sich über die seitliche Balustrade. Zuerst verstand ich nicht, was er tun würde. Ich dachte, er würde herunterklettern. Aber stattdessen fuhr er den Oberkörper aus und schaute durch das benachbarte Fenster, hinter dem Licht brannte.

257

Mir lief es eiskalt den Rücken hinunter. War das…? Konnte das…? Das musste Nolas Apartment sein. Sie hatte im Wohnzimmerbereich zwar die Vorhänge zugezogen, aber nicht vor dem Küchenfenster. Wahrscheinlich stand sie gerade ganz in der Nähe davon und wärmte ihr Essen auf. *Lass sie in Ruhe!*, dachte ich. *Wenn du mich terrorisieren willst, fein, aber halte sie da raus! Das ist was zwischen dir und mir, Motherfucker!* Da fuhr er auf einmal herum. Sein verlängerter Oberkörper mit dem zu großen Kopf schnellte nach vorne in meine Richtung und etwas Feuchtes traf mich an der Wange. Er hing nun über der vorderen Balustrade und ich hatte das Gefühl, dass er grinste. Obwohl er ja gar kein Gesicht besaß. Mir wurde klar, was er getan hatte: Er hatte mich angespuckt! Nachdem ich vorher noch gedacht hatte, dass man von den Balkonen aus herüberspucken könnte. Irgendwie war er in meinen Gedanken. Ich spürte, wie ein feuchter, klebriger Faden an meiner Wange hinablief und schüttelte mich. Schnell wischte ich mit dem Sweatshirt-Ärmel darüber. In dem Moment wurde ich in helles Scheinwerferlicht getaucht, das den Fäulnis-Mann endlich verschwinden ließ. Es war, wie als wäre er von dem Licht verschluckt worden. Die Scheinwerfer von Paps' Benz. Zum Glück. Er hatte mich gerettet.

Ich löste mich aus meiner Erstarrung und sprang so schnell ich konnte auf den Beifahrersitz. Während der kurzen Autofahrt versuchte ich zu lächeln, was wahrscheinlich eher nach einer seltsamen Grimasse aussah. Ich versuchte krampfhaft, mir nichts anmerken zu lassen. Paps wirkte etwas irritiert, aber was hätte er auch schon sagen sollen, nachdem ich ihm mehrmals versichert hatte, dass ich einen wunderschönen und entspannten Abend gehabt hatte? Hätte er sagen sollen: *Nein. Das kann nicht sein!* – Wohl kaum.

Zu Hause angekommen, versicherte ich ihm, dass ich wahnsinnig müde sei und zog mich in mein Zimmer zurück. Erst als ich dort angekommen war, wagte ich es, den Ärmel meines Sweatshirts anzuschauen. Mein Herz pochte. Da war ein gelber Fleck. Eiter! Das, was ich mir von der Wange gewischt hatte, war Eiter gewesen. Ich hatte es geahnt. War das der Beweis? Der Beweis, dass der Fäulnis-Mann aus seiner Dimension gestiegen war und sich in meiner manifestiert hatte?

23: FORSCHUNG

Er ist nicht echt. Das, was mich da getroffen hat, war irgendwas. Ein Zufall. Vogelkacke. Na ja, es war ja Nacht. Fledermauskacke, sagte ich mir, und dann dachte ich: *Egal, was er ist. So kann es nicht weitergehen. Ich muss herausfinden, was er ist, wer er ist, was ihn heraufbeschworen hat.* Das Problem war nur, dass ich keine Ahnung hatte, wie ich das anstellen sollte.

Ich brauche Hilfe, dachte ich. *Ich komme alleine nicht weiter.*

Ich saß auf dem Bett, Chucky zu meinen Füßen. Die Lampen waren ausgeschaltet, da ich ja behauptet hatte, müde zu sein. Das Licht des Handydisplays schien in mein Gesicht. Mir war klar, dass ich Nola aus der ganzen Sache raushalten musste. Erstens machte sie mit mir schon genug mit – auch ohne, dass ich ihr beichtete, was ich auf ihrem Nachbarbalkon gesehen hatte. Oder zu sehen geglaubt hatte. Zweitens – und das war ein bisschen egoistisch – weil sie mein sicherer Hafen war. Bei ihr konnte ich den ganzen Mist vergessen.

Ben war eigentlich die logische Wahl, wenn es darum ging, in meiner Vergangenheit zu kramen. Schließlich hatten wir jede Menge gemeinsame Erinnerungen. Aber ich konnte ihn einfach nicht noch einmal mit ihm sprechen, ohne ihm die Sache von Nola zu beichten. In meinem aktuellen Zustand war das aber ebenfalls unmöglich. Außerdem schien Ben mir nicht die richtige Person zu sein, wenn es um den Fäulnis-Mann ging. Er dachte zu konventionell und würde nur wieder sagen, ich solle unbedingt mit meinem Psychiater darüber sprechen. Nein, der war auch nicht der Richtige dafür.

Es gab da nur einen Typen, der nicht nur ziemlich offen in seiner Denkweise war, sondern auch noch unschlagbar gut im Recherchieren: Linus.

Er klang ziemlich verwundert, als er meinen Anruf trotz der späten Stunde sofort erwiderte:

»El? Als du gesagt hast, dass ich warten soll, bis du dich wieder meldest, hätte ich nicht gedacht, dass das nur ein paar Stunden dauern wird.«

»Ja, Linus, ich auch nicht. Aber ich brauche deine Hilfe.«

»Okay?«

»Ich dachte, vielleicht kannst du mir helfen, mehr über mein Verschwinden rauszufinden – und darüber, ob es irgendein verdrängtes Trauma gibt, das die Sache ausgelöst hat… und noch etwas anderes.«

»Okay?«, sagte Linus erneut. An der Art, wie er es sagte, hörte ich, dass es kein skeptisches *Okay* war. Sein Interesse war geweckt. Vermutlich hatte sein koffeingedoptes Hirn bereits angefangen zu arbeiten.

»Bist du bereit für eine wirklich seltsame Geschichte?«, wollte ich wissen.

»Seltsamer als meine?«, fragte Linus. Ich wiegte den Kopf hin und her, obwohl er das natürlich nicht sehen konnte.

Dann erzählte ich. Alles. Ich erzählte ihm von jeder meiner Überlegungen und bereits verworfenen Theorien, von den Begegnungen mit dem Fäulnis-Mann und von meinen Träumen. Nur die, in denen er und Ben von Cynthia geküsst worden waren, sparte ich aus. Ich sprach sehr leise, damit meine Eltern mich nicht hören konnten. Trotzdem waren meine Stimmbänder am Ende gereizt, das Telefon warm an meiner Backe. Linus hatte mich kaum für Rückfragen unterbrochen. Den Großteil der Zeit hatte er nur zugehört und bestenfalls durch ein gelegentliches *Mhm* klargemacht, dass er noch nicht eingeschlafen war. Das war bei ihm ein Zeichen dafür, dass er eine Sache äußerst interessant fand. Bei der Recherche über Geistergeschichten versank er ebenfalls völlig in seinen Unterlagen und nahm nichts mehr um sich herum wahr.

Als ich aufgehört hatte zu sprechen und Linus anscheinend klar geworden war, dass da nicht mehr kam, fragte er:

»Und jetzt hast du *was* vor?«

»Das ist ja das, was ich von dir wissen will«, sagte ich.

»Okay, okay. Wenn ich es richtig verstanden habe, willst du herausfinden, wer der Fäulnis-Mann ist, falls er eine Art projizierte Erinnerung ist und kein Wesen aus einer anderen Dimension. Falls dem so ist, willst du wissen, was dieser reale Mann dir angetan hat, warum er dich auf einmal in deiner Einbildung verfolgt und ob das Ganze etwas mit deinem Verschwinden zu tun hat.«

»Der Fäulnis-Mann kann nur eine Projektion irgendeiner Erinnerung sein, Linus.« In diesem Moment wünschte ich mir, er würde zumindest etwas konventioneller denken. Aber ihm gefiel die Theorie mit dem Migranten aus einer anderen Dimension offenbar gut. Trotzdem stimmte er mir zu und sagte:

»Okay, okay. Lassen wir das Thema mal außen vor. Dito zum Rest?«

»Ja.«

»Unsere einzige Annahme über diesen Mann ist, dass er in deiner Vergangenheit irgendeine Scheiße abgezogen hat, alright? Wir haben keine weiteren Anhaltspunkte, keine Indizien?«

»Richtig.«

»Und wir können den zeitlichen Rahmen, den Moment der Begegnung, auch nicht näher eingrenzen?«

»Denke nicht. Ich wüsste nicht, wie.«

»Okay, okay. Dann gibt es nur eine Möglichkeit. Du musst systematisch vorgehen und alle Männer aufschreiben, die in deinem früheren Leben eine Rolle gespielt haben.«Soll das ein Witz sein?«

»Nope, es soll die einzige Möglichkeit, deine einzige Chance, sein. Fang mit den wichtigsten Personen an. Family, Lehrer, Babysitter, Volleyballtrainer…«

»Ich habe nie Volleyball gespielt.«

»Okay, okay. Das war ja auch nur ein Beispiel. Wir können natürlich nicht mit Sicherheit sagen, dass dieser Mann tatsächlich eine Rolle in deinem Leben gespielt hat. Es könnte theoretisch auch eine Person sein, die du zufällig nur ein einziges Mal getroffen hast. Zum Beispiel ein beliebiger Typ, der dich auf dem Heimweg durch eine dunkle Gasse angegriffen hat und dem du nur knapp entkommen bist. Aber irgendwo müssen wir ansetzen.«

Ich war mir nicht sicher, ob ich es gut fand, dass Linus *wir* sagte. Überhaupt war ich von seiner Idee nicht begeistert.

»Das dauert Jahre«, behauptete ich.

»Okay, okay. Wenn du einen besseren Vorschlag hast…« Ich hatte gar keinen Vorschlag.

»Aber was dann? Ich mache diese lange, lange Liste… Und?«

»Wir werden sehen. Eventuell hilft schon das Erstellen der Liste. Wenn nicht, musst du versuchen, möglichst viele Erinnerungen zurückzubringen. Du kannst einfach über deine Zeit mit diesen Personen nachdenken. Vielleicht merkst du dabei schon, dass sich irgendwas strange, unangenehm anfühlt. Fotos könnten dabei auch helfen. Oder du besuchst relevante Orte.«

»Das klingt nach einem Fulltime-Job. Wer bezahlt mich dafür?«, knurrte ich. Aber in Wirklichkeit war ich ziemlich froh, dass Linus so viele Ideen hatte. Es würde eine Menge Arbeit werden, aber das war immer noch besser, als dazu verdammt zu sein, untätig herumzuhängen und nur darauf zu warten, dass eine bestimmte Erinnerung zurückkam.

Ich bedankte mich, versprach Linus, ihn auf dem Laufenden zu halten und verabschiedete mich von ihm. Er klang aufgeregt und ich überlegte, ob er sich wohl gleich hinsetzen würde, um eine Excel-Tabelle zu erstellen, die irgendwie dabei half, meine Daten auszuwerten.

Ich jedenfalls legte ein neues Memo auf meinem Handy an und begann, wichtige Männer aufzuschreiben. Um es übersichtlicher zu gestalten, legte ich die Kategorien *Wichtig* und *Semi-Wichtig* an und versuchte, die Namen der Personen chronologisch zu ordnen. In der Reihenfolge, in der sie in mein Leben getreten waren. Beides erwies sich als wesentlich schwieriger, als ich angenommen hatte. Mein Kopf begann zu rauchen.

Samstag

Am nächsten Vormittag wachte ich auf dem Rücken liegend auf, die Brille noch auf der Nase, die Decke zurückgeschlagen und den Arm auf dem Handy. Ich musste bei der Arbeit eingeschlafen sein. Erschrocken griff ich nach dem Telefon und sah nach, ob das Memo noch vorhanden und vollständig war. Glücklicherweise stellte ich fest, dass alle Namen noch da waren. Dann bekam ich schon den nächsten Schreck: Stand eine Musicalprobe an? War ich vielleicht schon spät dran?

Ich nahm den komplizierten mehrfarbigen Plan zur Hand. *Nein,* dachte ich erleichtert. An diesem Tag waren nur die wichtigsten Akteurinnen und Akteure dran. Die Termine, Uhrzeiten und Locations switchten ständig. Wer sollte denn da durchblicken? Ein Wunder, dass bisher immer alle da gewesen waren.

Ich war froh, dass ich frei hatte, denn erstens dröhnte mir der Schädel, als ob ich getrunken hätte, zweitens wollte ich meine Arbeit an der Liste fortsetzen.

Nachdem ich einen Kaffee aus der Küche besorgt hatte, ging es weiter: *Mein einer Großvater, den ich noch kennengelernt hatte, Onkel, Großonkel, Arbeitskollegen meiner Eltern, mein Gitarrenlehrer, mein Keyboardlehrer, mein Karatelehrer...* Es fühlte sich seltsam an. Ich meine, Linus hatte gesagt, das würde mir womöglich verraten, dass ich den richtigen Namen aufgeschrieben hatte. Aber es fühlte sich beim Aufschreiben aller Namen seltsam an. Es bereitete mir Gewissensbisse, all diese Personen unter Generalverdacht zu stellen. Nur weil sie Männer waren. War das nicht sogar Diskriminierung? Oder einfach nur so was wie Ermittlungsarbeit mit Täterprofil? Mir wurde schlecht. Ich wusste nicht, ob es an der Liste lag oder einfach nur daran, dass ich zu viel Kaffee auf leeren Magen getrunken hatte.

Auf einmal vibrierte das Telefon in meiner Hand und ich erschrak. Es war eine Nachricht von Ben. Scheiße! Ich hatte ihm ja immer noch nicht geantwortet. Er schrieb:

»El, ghostest du mich? Ist ja fast schon wie damals, als ich aus Verzweiflung Cynthia geküsst habe :-D. Weißt du eigentlich, dass die inzwischen mit einem reichen alten Sack verheiratet ist? Habe sie heute zufällig getroffen.« Mir stockte der Atem. Die Nachricht war typisch für Ben. Er alberte herum, um zu überspielen, dass er die Funkstille als verletzend empfand. Aber dass er ausgerechnet jetzt Cynthia erwähnte. Kurz nachdem ich zum ersten Mal seit Jahren wieder an sie gedacht hatte.

Außerdem wurde mir bewusst, dass das, was er sagte, stimmte. Nicht nur, dass ich ihn ghostete. Auch das mit damals. Ich erinnerte mich an einen Streit zwischen uns. Er wollte mit mir reden, ich stieß ihn weg und sagte, er könne mich mal und solle doch zu Cynthia gehen. Er warf mir vor, dass ich ihm einen Monat lang aus dem Weg gegangen sei und er nur deshalb, aus Verzweiflung, mit Cynthia Zeit verbracht hatte – und ich wusste, dass das stimmte. Ben sagte damals noch, dass er gar nicht sicher gewesen sei, ob wir überhaupt noch miteinander gingen. Ich schmollte noch ein bisschen und sagte, dass er Cynthia trotzdem nicht hätte küssen sollen, ohne mir vorher was zu sagen. Schließlich entschuldigten wir uns beide beim anderen und umarmten uns. Ich muss so was gesagt haben wie:

»Vielleicht ist es sowieso besser, wenn wir nur Freunde sind.« Gabriella und Ben waren zu diesem Zeitpunkt gerade schräg gegenüber eingezogen.

Ich überlegte, was es mit dieser Sache auf sich hatte. Warum war ich Ben damals aus dem Weg gegangen? Vielleicht einfach, weil ich gemerkt hatte, dass ich nicht das für ihn empfand, was ich als seine Freundin hätte empfinden sollen. Das war eine mögliche Erklärung. Sie klang sogar ziemlich plausibel. Falls ich gemerkt hatte, dass etwas an meinen Gefühlen für Ben nicht so war, wie es hätte sein sollen, wäre es typisch für mich gewesen, dem Problem einfach aus dem Weg zu gehen. Andererseits passte der Fakt, dass ich Ben gemieden hatte, auch wieder zu meiner Gabriella-Theorie. Falls irgendetwas mit ihr vorgefallen war, wäre es ebenfalls logisch gewesen, auf Distanz zu gehen. Auf Distanz zu Gabriella – und nur deshalb auch zu Ben.

Bevor ich weiter darüber nachdenken konnte, klingelte mein Handy. Zuerst nahm ich an, dass es Ben sei, aber es war Amal.

»Hey El, du hast dich in der Musical-Gruppe nicht gemeldet.«

»Öh, ja, kann sein.« Ich hatte die Gruppe stummgeschaltet, weil sie mir unglaublich auf den Zeiger ging. Ständig schrieb jemand irgendwas und meistens ging es nur darum, wer Kekse und Limo zur Probe mitbrachte, was dann ausgiebig über Stunden hinweg diskutiert wurde.

»Hast du die Nachricht wegen der Probe gelesen?«

»Öh«, machte ich wieder.

»Wir haben die Szene umgeschrieben. Die mit dem Pool. Wir würden sie total gerne morgen mal ausprobieren. Kannst du?«

»Öh... Wann denn?«

»Elf Uhr vormittags. Wie sieht's aus?« Ich überlegte einen Moment. Eigentlich hätte ich am liebsten verneint. In meinem Kopf war eigentlich kein Platz für das Musical. Aber immerhin war die Szene nur wegen mir umgeschrieben worden. Ich konnte die Chance, den Feminismus mit einem Ollie anzustoßen, nicht verstreichen lassen. Außerdem musste ich auch an die Zeit denken, in der alles wieder normal war. Ich plante, das Rätsel um den Fäulnis-Mann bald mit Linus zu lösen und wieder ein Leben zu führen, in dem Platz für Kleinstadt-Kram wie Laienmusicals war. Also sagte ich:

»Ja, müsste schon gehen.«

»Supi. Nicht das Skateboard vergessen!«

Ich konnte Ben nach seiner letzten Nachricht schlecht weiter ignorieren. Zugegebenermaßen war die Antwort, die ich ihm sendete, aber nicht viel besser:

»Sorry. Alles okay. Ich melde mich später ausführlicher.« Gesendet. Sollte ich ihn noch fragen, wie es ihm ging? Nein, ich konnte einfach nicht. Er schrieb nichts zurück. Dafür kam kurze Zeit später eine Nachricht von Nola:

»Kaffee morgen Nachmittag?«

»Auf jeden Fall«, schrieb ich zurück.

Der Rest des Samstages verstrich relativ ereignislos. Ich kam mit meiner Liste nicht so recht weiter. Mein Gehirn war wieder in Verweigerungshaltung. Also skatete ich ein bisschen, um mich für die Probe vorzubereiten und versumpfte später im Beulenpestsimulator.

Linus erkundigte sich am Abend, wie es mit der Liste vorangehe. Typisch. Er konnte einfach nicht die Füße stillhalten und nachdem ich ihn einmal kontaktiert hatte, galt meine Ansage in Sachen *auf meine Rückmeldung warten* wohl nicht mehr.

Sonntag

Der nächste Morgen begann damit, dass der Wecker mich brutal aus meinem Traum riss, woraufhin die Erinnerung an diesen fetzenweise zurückkehrte.

Ich versuchte, Ben hinterherzulaufen, aber er war zu schnell. Er wartete einfach nicht. Ich verfolgte ihn durch unsere Straße. Die mündete in eine offene weite Wiese. Irgendwo dahinter begann ein dunkler Wald. Der Abstand verringerte sich. Ich war nur noch zwei Armlängen von Ben entfernt. Also rief ich ihn. Er reagierte nicht und mir wurde klar, dass er mich nicht hören konnte und dass ich ihn nicht erreichen würde.

Ich blieb stehen. Ben rannte weiter. Meine Mutter stand auf einmal neben mir und sagte:

»Sonnenblume, Ben ist gar nicht da. Er ist einkaufen.«

»Ach so«, sagte ich und auf einmal war Ben verschwunden. Die ganze Wiese war verschwunden und wir standen in unserem Hausflur.

Dann hatte der Wecker geklingelt.

Ja, dachte ich. *Genau so ist das. Ich kann Ben einfach nicht erreichen. Nur, dass das nicht daran liegt, dass er wegrennt oder einkaufen ist, sondern an meiner Unfähigkeit, mich Problemen zu stellen.* Mir fiel ein, wie Nola mich als mutig bezeichnet hatte. Ein schlechter Witz. Auch wenn da diese Vertrautheit zwischen uns war, kannte sie mich einfach noch nicht gut genug. Mag sein, dass es mir nicht schwerfällt, die Wahrheit auszusprechen, wenn es um Banalitäten geht: *Das Essen schmeckt nicht. Open-Mic-Abende sind für'n Arsch.* Aber wenn es um echte Probleme geht, bin ich ein erbärmlicher Feigling. Wahrscheinlich hatte ich Ben damals tatsächlich nur geghostet, um ihm nicht die Wahrheit über meine Gefühle beichten zu müssen. So wie ich ihn jetzt ghostete. So wie ich Linus geghostet hatte, als die Erinnerung an unseren Streit mir ein ungutes Gefühl gegeben hatte. Gerade als ich an ihn dachte, schrieb er schon wieder eine Nachricht:

»Ich habe recherchiert, dass es deinem Gedächtnis womöglich auf die Sprünge helfen würde, wenn du über die Männer auf deiner Liste laut sprichst. Das soll wirksamer sein als nur drüber nachzudenken. Auch wenn deine Liste noch nicht vollständig ist: Ich höre dir gerne zu, falls du reden möchtest.« *Klar. Du findest das ja auch alles wahnsinnig spannend,* dachte ich genervt.

269

Aber vielleicht hatte er ja recht, obwohl er eine Nerven-säge war. Ich antwortete:

»Ja, vielleicht. Habe heute aber noch Musicalprobe und eine Verabredung im Café. Wenn ich abends noch Energie habe, rufe ich dich an.« Er antwortete mit einem Daumen nach oben. Ich war schon verwundert über diese schlichte Aussage, aber dann folgte doch noch ein Abriss über Studien, die er gegoogelt hatte. Ich schaute mir die vielen Zeilen nicht so genau an.

24: HALLELUJA

»Wir haben beschlossen, der Szene einen comichaft übzerzeichneten Charakter zu verleihen«, erklärte Amal später allen im Konzertsaal Versammelten. Nicht alle aus unserer Gruppe hatten so spontan Zeit gefunden. Also waren wir nur zu acht. Die Zwillinge meinten, das reiche allemal, um auszuprobieren, ob die neue Szene so funktionierte wie angedacht. Ich war fast sicher, dass es eigentlich für Amal darum ging, seine Schwester davon zu überzeugen.

»Die Szene soll lustig sein. Die Leute sollen lachen und die Message auf diese Art begreifen. Denn wenn wir ihnen einfach nur mit dem erhobenen Zeigefinger kommen, ohne den Twist, der vorher in der Szene steckte, verfehlt das Ganze seinen Effekt.« *Wow*, dachte ich. *Denen liegt wirklich was an ihrem Stück und ihrer Message.*

»Darum haben wir uns Folgendes überlegt«, fuhr Amila fort – aber ohne die Begeisterung, die in Amals Stimme mitgeschwungen hatte. »Ellen, du stehst bei der Szene zuerst an der Seite der Bühne, auf der dich niemand sehen kann.

Wir performen *Lady Marmalade*. Dabei flanieren alle im Outfit ihrer Wahl am Pool.

Während der ersten Zeile des letzten Chorus' stehen alle, die innerhalb des Pools sind, auf und beginnen sexy zu posieren. Das Licht wird dabei rot.

Dann, nach der ersten Zeile, kommst du, Ellen, auf die Bühne gerollt. Das muss ziemlich schnell gehen.«

»Du machst so einen coolen Satz«, stimmte Amal zu und untermalte die Aussage gestenreich. »Vielleicht kannst du das Skateboard auch so… herumwirbeln?« Er sah mich an. Ich zog die Brauen hoch:

»Ein Fliptrick? Lieber nicht, wenn ich nicht neun von zehnmal auf die Nase fliegen soll. Ich mache lieber einen normalen Ollie.«

»Was auch immer, Ellen«, sagte Amila. »In dem Moment, in dem du auf die Bühne fegst, hören wir auf zu singen. Das Orchester hört auf zu spielen und stattdessen wird das *Halleluja* von Händel eingespielt. Ihr wisst schon: *Haa-llee-lu-ja, Halle-lu-ja, Halle-lu-ja.* Denn in dem Moment hat ja unsere Protagonistin, also ich, ihre Eingebung, dass alles nicht so läuft, wie sie es sich vorstellt und sie ruft: *Stopp!*«

»Wie gesagt, comichaft übertrieben«, erklärte Amal und grinste vorfreudig.

Ich war mir nicht sicher, ob die Szene tatsächlich cool und lustig oder total idiotisch wirken würde. Vermutlich eher Letzteres. Aber immerhin hatte ich mit meinem Board den einzigen Part, der nicht lächerlich war. Außerdem konnte ich mich nicht nur um den Bikini, sondern auch um die Harmoniestimme bei *Lady Marmalade* drücken.

Amila gab allen Anwesenden separate Anweisungen, Amal spielte sich am Klavier warm und dann wurde zunächst das Lied ohne mein Intermezzo geprobt. Danach war ich dann endlich an der Reihe. Wir übten nur den Übergang in den letzten Chorus, die erste Zeile und meinen Einsatz. Es klappte erstaunlich gut. Ich stieß mich bei meinem Cue-Wort ab, raste über den glatten Boden der Bühne, während Amal schnell Händels *Halleluja* startete. Auf Höhe des mit Klebeband markierten Pools machte ich einen Ollie. Die Landung war etwas

272

wacklig aufgrund des rutschigen Bodens, aber es gelang mir, den Trick zu stehen.

Zwar hatte ich in meiner Konzentration kaum etwas vom Rest der Szene wahrgenommen, aber zumindest verfehlte sie ihre Wirkung bei den Anwesenden nicht. Alle lachten Tränen. Amal klatschte Beifall.

»Das ist gut. Wirklich gut!«, rief er. Auch Amila grinste breit und nickte:

»Ja, echt nicht mal so übel.«

»Du warst großartig«, sagte Amal, um sie zu bestärken. »Dein Blick. Einfach Hammer!«

Amal wollte die ganze Szene zur Sicherheit noch zweimal durchproben. Dieses Mal samt dem kompletten *Lady Marmalade*. Beim ersten Mal war ich noch nervös und konzentriert bis zu meinem Einsatz, doch dann klappte es so gut, dass sich beim zweiten Mal schon eine gewisse Gewöhnung eingestellt hatte. Meine Gedanken drifteten ab. Zu Ben, zu Gabriella, zu den Namen auf meiner Liste. Dabei verpasste ich fast meinen Einsatz und stieß mich erst ab, als schon Stille auf der Bühne herrschte. Das Halleluja setzte ein. In dem Moment machte irgendetwas in meinem Kopf Klick. Halleluja. Ich sah ihn. Den Penis. Die Schere. Halleluja. Ein Ruck ging durch meinen Körper. Von unten nach oben. Die Rollen des Boards waren auf eine Unebenheit gestoßen, davon abgelenkt und ausgebremst worden. Halleluja. *Vermutlich eine aufgeworfene Kante des Klebebands,* habe ich später gedacht. Als ich durch die Luft flog, war ich noch nicht imstande, die Situation zu analysieren. Ich sah für einen Moment nur geschockte Gesichter. Halleluja. Die geschockten Gesichter derer, auf die ich zuflog und das geschockte Männergesicht in meinem Kopf. Alles gleichzeitig. Zu spät. Ein harter Aufprall. Ein Schrei. Aus mehreren Kehlen. Halleluja. Eines meiner

Knie schlug auf dem Boden auf. Ein Ellbogen traf meine Wange. Ich hatte die Szene tatsächlich *gecrasht*. Ganz so wie Amal es ganz am Anfang ausgedrückt hatte, als die Idee in ihm aufgekommen war. Aber so hatte er es nicht gemeint. Ich fühlte pochende Schmerzen an verschiedenen Stellen meines Körpers und starrte verdattert auf das Mädchen, das ich zu Boden gerissen hatte. Auf dem ich gelandet war. Sie stöhnte und jammerte. Ich konnte mich nicht bewegen. Ich war ganz still und nahm kaum die Stimmen um mich herum wahr:

»El! Jessica! Alles okay? Oh Gott!«

Schließlich zog mich jemand vorsichtig von dem Mädchen, das offenbar Jessica hieß, herunter.

»Alles okay, alles okay«, murmelte ich, während ich versuchte, die helfenden Hände abzuschütteln und mich selbst aufzurichten. Ich taumelte. Mein Knöchel tat höllisch weh und meine Knie zitterten. Halleluja.

Die meisten umringten besorgt das Mädchen auf dem Boden. Aber Amal stand vor mir und sagte:

»El, deine Lippe...«

»Hm?«, machte ich. Dann spürte ich die Feuchtigkeit, den dumpfen Schmerz im Kiefer und den spitzen in der Unterlippe. Ich wischte mit dem Ärmel darüber. Sie blutete. Vermutlich hatte Jessica mich da mit dem Ellbogen erwischt, beim intuitiven Versuch, ihr eigenes Gesicht zu schützen. Ich fuhr mit der Zunge über die verletzte Stelle und schmeckte das Blut. Es schmeckte gut. Der Geschmack passte. Denn endlich wusste ich es. Alles fügte sich in meinem Kopf zu einem Bild zusammen. Ich beachtete die anderen nicht, schnappte mein Board, das Handy, das ich glücklicherweise auf einem Stuhl abgelegt hatte und humpelte aus der Halle, die wütenden Rufe ignorierend. Jetzt war keine Zeit dafür. Diese Jessica würde es schon nicht schlimmer getroffen haben als mich. Sie würde es überleben. Ich dagegen war gerade dabei, mein ganzes Leben neu zu sortieren.

Nachdem ich die Musikschule verlassen hatte, verfasste ich mit zitternden Fingern eine Nachricht an Ben:

»Du musst vorbeikommen. Jetzt. Wir müssen reden. Es ist super, super dringend. S.O.S.!«

Er sträubte sich zuerst ein bisschen. Schließlich hatte ich ihn die ganze Woche ignoriert und verlangte nun auf einmal, dass er den ganzen Weg hierher fuhr, nur für ein Gespräch. Aber es ging nicht anders – und ich schaffte es glücklicherweise, ihm das klarzumachen. Er versprach, gleich loszufahren.

Meine Eltern erwarteten mich noch nicht zurück. Ich hatte erklärt, dass wir nach der Musicalprobe noch in ein Café gehen würden und am hellen Tag war das glücklicherweise in Ordnung gegangen.

Also legte ich vor dem Treffen mit Ben keinen Zwischenstopp zu Hause ein. Das zögerte die Diskussion über meine aufgeplatzte Lippe noch etwas heraus. Wahrscheinlich wäre es eine gute Idee gewesen, mir das Gesicht zu waschen und die verletzte Stelle zu kühlen, bevor ich Ben unter die Augen trat, aber so weit konnte ich in diesem Moment gar nicht denken.

Stattdessen stolperte ich gedankenverloren zu der Brücke am Bach, die in Richtung des alten Sägewerks führte. Am Himmel zogen dunkle Gewitterwolken auf und vermutlich verdankte ich es diesen, dass ich so gut wie niemandem begegnete. So richtig nahe kam mir nur ein alter Mann, der mich erschrocken ansah und die Straßenseite wechselte. Ich muss ausgesehen haben wie ein blutverschmiertes Schreckgespenst. Später stellte ich fest, dass meine Mundpartie nicht nur blutig, sondern auch noch ordentlich angeschwollen war. Ab dem Parkplatz, hinter dem die Sackgasse und die Staubpiste begannen, traf ich keine Menschenseele mehr. Bei dem Wetter zog es niemanden außer mir raus zu den Feldern. Ich erreichte die kleine Brücke, kauerte mich dort hin und nutzte die Zeit, die Ben für die Fahrtstrecke brauchte, um meine Erinnerungen zu sortieren.

Die Szenen waren nicht in chronologischer Reihenfolge zurückgekehrt. Ich hatte nachdenken und puzzeln müssen. Aber inzwischen war jedes Teilchen, wo es hingehörte. Lückenlos. Alles ergab auf einmal Sinn. Inklusive der Geschichte mit dem Kinderheim. Der Fäulnis-Mann hatte ein Gesicht erhalten – und ich wusste, wo die Fäule herrührte. Jetzt sah ich ihn in Gänze vor mir und das war einerseits eine Erleichterung, anderseits auch ganz und gar furchtbar. Der Fäulnis-Mann hatte einen Namen erhalten, eine Familie. Ich wusste jetzt, dass es nur die Erinnerung an ihn war, die mich verfolgt und ein Monster erschaffen hatte. Jetzt war es an mir, über ihn zu sprechen. Dadurch würde er seinen Schrecken verlieren und mich ein für alle Mal in Ruhe lassen.

»Aufs Dach?«, schrieb Ben irgendwann. Er war also angekommen.

»Ne, sorry, geht nicht. Ich bin bei der Brücke Richtung Sägewerk. Kommst du rum?« Ich konnte meine Geschichte nicht auf dem Garagendach erzählen. Nicht in der Nähe von Gabriellas Haus, nicht in der Nähe von meinem Elternhaus. Ich würde das Geheimnis nur Ben anvertrauen. Er allein sollte entscheiden, was er damit anfangen wollte.

»Dein Ernst, El? Ich will eigentlich nicht so lange bleiben und das Wetter sieht beschissen aus. Komm doch bitte her!«, kam von ihm zurück.

»Geht nicht«, schrieb ich. »Sorry, aber du wirst es schon verstehen. Ich brauche ein bisschen mehr Privatsphäre zum Sprechen.«

Ich war froh, als er nachgab. Zu diesem Zeitpunkt redete ich mir noch ein, dass ich gewinnen würde, wenn ich nicht davonlief, sondern die Sache klärte. Dass es immer gut ausgehe, wenn man das Richtige tat.

Als Ben nahe genug war, um zu erkennen, wie ramponiert mein Gesicht war, legte er die letzten Schritte im Laufschritt zurück.

»Oh mein Gott, El! Was ist passiert? Bist du angegriffen worden?« Im ersten Moment glaubte ich, dass er von der Geschichte redete, über die ich sprechen wollte. Dass mein Gesicht aussah wie nach einem Boxkampf hatte ich schon wieder völlig vergessen. Als er vorsichtig nach meiner Wange griff, machte ich mich los, winkte ab und sagte:

»Ach, das… Nein, das ist nichts. Das hat nichts mit der Sache zu tun. Ich hab mich mit dem Skateboard hingelegt.« Ben sah mich irritiert an.

»Was ist dann los?«, wollte er wissen.

»Warte… Gleich… Gehen wir ein paar Schritte«, forderte ich. Ich musste jetzt all meinen Mut zusammennehmen. Vor meinem inneren Auge sah ich die Szene wieder deutlich vor mir:

Da war der Mann, der mir erschrocken den Kopf zudrehte. *Erschrocken trifft es eigentlich nicht ganz,* dachte ich dann. Zuerst wirkte er völlig perplex, dann geschockt, bevor sich Fältchen zwischen seinen Brauen bildeten und sein Gesicht einen wütenden Ausdruck annahm. Ich konnte mich auf einmal an jedes Detail dieses Gesichts erinnern. Daran, wie das Haar nass in seiner Stirn klebte. Daran, dass seine Lippen feucht waren und daran, dass unter seiner Nase eine weiße Spur war, die ich in meiner kindlichen Unschuld für Rasierschaum-Rückstände gehalten hatte. Sogar daran erinnerte ich mich auf einmal. In dem Moment, in dem Halleluja im Konzertsaal ertönt war, war in mir ein Schalter umgelegt worden, ohne dass ich sagen konnte, warum. Es mussten die vielen Gedanken gewesen sein, die ich mir vorher gemacht hatte. Obwohl der Mann, den ich jetzt so deutlich vor mir sah, nicht auf meiner Liste gestanden hatte. Er war mir gar nicht in den Sinn gekommen, denn er hatte bis zu diesem Tag, den ich viele Jahre verdrängt hatte, keine wichtige Rolle in meinem Leben gespielt.

Ich sah sein Gesicht vor mir, während wir die Brücke überquerten.

Es war das Gesicht von Bens Vater – und sein steifer Penis. Aber die nackte Frau, die sich vor ihm auf dem Bett räkelte, war definitiv nicht Gabriella. Eigentlich war es nicht einmal eine Frau, sondern ein 16- oder bestenfalls 17-jähriges Mädchen. Sie sah nicht aus, als ob sie das, was gerade vorging, nicht wollen würde, aber ich wusste natürlich schon damals, dass es trotzdem nicht richtig war.

»Kannst du jetzt endlich loslegen, El?«, fragte Ben ungeduldig. Er wirkte nervös und in der Ferne war ein Donnergrollen zu hören. Ich schluckte und nickte.

»Ich erinnere mich wieder an eine Sache aus unserer Kindheit«, sagte ich. Meine Kehle fühlte sich trocken an und ich musste mich räuspern.

»Aha?«, machte Ben und sah mich von der Seite an.

»Du hast doch gestern geschrieben, dass du Cynthia damals geküsst hast, weil ich dich geghostet habe.«

»Ach, das war doch nur ein dummer Witz.« Er winkte ab.

»Ja, aber es stimmt doch«, widersprach ich. »Ich habe dich geghostet.«

»Also, El, wenn du wirklich *darüber* reden willst…«

»Hör mir doch erst mal zu«, sagte ich mit einem Anflug von Ärger. Er zuckte die Schultern.

»Ich habe dich damals gemieden, weil etwas ziemlich Ätzendes passiert ist.« Jetzt hatte ich wieder Bens volle Aufmerksamkeit.

»Weißt du noch, das Wochenende, an dem du spontan mit deiner Mutter shoppen warst? Ihr wart in irgendeinem ganz tollen Outlet-Center, irgendwo weit weg, und habt da in der Nähe übernachtet.«

»Keine Ahnung, El. So was haben wir ständig gemacht. Meine Mutter ist süchtig nach Shopping.«

»Kann sein. Aber an dem Wochenende war das wohl ziemlich spontan. Eigentlich sollten nämlich deine beiden Eltern zusammen gehen. Du hättest dann den ganzen Samstag sturmfrei gehabt, weil deine Tante nur über Nacht gekommen wäre, um auf dich aufzupassen. Aber dann wurde dein Vater krank und du musstest mit deiner Mutter gehen, weil das Hotel schon gebucht war und weil dein Vater ihr irgendeinen Gutschein geschenkt hatte.«

»Meine Güte, El. Keine Ahnung. Kann sein. Aber warum weißt du denn so einen Mist noch?«

»Weil der Mist eine Menge ausgelöst hat«, erklärte ich und biss mir auf die Unterlippe. Wir näherten uns jetzt dem Sägewerk. »Außerdem konnte ich mich bis heute auch nicht mehr daran erinnern.«

»Und was ist heute passiert, dass sich das geändert hat?«, wollte Ben wissen.

»Eigentlich nichts, ich habe eben die letzten Tage viel nachgedacht, aber jetzt lass mich doch erzählen.« Er erhob defensiv die Hände.

»Wir wollten uns damals eigentlich bei dir treffen und wir wären den ganzen Tag alleine gewesen. Meinen Eltern hatte ich das gar nicht erzählt. Sie hätten das nie erlaubt... Egal«, sagte ich dann schnell. Ich merkte, wie Bens Ungeduld anwuchs – und er hatte ja recht: Ich zog die Geschichte in die Länge, um das Eigentliche hinauszuzögern.

Also fuhr ich schneller fort:

»Du hast mir abgesagt, als deine Mutter dir gesagt hat, dass du mit ihr mitfahren musst. Aber bei uns ist niemand rangegangen. Du hast auf den Anrufbeantworter gesprochen. Aber den hat niemand abgehört, bevor ich losgegangen bin. Ich bin also zu euch gegangen und durch den Garten geschlichen. Das hatten wir ja ausgemacht, damit die Nachbarn mich nicht sehen, weil niemand erfahren sollte, dass wir bei dir alleine waren. Die Terrassentür war angelehnt, wie ausgemacht.« Während ich sprach, spürte ich Bens Blick auf meiner Wange. Es war, als ob er einen Laserblick hätte und sie damit verbrannte. Sie glühte immer heißer. Wir erreichten das Sägewerk und blieben unschlüssig auf dem weiten Vorplatz stehen.

Auf einmal ertönte ein weiterer Donnerschlag und im nächsten Moment ging ein Wolkenbruch los.

»Scheiße!«, fluchte Ben und zog sich die Kapuze seines Hoodies über den Kopf. Wir rannten auf den Unterstand zu. Der voller Partymüll. In dem kleinen Verschlag roch es nach Kotze, aber immerhin wurden wir nicht nass.

»Was ist jetzt? Erzählst du weiter?« Ben warf mir einen Blick zu, den ich nicht deuten konnte. Furchtsam? Ärgerlich? Skeptisch? Alles zusammen? Ahnte er etwas? Ich nickte und musste lauter sprechen, weil der Regen so ohrenbetäubend auf das Dach einprasselte.

»Ich bin im Erdgeschoss rumgelaufen und habe dich gesucht. Aber du warst nirgends.«

»Ich weiß, El. Ich war ja mit meiner Mutter shoppen, wie du schon erwähnt hast.« Ja, jetzt wirkte er ärgerlich.

»Okay, ich habe dich also gesucht und nicht gefunden und habe mich nicht getraut rumzuschreien wegen der Nachbarn. Dann habe ich Geräusche gehört und Stimmen. Ich dachte, es wäre der Fernseher. Du weißt ja, der große Fernseher von deinen Eltern im Schlafzimmer. Also bin ich dort reingestolpert. Na ja... und dann...« Ich musste mich noch einmal räuspern. »Dann habe ich deinen Vater gesehen. Er war da... bei der Sache... mit Rebecca May. Du weißt schon, die Blonde aus der Seitenstraße, die vier oder fünf Jahre älter war als wir, und...«

»Stopp!«, rief Ben auf einmal. Seine Stimme klang wie das Donnergrollen und ließ mich zusammenzucken.

»Das ist doch Bullshit!«, zischte er dann. Er starrte mich an. Mehr als nur ärgerlich. Wutentbrannt. Ich schüttelte hilflos den Kopf:

»Nein, Ben. Ich würde mir ja wünschen, dass es Bullshit ist. Aber ich weiß ganz genau, was ich gesehen habe.«

»Aber warum solltest du mir das *jetzt* erzählen?«

»Na, weil es mir erst gerade wieder eingefallen ist«, erwiderte ich.

»Gerade wieder eingefallen? Und 14 Jahre lang hattest du das einfach mal vergessen?«

»Verdrängt wohl eher.«

»Ja, genau: verdrängt. Mit Absicht vergessen!«

»Das ist nicht die Definition von...«

»Bullshit!«, rief Ben wieder. Ich erwischte mich dabei, wie ich an meiner Seite heruntersah, als würde ich

Chucky dort erwarten. Chucky, der Ben auf Abstand halten würde. Aber mein Wachhund war zu Hause. In diesem Moment schrumpfte ich auf die Größe einer 12-Jährigen zusammen. So kannte ich Ben nicht. Wie er sich über mir aufbaute... Wie sein Vater damals.

»Weißt du eigentlich, was wir durchgemacht haben? Wegen dem Haus und allem? Meine Mutter hat das Haus verloren. Sie hatten eine Ehevertrag, El. Und meine Mutter hat sich gedacht, dass er fremdgeht. Nur konnte sie das nicht beweisen. Wenn du deine blöde Klappe aufbekommen hättest, wäre alles ganz anders gelaufen...«

»Wie bitte?!« Ich wuchs wieder in die Höhe. »Ben! Es ist nur ein Haus. Was ist mit *mir*? Willst du vielleicht wissen, was dann passiert ist?«

»Nein, eigentlich nicht. Und es ist *nicht* nur ein Haus. Es war unser ganzes Leben. Wir mussten Geld von meinen Großeltern annehmen, um in der Bruchbude schräg gegenüber von euch wohnen zu können. Weißt du noch? Dadurch hatten sie das perfekte Druckmittel gegen uns. Sie haben sich einfach in alles eingemischt, uns allen möglichen Mist aufgezwungen. Ich konnte nicht mal an der Uni studieren, an die ich eigentlich wollte. Kannst du dich erinnern, was ich mit meinem Leben vorhatte und was ich letztendlich getan habe? Weißt du, welche Scheiße sich meine Mutter über die Jahre von meinen Großeltern anhören musste? Und mein Vater...« Er schüttelte den Kopf. »Er hätte vielleicht eine Chance gehabt, zur Vernunft zu kommen, wenn er mal richtig auf die Fresse gefallen wäre. Aber so... Er hat uns vor die Tür gesetzt und später ist er draufgegangen und hat das Haus an seine verblödete Schwester vererbt.«

»Er ist... tot?« Meine Stimme zitterte.

»Ja, scheiße. Er ist vor einem Jahr zugedröhnt gegen einen Baum gerast. Nicht, dass es dich irgendwie interessieren würde, El, verfickt!«

»Das tut mir leid, Ben, aber das ist nicht meine Schuld. Du weißt doch gar nicht, was passiert wäre, wenn ich euch damals alles erzählt hätte. Vielleicht wäre ja alles noch viel schlimmer gekommen. Und wie ich schon sagte: Ich hab dir das nicht bewusst verschwiegen.«

»Aber du hast doch gesagt, du bist mir absichtlich aus dem Weg gegangen!« Er brüllte beinahe.

»Ja, irgendwie bin ich das. Aber ich glaube, ich habe schon damals alles verdrängt – oder es war nur, weil….«

»Wie praktisch!«, fuhr Ben mich an. »Dein Gedächtnis hat die Eigenschaft, immer dann Aussetzer zu haben, wenn es dir gerade in den Kram passt.«

»Ben, da ist noch was. Ich habe dir noch gar nicht die *ganze* Geschichte erzählt. Außerdem: Warum sollte ich dir denn jetzt davon erzählen, wenn nicht alles genauso wäre, wie ich behaupte?«

»Weil das irgendein beschissenes Psychospiel ist, du Irre!«

»Ben, ich bin in der Sache auch ein Opfer!« Fast hätte ich gesagt: *Dein Vater hat uns alle gefickt,* war dann aber doch sehr froh, es nicht ausgesprochen zu haben.

»Ach ja! Weil du einen nackten Mann gesehen hast? El, wach auf! Das bringt nicht mal eine selbstsüchtige Heulsuse wie dich um.«

Während er sprach, trafen mich kleine Spucketröpfchen und ich sah in diesem Moment nur noch seinen Vater in ihm. Mein Herz pochte. Da spürte ich auf einmal die Vibration meines Handys. In diesem Augenblick kam es mir wie die Lösung vor, es aus der Tasche zu ziehen. Eine andere Person! Ich brauchte nur den Anruf anzunehmen, um nicht mehr allein mit Ben zu sein.

Aber als ich es herauszog, fiel auch sein Blick auf das Display – und damit auf das Anrufbild, das Nola zeigte. Mit ihren Lippen an meiner Wange. Bens Gesichtsausdruck fror für einen Moment ein. Er erhob seine Faust. Ich warf mich zu Boden, mitten in den ganzen Müll und schloss die Augen. Ich fühlte einen schmerzenden Stich in meinem Knöchel, der schon durch den Sturz im Konzertsaal in Mitleidenschaft gezogen worden war. Alles war dunkel. Ich hörte das Prasseln des Regens und roch den Duft von Schnaps vermischt mit Kotze und Pisse. Der Duft verlassener Orte. Ich erwartete, jeden Moment hochgezogen oder geschlagen zu werden, aber es geschah nichts dergleichen. Stattdessen hörte ich Ben murmeln:

»Schade eigentlich, dass dein Trauma so ein Bullshit ist und dir nicht was richtig Übles passiert ist.« Als ich es wagte, die Augen wieder zu öffnen, war er weg. Ich kauerte immer noch in der Ecke unter dem alten Stehtisch und blickte hinaus. Dabei konnte ich gerade noch erkennen, wie Ben hinter den Regenbahnen verschwand. Mein Telefon vibrierte immer noch in meiner Hand.

Natürlich. Ich hatte bei all dem Chaos auch noch Nola versetzt. Bei ihr konnte ich einfach nichts richtig machen. Wir waren vor einer halben Stunde verabredet gewesen.

»Scheiße!«, rief ich. »Scheiße, Scheiße, Scheiße!«

Ich hatte es geschafft, innerhalb von etwa zwei oder drei Stunden, alle, wirklich alle gegen mich aufzubringen. Ich wollte einfach nur heulen, aber nicht einmal das bekam ich auf die Reihe. So vollständig auf ganzer Linie zu versagen, müsste eigentlich auch schon als Talent gewertet werden.

25: GEFANGEN

Ich war unfähig, Nolas Anruf entgegenzunehmen. Es war einfach unmöglich über ein verpasstes Kaffee-Date zu sprechen, nach allem, was gerade geschehen war. Ben hasste mich, Gabriella würde es auch tun, sobald Ben ihr von der Sache erzählt hatte, keine Ahnung, was meine Eltern dazu sagen würden. Wenn ich mit meinem entstellten Gesicht und meinem Trauma vor ihrer Haustür auftauchte, würden sie mich vermutlich gleich einweisen lassen.

Nola war mit Sicherheit stinksauer auf mich und bei der Musicalgruppe sah es nicht anders aus. Ich wusste nicht mal, wie es dieser Jessica ging. Vielleicht hatte sie sich etwas gebrochen oder eine Gehirnerschütterung zugezogen. Vielleicht würde sie mich verklagen. Alles lag in Scherben. Ich hatte da diese düstere Geschichte, die niemand hören wollte. Weil sich niemand für meine Sichtweise interessierte. Ich hatte damals das Falsche getan und es viel zu lange mit mir herumgeschleppt. Jetzt hatte ich versucht, das Richtige zu tun, aber es war einfach zu spät gewesen.

Eigentlich konnte ich nur eins tun: Den Benz stehlen, damit so weit wegfahren, wie es mir nur gelingen wollte – ohne Führerschein. Wenn ich so weit wie möglich entfernt wäre, würde ich den Benz auf irgendeinem schäbigen Hinterhof verkaufen. Dort würde ich sicher nicht den Listenpreis bekommen, aber immer noch genug, um mein neues Leben zu beginnen. Eine bescheidene Existenz. Ich würde mir einen Job suchen und eine Wohnung mieten und nie zurückschauen. Meine Eltern würden das Auto nicht als gestohlen melden, weil sie wüssten, dass ich es genommen hatte.

Blieb nur noch zu überlegen, ob ich den Hund auch stehlen sollte. Gerne wollte ich Chucky an meiner Seite haben, aber mein Leben würde hart werden. Vielleicht war er bei meinen Eltern besser dran. Vielleicht hatte ich ihn auch gar nicht verdient.

Mein Handy vibrierte erneut und als ich aufs Display schaute, sah ich eine Nachricht von Nola. Zuerst wollte ich sie nicht lesen, tat es dann aber doch:

»El… Ich weiß nicht mehr, was ich denken soll. Ben hat mir gerade eine Nachricht geschrieben… und die war nicht gerade freundlich. Aber das kannst du dir ja vielleicht vorstellen, weil du dich ja mit ihm getroffen hast, statt zu unserem Date zu erscheinen und ihn anscheinend ziemlich verärgert hast. Ich wollte uns echt gerne eine Chance geben, aber langsam komme ich mir einfach nur noch dumm vor. Zumindest das müsstest du verstehen.«

»Scheiße«, murmelte ich. »Scheiße, Scheiße.« Es wurde alles nur immer schlimmer. In dem Moment zuckte ich zusammen. Ich bemerkte die finstere Gestalt. Drüben beim Sägewerk.

»Oh, verdammt. Das kann nicht…«, flüsterte ich. *Es kann nicht der Fäulnis-Mann sein,* dachte ich verzweifelt. *Es gibt ihn nicht. Das war doch nur die verschwommen Erinnerung an Bens Vater… Aber Bens Vater ist tot. Was, wenn Geister doch…? Nein.* In dem Moment erkannte ich, dass es nicht der Fäulnis-Mann war, sondern ein realer Mensch, der sich eine Kapuze über den Kopf gezogen hatte. Zuerst dachte ich, Ben wäre zurückgekommen, aber die Farbe des Hoodies passte nicht und dann hörte ich die Person grölen. Sie schwankte. Dann tauchten zwei weitere Gestalten in meinem Sichtfeld auf. Sie stellten sich bei dem Vordach des Sägewerks unter, bemerkten mich aber offenbar nicht. Ich glaubte, dass sie Flaschen in der Hand hielten. Na super, zwei Besoffene. Die letzte Gesellschaft, die ich mir jetzt wünschte. Mal ganz davon abgesehen davon, dass ich eigentlich gar niemanden sehen wollte. Ich hoffte, sie waren zu voll, um zu begreifen, dass sie es dort wo ich mich befand, wesentlich bequemer gehabt hätten. Damit sie mich nicht entdeckten, kroch ich ganz in die rückwärtige Ecke und presste mich zwischen Flaschen und Plastiktüten an die Wand. Ich spürte das Stechen in meinem Knöchel und schloss die Augen. *Ich sterbe einfach hier*, dachte ich. Denn ich konnte nicht zurückgehen. Ich konnte nicht an den Besoffenen vorbeilaufen – auch wenn sie bestimmt harmlos waren – und überhaupt war ich nicht sicher, wie weit mein Knöchel mich noch tragen würde.

Mein Handy vibrierte erneut. Dieses Mal war es Linus. Er schickte wieder einen kopierten Text, den er ergoogelt hatte, aber ich dachte nur: *Linus!* Linus war die einzige Person, die mich nicht hasste. Also drückte ich auf *Anrufen,* ohne zu wissen, was ich ihm sagen wollte. Ich wollte einfach nur nicht allein sein mit meiner Geschichte, mit den Besoffenen, mit meinem Knöchel, der eventuell verstaucht war, an diesem stinkenden Ort, in einem Wolkenbruch.

»Hey El?« Ich antwortete nicht. Hielt nur das Handy mit zitternden Fingern.

»El...? El, was ist los?«

»Ich... sorry, Linus. Eigentlich will ich doch nicht reden. Ich weiß gar nicht, warum ich angerufen habe«, flüstere ich. Um die Besoffenen bloß nicht auf mich aufmerksam zu machen, wagte ich es nicht, lauter zu reden, was eigentlich bescheuert war, weil der Regen sämtliche Geräusche schluckte.

»El? Wie du klingst, macht mir irgendwie…« Ein Donnergrollen schluckte das nächste Wort. »Wo bist du denn eigentlich? Was sind das für merkwürdige Geräusche?«

»Ach… Das ist nur… ein bisschen Regen und so. Ich bin in einem Unterstand.« Ich versuchte, ganz normal zu klingen, begann aber unwillkürlich zu schluchzen.

»Okay, okay. El, ist wieder etwas passiert, etwas geschehen? Soll ich kommen? Soll ich dich irgendwo abholen?«

»J… ja…«, schluchzte ich, noch bevor ich darüber nachdenken konnte. Rotz und Tränen rannen unaufhaltsam an meinem Gesicht hinab.

»Okay, okay. Wo bist du? Ich bin auf dem Sprung, unterwegs… Erinnerst du dich, wo du bist? Soll ich noch jemanden anrufen?«, fügte er hinzu. Mir wurde klar, dass er vermutlich davon ausging, dass etwas Ähnliches passiert war, wie im Kinderheim. Dass ich womöglich wieder einen Gedächtnisaussetzer hatte.

»Ja… Nein… Bitte niemanden anrufen. Kannst du alleine kommen?« Zwischen den Schluchzern brachte ich die Worte kaum heraus.

»Ja, klar. Wohin?«

»Altes Sägewerk… Bei uns um die Ecke…«

Das reichte Linus aus. Er wusste, wo meine Eltern wohnten und mit ein paar Klicks würde er unseren lokalen Lost Place finden. Schließlich gehörte so was zu seiner täglichen Routine. Er fragte, ob ich in Gefahr sei. Ich lehnte mich vor und schaute zu den Besoffenen rüber, beschloss dann, zu verneinen. Linus klang erleichtert, wies mich an, einfach zu bleiben, wo ich war und erklärte, dass er jetzt auflegen, mich aber gleich aus dem Auto wieder anrufen würde.

Ich war in diesem Moment einfach nur erleichtert. Erst später begriff ich wirklich, was es bedeutete, einen Freund wie Linus zu haben. Einen, der alles stehen- und liegenlässt, um einen irgendwo abzuholen, ohne viele Fragen zu stellen.

Er hielt Wort und rief mich kurze Zeit später über die Freisprechanlage an. Ich hatte mich inzwischen wieder gefangen und mir Rotz und Tränen aus dem Gesicht gewischt.

»So, das wird jetzt etwa 45 Minuten dauern. Willst du darüber sprechen, was geschehen ist?«, fragte Linus. Eigentlich hatte ich gedacht, dass ich nicht wollte, aber ich wollte doch. Ich wollte meine Geschichte loswerden. Sie jemandem erzählen, der sich dafür interessierte und mich nicht verurteilte. Ich wollte die ganze Geschichte erzählen.

Also berichtete ich, wie ich mich auf einmal wieder erinnert hatte und wie ich mich mit Ben getroffen und mit ihm gesprochen hatte.

»Er wollte mir überhaupt nicht mehr zuhören. Er war einfach nur wütend«, berichtete ich, während der Regen langsam nachließ.

»Er war eigentlich nicht wütend auf dich, sondern hat in dem Moment nur seine ganze Wut auf dich übertragen«, mutmaßte Linus.

»Ich denke schon, dass er wütend auf mich war. Es gibt da noch eine Sache zwischen uns... Aber das ist jetzt unwichtig. Ich dachte jedenfalls, er würde mich schlagen. Aber er ist einfach weggegangen, bevor ich ihm den Rest erzählen konnte.«

»Möchtest du *mir* den Rest erzählen?« Ich nickte, was er natürlich nicht sehen konnte und fing an:

289

»Ja… Bens Vater… Er hieß Marc. Marc hat mich also angestarrt – und ich habe ihn angestarrt. In dem Moment ist ihm wahrscheinlich bewusst geworden, was das bedeutete. Ich habe ihn gesehen, beim Sex mit einer anderen. Mit einer Minderjährigen. Außerdem war er high. Er hatte einen Ehevertrag, wie ich jetzt weiß. Und ich… Ich war zuerst wie erstarrt und dann habe ich mich umgedreht und bin gerannt. Ich wollte wieder zur Terrassentür raus, aber ich hab ihn hinter mir gehört, kurz über die Schulter geschaut und wäre fast hingefallen. Er kam mir nach. In Boxershorts. Aber ich sah auch, dass er irgendwas in der Hand hielt. Ich war im Wohnzimmer, fast an der Tür, da hat er mich hart an der Schulter gepackt und mich zur Seite gestoßen. Ich bin rumgeflogen und rückwärts auf irgendwas draufgeprallt. Ich glaube, es war das Regal neben dem Fernseher. Er hat sich vor mir aufgebaut.« Ich erschauderte, als ich an seine breiten Schultern dachte, die sich hoben und senkten und an seinen geröteten Kopf, der über mir war. Sein Atem war heiß gewesen und hatte eklig gerochen. Eine stechende und faulige Mischung aus Mundgeruch und Alkoholgestank. Ich war in der Falle gesessen.

»Seine Augen sahen für mich total irre aus. Ich habe damals natürlich nicht verstanden, dass der Typ high wie ein Wetterballon war«, fuhr ich fort. »Ich wusste, dass jetzt etwas Schlimmes passieren würde. Er sagte zu mir:

-Zieh dein T-Shirt hoch.

Ich war starr vor Angst und verstand überhaupt nicht, was er von mir wollte. Dann sagte er es noch mal. Nein, er sagte es nicht. Er brüllte mich an. Ich weiß noch, wie er mich dabei angespuckt hat. Also hab ich den Saum von meinem Shirt ein ganz klein bisschen angehoben. Da hat er mir die Spitze von einer Schere an den Bauch gehalten. Das war nämlich das Ding, was er in der Hand gehalten hat. Und er hat gebrüllt:

-Da! Weißt du, was da drunter ist?

Ich habe glaube ich den Kopf geschüttelt. Vielleicht habe ich auch aus Angst gar nicht reagiert. Und er hat gesagt:

-Da ist deine linke Niere.

Dabei hat er die Schere fester in meinen Bauch gedrückt und ich hab gedacht, er sticht mich ab. Nein, ich hab es nicht nur gedacht. Ich war ganz sicher. Ich hab gedacht: *Jetzt ist es vorbei. Jetzt sterbe ich. Nur weil ich so blöd war und in das Schlafzimmer gegangen bin.* Es war der schlimmste Moment meines Lebens. Ich hatte so schreckliche Angst, dass ich wünschte, er würde mich endlich mit der Schere abstechen, nur damit es vorbei wäre.

Es war so eine spitze große Bastelschere, mit der man auch Löcher in Papier stechen kann und ich spürte, wie Blut an meinem Bauch runterlief. Er sagte zu mir:

-Du gehst jetzt heim und hältst die Klappe. Du vergisst das hier und erzählst niemandem davon. Ist das klar? Er wiederholte die Frage immer wieder und schüttelte mich dabei an der Schulter. Die Schere hielt er immer noch an meinen Bauch.«

Ich erinnerte mich, wie das T-Shirt darüber gerutscht ist, weil ich es losgelassen hatte.

»Ich glaube, ich hab die ganze Zeit genickt und auch mehrmals *ja* gesagt. Aber vielleicht war ich auch zu erstarrt dafür. Ich dachte jedenfalls immer noch, dass er mich abstechen würde und dass ich nichts dagegen tun könne. Außerdem dachte ich, dass es meine eigene Schuld sei. Dass ich mit meiner Dummheit das alles verursacht hatte. Ich bin nicht mal auf die Idee gekommen, laut zu schreien. Aber irgendwann hat er mich losgelassen und gesagt:

-Und jetzt geh nach Hause. Aber ich warne dich!
Denk an dein Versprechen! Er hielt dabei die Schere in
die Luft und ich konnte sehen, dass Blut von mir daran
glänzte. Wahrscheinlich nur ein ganz klein wenig. Wahrscheinlich hat er nur ein bisschen in die Haut gepiekt.
Aber in meiner Erinnerung war es viel. Ich glaube, ich
wäre fast ohnmächtig geworden. Es war keine schlimme
Wunde. Nicht mal so wirklich eine Wunde. Nichts, wo-
rüber sich irgendjemand bei einem Kind gewundert hätte. Es war einfach ein kleines Einstichloch. Da ist auch
keine wirkliche Narbe geblieben. Nur so ein kleiner heller Fleck. Ich habe den immer wahrgenommen, aber nie
darüber nachgedacht. Ich glaube, es hat auch nie jemand
danach gefragt. Marc hat mich kaum physisch verletzt...«

»Aber dafür mental...«, murmelte Linus am anderen
Ende der Leitung. Es wurde kurz still. Ich dachte zuerst,
dass er überlegte, wie er sein Bedauern über das Geschehene ausdrücken sollte, aber stattdessen folgte eine typische Linus-Antwort: »Okay, okay.... Ich glaube, ich
verstehe es jetzt... Das mit dem Kinderheim. Du hast
dich am Glas geschnitten. Genau an der Stelle, an der er
dich damals mit der Schere verletzt hat. Ja, genau. Das
und unser Streit vorher...«

»Ja...«, sagte ich. »Das hat die mentale Wunde auf-
gerissen. Der Eiter ist rausgelaufen und wollte mich ver-
schlucken.«

»Also bist du in Panik weggelaufen.«

»Ja«, sagte ich wieder. »Es macht jetzt alles Sinn.
Auch das komische Gefühl Gabriella gegenüber. Ich
weiß nur nicht so genau, warum ich das nicht auch Ben
gegenüber empfinde.«

»Hm, schwer zu sagen«, überlegte Linus. »Vielleicht, weil ihr so viel anderes zusammen erlebt habt. Ihr
habt euch ja jeden Tag in der Schule gesehen. Aber Gab-

292

riella war eben die Frau, in deren Bett eine andere gelegen hat. Die, der du etwas verschwiegen hast. Schließlich hat ihr Mann *sie* betrogen und nicht Ben. Zumindest nicht direkt.«

»Hm... Vielleicht«, flüsterte ich. Es hatte ganz aufgehört zu regnen und ich fürchtete, dass die Besoffenen mich bemerken würden. Ich lehnte mich erneut vor, um nach ihnen zu sehen. Ich zuckte zurück. Sie waren jetzt mitten auf dem Vorplatz und tanzten herum. Einer schleuderte eine Glasflasche auf den Boden, die in tausend Stücke zerbarst. Ich konnte sie von meinem Posten aus nur schlecht erkennen, aber ich glaubte, dass es ein ungepflegter junger Mann und eine breit gebaute Frau waren.

»El? Bist du noch da?«, wollte Linus wissen.

»Ja, aber da sind ein paar Assis. Besoffene«, flüsterte ich.

»Okay, okay. Was tun sie?«, wollte Linus wissen. Ich konnte an seinem gestressten Tonfall hören, dass er aufs Gas trat.

»Den üblichen Assi-Kram«, wisperte ich. Er wusste, was gemeint war. Wir waren auf unseren Lost Places-Touren nicht selten Betrunkenen begegnet, die auf Stress aus waren. Abgelegene, einsame Orte, an denen man sich in Ruhe abreagieren kann, ziehen diese Leute magisch an. Wir waren ab und an angepöbelt worden, aber da war ich nicht allein gewesen – noch dazu nicht mit einem möglicherweise verstauchten Knöchel. Die Situation fühlte sich auf einmal nicht nur unangenehm, sondern bedrohlich an.

»Okay, okay. Kommst du da weg, ohne dass sie dich sehen?«, wollte Linus wissen.

»Ne«, flüsterte ich ganz leise.

»Okay, okay. Dann bleib, wo du bist und zieh den Kopf ein, mach dich klein. Ich bleibe in der Leitung und frage ab und zu, ob alles klar bei dir ist, ja?«

»Ja«, flüsterte ich.

Ich zitterte am ganzen Körper und wusste nicht, ob vor Aufregung, Kälte oder Angst. Ich fühlte mich einfach elend, während ich im Müll kauerte und mich nicht raus traute, weil da diese Idioten waren. Ich traute mich sogar nicht einmal, mich anders hinzusetzen, obwohl mir inzwischen alles wehtat. Vor allem mein Knöchel.

Die Sonne kam hinter den Wolken hervor und wurde von den großen Pfützen auf dem Vorplatz reflektiert. Ich hörte, wie eine weitere Flasche zu Bruch ging, jetzt näher, gefolgt von lautem Lachen. Wobei ihr euch das eher wie ein dämliches Jaulen vorstellen müsst. Aber wie auch immer: Sie kamen näher. Ich hörte ihre Schritte. Ich wusste, dass sie reinkommen würden – und Linus war noch nicht da. *Scheiß drauf,* dachte ich auf einmal. *Scheiß drauf! Ich brauche keinen Linus, der mich rettet.* Diese Leute würden mich nicht finden, während ich mich in einer Ecke verkroch. Ich griff nach einer leeren Bierflasche, rappelte mich so schnell wie möglich hoch und versuchte, auf meinem schmerzenden Knöchel zu stehen. Die Besoffenen taumelten gerade auf den Eingang des Unterstands zu. Ich hielt die Flasche über meinen Kopf. Sie blieben stehen. Starrten mich erstaunt an. Ich fing an zu schreien und die Flasche in der Luft zu schwingen. Ich war auf einmal wütend. Die Assis standen immer noch wie angewurzelt da. Ich knallte die Flasche auf den Stehtisch. So heftig, dass sie zersplitterte. Dann nutzte ich den Moment der Verwirrung, um mich an ihnen vorbei zu drängen und über den Platz weg zu humpeln. Sie schauten mir hinterher. Offenbar immer noch perplex. Ich hatte wahrscheinlich auf den ersten

Blick wie eine Gestalt aus einem Horrorfilm gewirkt: das blutige Gesicht, die geröteten Augen, die Kleidung, die schmutzig war vom Herumsitzen im Müll und die über dem Kopf geschwungene Flasche.

Allerdings erholten die Betrunkenen sich schnell von ihrem ersten Schreck. Als ich gerade mal zwei Armlängen weit davon gehumpelt war, schrie der eine mir *Hey* hinterher und die Frau jaulte wieder auf diese dämliche Art.

Ich hörte einen lauten Ruf aus dem Handy, das ich immer noch in der Hand hielt. Im selben Moment sah ich Linus' schlammbespritzten Kombi auf den Platz fahren. Wenn man von der dem Ort abgewandten Seite kam, konnte man bis zum Sägewerk fahren. Allerdings musste man dabei unbefestigte Feldwege nehmen, was er ganz offensichtlich getan hatte.

Ich humpelte auf den Kombi zu und winkte. Linus winkte ebenfalls, gab Gas und kam mit quietschenden Reifen neben mir zum Stehen.

»Holy… El!«, rief er, als ich die Beifahrertür aufriss und mein malträtiertes Gesicht anstarrte. Ich hörte seine Stimme doppelt, weil sie auch aus dem Telefon drang. »Waren die das?« Er zeigte auf die Besoffenen, die von zu uns hinüberschauten – und ich bin mir sicher, dass er nicht gezögert hätte, sie zu verprügeln, wenn ich seine Frage bejaht hätte. Obwohl alle beide größer und kräftiger als Linus waren. Ich schüttelte schnell den Kopf, während ich mich in den Sitz plumpsen ließ und sagte:

»Das war ich selbst. Mit dem Skateboard. Linus, können wir hier wegfahren?« Er nickte ebenfalls und gab Gas. Das Sägewerk und die Assis wurden im Rückspiegel kleiner.

»Mann, denen habe ich wirklich eine erstklassige Show geboten«, sagte ich und musste auf einmal lachen. Linus sah mich verunsichert an und lachte dann mit.

26: NORMAL

Linus befand, dass ich dringend medizinische Versorgung nötig hatte. Ich schaute mir mein Gesicht im Spiegel an der Sonnenblende an, erschrak und erklärte ihm, dass ich meinen Eltern so unmöglich unter die Augen treten könne. Auch auf einen Arztbesuch wollte ich lieber verzichten. Nicht nur, weil Sonntag war und ich vermutlich gleich ein Krankenhaus hätte aufsuchen müssen, sondern auch wegen meiner Verfassung.

Also hielten wir an einer Tankstelle, an der Linus einen Eisbeutel besorgte und fuhren dann auf einen Waldparkplatz.

Er hatte ja glücklicherweise immer seinen Urbex-Rucksack dabei, der die Notfallausrüstung mit Desinfektionsmittel, Verbandsmaterial, diversen Salben, Sprays und Schmerzmitteln umfasste. Ich nahm kraftlos auf der Ladekante des Kofferraums Platz und ließ mich ergeben von ihm versorgen. Er stellte fest, dass der Knöchel höchstwahrscheinlich nicht gebrochen und glücklicherweise nicht mal zu stark geschwollen war und kümmerte sich um mein Gesicht.

Als er mit mir fertig war, sah ich schon nicht mehr ganz so gruselig aus. Ich hatte ein Pflaster im Gesicht, das Blut war verschwunden und meine Augen waren nicht mehr ganz so gerötet. Ich kühlte meinen Kiefer mit einem Eisbeutel, während Linus eine Dose Energydrink vernichtete.

»Ich habe darüber nachgedacht, einfach von hier abzuhauen«, verriet ich ihm. »So weit weg, wie es nur geht.« Ich schwenkte meinen Arm. »Und nie wieder zurückzukommen.« Er sah mich an.

»Okay, okay, aber warum denn? Du hast es doch endlich geschafft. Ich meine, klar, die Wahrheit tut weh. Ich kenne das. Aber du weißt nun, was geschehen ist. Das ist ein Erfolg. Ein klarer Sieg für dich.« Ich schüttelte den Kopf.

»So fühlt es sich aber nicht an. Ich weiß jetzt, dass ich ein beschissenes Opfer bin und alle hassen mich.«

»Nicht alle«, widersprach Linus mit einem schwachen Lächeln. »Außerdem bist du kein Opfer. Du bist stark. Du schaffst das – und der alte Fucker ist tot. Du wirst ihm nie wieder begegnen. Genau wie diesem Fäulnis-Mann, weil er nur eine Projektion der Szene war, die dich traumatisiert hat.«

»Hm«, machte ich. »Ja, das war er definitiv. Ich bin froh, dass er nicht aus einer anderen Dimension, sondern nur aus meinem blöden Hirn gekrochen ist. Es war einfach nur Mindfuck, weil ich mit der ganzen Sache nicht klarkam. Ich denke, vielleicht hat Ben ja recht. Vielleicht war es tatsächlich eine bewusste Entscheidung, mich nicht zu erinnern.«

»Selbst wenn, war es dein gutes Recht!«, sagte Linus und sah mich an. »Du hast dich selbst geschützt. Ich meine, du warst damals ein Kind, ein kleines Mädchen und hattest Todesangst und Schamgefühle. Du hast Zeit gebraucht, bis du stark genug warst, mit der Sache fertig zu werden. Du solltest Ben gegenüber wirklich keine Schuldgefühle haben!«

»Ich weiß nicht…«

»Nein, El. Er hat dich behandelt wie den letzten Dreck. Was er zu dir gesagt hat… Er ist derjenige, der sich entschuldigen sollte und wenn nicht, solltest du keinen Gedanken mehr an ihn verschwenden. Er kann dich nicht als Sündenbock für all das missbrauchen, was bei ihm und seiner Familie falsch gelaufen ist. Ben ist erwachsen. Wenn er wirklich andere Pläne für sein Leben gehabt hätte, hätte er sie irgendwie durchziehen können. Und das Leben seines Vaters – das ist noch mal eine ganz andere Geschichte.«

Ich wusste nicht, was ich dazu sagen sollte. Einerseits hatte Ben mich wirklich tief verletzt. Ich wusste, dass das, was er gesagt hatte, schrecklich gewesen war: »Schade eigentlich, dass dein Trauma so ein Bullshit ist und dir nicht was richtig Übles passiert ist.« Genauso wie der Fakt, dass er meine Geschichte nicht bis zum Ende angehört hatte. Trotzdem war das mit den Schuldgefühlen nicht so einfach, wie es bei Linus klang. Ich konnte sie nicht so einfach ablegen und darum war ich unfähig, Ben sein Verhalten so richtig übel zu nehmen. Ich wollte einfach meinen besten Freund zurück. Wollte, dass alles wieder so war wie früher einmal. Normal.

Ich zog mein Handy aus der Hosentasche und warf einen Blick darauf.

»Okay, okay, El. Er wird sich irgendwann einkriegen und entschuldigen. Oder wenn nicht: Scheiß auf ihn!«, kommentierte Linus.

»Nein, es ging eigentlich gerade um eine andere Person«, sagte ich, als ich das Telefon wieder einsteckte. »Aber sie hasst mich jetzt auch…«

»Oh...«, machte Linus. »Eine Freundin? Also… eine *Freundin?*«

»Ich dachte, sie könnte so was werden«, murmelte ich. »Aber jetzt wohl nicht mehr.« Ich sah, wie Linus schluckte.

»Habt ihr euch gestritten?«, wollte er wissen. Ich sog Luft durch die Nase ein und seufzte langgezogen.

»Es ist kompliziert. Ich habe sie erst vor Kurzem kennengelernt – und ich habe mich schon so oft unmöglich benommen, dass es ein Wunder ist, dass sie überhaupt was mit mir zu tun haben wollte.«

»Okay, okay. Aber das zeigt ja, dass ihr wirklich was an dir liegt«, meinte Linus. »Gestehe ihr einfach, wie du dich fühlst, was du gerade durchmachst.«

»Ich weiß nicht, ob das reicht«, nuschelte ich. Wieder lief eine Träne an meiner Wange hinab.

»Für mich würde es das«, sagte er und sah mich von der Seite an. »Du bist ein wunderbarer Mensch, El.«

»Ach, Linus«, murmelte ich und umarmte ihn.

Als wir uns wieder voneinander gelöst hatten, sagte er:

»Ich muss dir noch was gestehen, El.«

»Hau raus«, sagte ich. »Heute kann mich nichts mehr schocken.« Wir mussten beide lachen.

»Ich habe gar nie einen Geist gesehen«, offenbarte er mir. »Die Geschichte war eine Lüge. Weil ich so unbedingt dein Interesse für die Sache wecken wollte. Ich hätte mir gewünscht, meinen Daddy noch mal zu sehen. Um mich entschuldigen zu können. Aber ich konnte es nicht. Ich dachte, vielleicht kannst du es.«

»Aber ich kann so was leider auch nicht.«

»Ja, und ich bin froh darüber. Ich meine, ich würde meinem Vater immer noch gerne sagen, wie sehr mir alles leidtut. Aber ich bin froh, dass du nicht wirklich irgendwelchen unheimlichen Scheiß, übernatürlich Kram, siehst und wir irgendein geheimes Ritual performen müssen, um das loszuwerden.«

»Wobei geheime Rituale dir gut stehen würden.« Wir lachten.

»Ja, geheime Rituale sind ziemlich sexy.«

»Definitiv, Linus. Wenn es doch mal Bedarf gibt, werden wir auf jeden Fall eines veranstalten.«

»Danke. Aber noch mal im Ernst: Das Ganze ist vorbei. Du weißt jetzt, was los war. Ich denke, du hast den Fäulnis-Mann besiegt.«

»Ja, ich bin mir sicher. Ich freue mich drauf, dass jetzt alles normal werden kann.« *Normal,* dachte ich. Mir war noch nie aufgefallen, wie gut das klingt.

EPILOG

Die nächsten Tage

Sicher habt ihr noch viele Fragen und wollt wissen, wie sich alles entwickelt hat. Ich werde also noch einen Epilog anfügen:

Zuerst mal: Ja, meine Eltern sind wegen meines Gesicht und Knöchels ein bisschen ausgerastet. Aber nur ein kleines bisschen. Schließlich war es ja nur ein Skateboard-Unfall während der Musicalprobe – und ich erklärte auch gleich, dass ich beim Musical jetzt raus sei. Zu viel Stress für den Moment.

Als wir darüber sprachen und ich die sorgenvollen Gesichter meiner Eltern vor mir sah, wurde mir auf einmal bewusst, wie froh ich sein konnte, sie zu haben. Ich weiß, ich habe mich in dieser Geschichte häufig über sie beschwert, sogar behauptet, sie hätten keinen Lebensinhalt. Aber wenn ich jetzt über Linus' und Bens Familien nachdenke, weiß ich, wie undankbar das war. Ich habe gute Eltern, geduldige Eltern, normale Eltern. Eltern, die sich kümmern, obwohl ich keine 16 mehr bin – und das mit dem Kümmern ist doch nicht so schlecht, wie ich immer dachte.

Paps fuhr mich am nächsten Tag zum Arzt. Wir waren wie immer zu spät dran. Ich sah es ihm nach. Der Knöchel war tatsächlich verstaucht. Allerdings nur leicht, wie der Arzt feststellte. Mein Kiefer war geprellt.

Zum Glück hatte Jessica nur ein paar blaue Flecken von unserem Crash davongetragen. Wir konnten die Versicherung da raushalten.

Ich glaube, die Zwillinge nahmen meine Entscheidung, die Musicalgruppe zu verlassen, mit Erleichterung zur Kenntnis. Amila jedenfalls. Amal war schon etwas traurig, dass es nun doch keine rasanten Stunts zu sehen geben würde. Allerdings trauerte er der Szene nach dem Unfall auch nicht allzu sehr nach – und erst recht nicht meiner schwierigen Art. Ich versprach, auf jeden Fall zur Aufführung zu kommen, fügte aber ein *wenn ich es irgendwie schaffe* hinzu. Dann gingen wir in Frieden auseinander.

Die Sache ließ sich also relativ kurz und schmerzlos regeln. Was Nola anging, war ich mir da zunächst nicht so sicher. Aber sie gestand mir ein Treffen zu, um mich zu erklären. Nachdem sie sich die ganze Geschichte bei einem Soja-Latte von Willy schweigend angehört und dabei immer zerknirschter ausgesehen hatte, schloss sie mich in die Arme und küsste mich. Sie verzieh mir mein Verhalten, weil sie der beste Mensch der Welt ist.

Was Ben anging, so vertrat sie dieselbe Meinung wie Linus. Sie fand, es sei an Ben, sich zu entschuldigen und mir zuzuhören.

Ich war immer noch nicht sicher, ob die beiden recht hatten. In meinem Inneren prallten zwei Fronten aufeinander. Die eine Unversöhnliche, die schrie: *Er hat dir ein richtig übles traumatisches Erlebnis gewünscht – und er hat sich geweigert, sich anzuhören, was sein Vater dir angetan hat. Nicht nur das! Er hat dir sogar noch die Schuld am Verlust des Hauses und dem Tod seines Vaters gegeben.* Dann wandte die andere leise ein: *Ja, aber du hast ja auch deinen Anteil daran. Es ist nur lo-*

gisch, dass Ben so wütend ist. Außerdem hast du ihm auch noch die Freundin ausgespannt und dich nicht mal getraut, es ihm zu erzählen. Du bist erbärmlich und feige. Du hast bekommen, was du verdienst.

Irgendwann, etwa zwei oder drei Tage nach unserem Gespräch beim Sägewerk, wurde ich schwach und schrieb ihm eine Nachricht, in der ich mich für alles entschuldigte. Auch für die Sache mit Nola. Ich erhielt keine Antwort.

Wenigstens – so stellte ich fest – hatte Ben Gabriella nichts von unserer Unterredung verraten. Natürlich habe ich Gabriella nicht gefragt: »Hey, hat Ben dir eigentlich gesagt, dass ich deinen Ex damals beim Fremdgehen mit einer Teenagerin und Koks unter der Nase erwischt habe?« Aber an der Art, wie sie mir auf der Straße begegnete, war unschwer zu erkennen, dass sie von nichts wusste. Sie war genau wie immer: etwas überheblich, launisch, mal so, mal so.

Ich fragte mich, warum Ben ihr nichts erzählt hatte. War es ihm unangenehm, also auf irgendeine Art peinlich? Wollte er sie schonen? Oder lag es schlicht und einfach daran, dass er mir meine Geschichte gar nicht abnahm? Ob ich je eine Antwort auf die Frage bekommen werde, muss die Zeit zeigen.

Dr. Brick jedenfalls bekam seine Antwort. Ich erzählte ihm die ganze Geschichte und er war ziemlich zufrieden mit mir. Oder vielleicht auch mit sich. Weil er die ganze Trauma-Sache ja vorausgesehen hatte. Auf jeden Fall erschien ihm alles plausibel und er befand, dass wir auf einem guten Weg seien.

Sicher fragt ihr euch außerdem, ob ich mich auch wieder daran erinnerte, was genau eigentlich im Kinderheim geschehen ist.

Die Erinnerungen daran kamen sehr langsam und sehr verschwommen zurück. Es handelte sich mehr um Erinnerungsfetzen wie aus einem Traum. Was ich davon zusammensetzen konnte, war Folgendes:

Ich war in einem Erdgeschossflur und wollte eine Aufnahme durch das Fenster raus machen. Keine Ahnung, ob mir das gesplitterte Glas dabei komplett entgangen ist oder ob ich einfach dachte, ich würde mich schon nicht daran schneiden, wenn ich vorsichtig wäre. Auf jeden Fall lehnte ich mich ein Stück vor. Das Shirt, das ich trug, war relativ kurz. Es ist wahrscheinlich ein Stück nach oben gerutscht. Aber mit Sicherheit sagen kann ich nur, dass ich voll auf mein Motiv konzentriert war: die alte Schaukel und ein völlig verwachsener Apfelbaum mit verschlungenen Ästen.

Auf einmal war da ein Schmerz. Völlig unerwartet. Als ich an mir runterschaute, war da Blut. Ich erinnere mich an meine Panik. Meine Fassungslosigkeit. Daran, dass ich das Gefühl gehabt habe, nicht alleine zu sein. Ich erinnere mich an den dunklen Schatten, den ich wahrnahm. Er fiel über meine Schulter – und ich denke, das war meine erste Begegnung mit dem Fäulnis-Mann.

Woran ich mich nicht erinnern kann, ist, wie mir meine Kamera aus der Hand fiel oder wie ich das Kinderheim verlassen habe. Ich erinnere mich nur an die blinde Panik. Es war genau dasselbe Gefühl wie damals, als ich sicher war, Marc würde mich umbringen. Ich weiß noch genau, dass ich einfach nur weg, schnell und weit weg, wollte. Daran, wie ich durch den Wald gerannt bin, erinnere ich mich nicht. Aber das ist ja eigentlich nur logisch. Ich war völlig außer mir, konnte nicht klar denken. Weil die Wunde aufgeplatzt war. Weil der Eiter drohte, mich unter sich zu begraben.

Somit war auch diese Geschichte einigermaßen komplett. So komplett, dass ich mich damit zufriedengab – und Dr. Brick auch.

Bleibt also nur noch, von dieser einen Sache zu erzählen.

Vier Wochen später

Ich ließ zu, dass meine Mutter mir eine neue Kamera kaufte, denn ich wollte wieder fotografieren. Fürs Erste würde ich bei meinen Eltern wohnen bleiben, aber ich würde mir so schnell wie möglich Arbeit suchen und ausziehen. Ich würde wieder in dem Berufsfeld, arbeiten, in dem ich gut und erfahren war. Es gab keinen Grund mehr, davor wegzulaufen. Aber vorher wollte ich ein ganz spezielles Foto machen. Es sollte das erste Bild sein, das ich mit dieser Kamera schoss. Ich brauchte es, um mit der Sache abzuschließen.

Linus gefiel die Idee erwartungsgemäß gut, Nola fand sie etwas makaber und ich weiß nicht, was Dr. Brick dazu gesagt hätte, aber er war – im Gegensatz zu den anderen beiden – ja auch nicht dabei und ich erzählte ihm nichts davon.

Es war ein sonniger Sonntagvormittag. Gutes Licht zum Fotografieren. Linus war gefahren und nun standen er und Nola und ich vor einem ungepflegten Grab auf dem alten Friedhof. Chucky wartete im Auto außerhalb der niedrigen moosbewachsenen Mauer. In Sichtweite. Wir wollten anschließend eine Wanderung mit ihm unternehmen. Vielleicht habt ihr es schon erraten: Das Grab, das wir schweigend anstarrten, war das von Marc. Meinem Peiniger. Es war nicht besonders auffällig und sah wirklich traurig aus. Die *verblödete Schwester* von Marc, wie Ben sie genannt hatte, oder wer auch immer für seine letzte Ruhestätte verantwortlich war, vernachlässigte den Job anscheinend.

Er war einer der Letzten gewesen, die auf dem alten Friedhof auf dem Hügel gleich über dem Park begraben worden waren. Der neue Friedhof lag zentraler und war für alte Menschen, die schlecht zu Fuß waren, sicher wesentlich leichter erreichbar.

Ein Marmorstein zierte Marcs Grab. Jemand hatte einen Strauß Margeriten in eine Plastikvase gestellt, aber die waren längst vertrocknet und ließen die Köpfe hängen. Auch die Strauchgewächse, die das Grab eigentlich zieren sollten, waren gelb bräunlich, ausgezehrt und schlaff, obwohl es in den letzten Wochen eigentlich genug geregnet hatte. Vermutlich waren sie von Schädlingen befallen und nahezu vollkommen dahingerafft worden.

»Können wir das jetzt schnell hinter uns bringen? Ich fühle mich echt unwohl«, sagte Nola, verschränkte die Arme vor der Brust und sah sich nach der winzigen Steinkapelle zu unserer Rechten um. Ich hatte dort einmal eine Beerdigung an einem stürmischen Tag erlebt. Die Böen waren so laut um das Gebäude herum und durch die undichten Fenster gefegt, dass man die Pfarrerin kaum verstanden hatte.

»Ja, ja. Schon gut«, sagte ich und hob die Kamera hoch. Ein Foto von Marcs Grab.

Doch bevor ich es schießen konnte, hörte ich ein dumpfes Bellen. Chucky machte sich im Auto bemerkbar. Ich blickte über die Schulter, sah Chuckys ungeduldigen Blick, sein Schwanzwedeln. Als ich mich wieder dem Grab zuwandte, nahm ich im Augenwinkel *ihn* war. Er stand seitlich von uns, im Schatten eines großen alten Baumes. Genau wie es ihm gefiel, am dunkelsten Ort, ganz in meiner Nähe. Der Fäulnis-Mann. Ich hörte, wie er mir zuflüsterte, dass er mich nie alleine lassen würde. Er flüsterte das direkt in meinen Kopf hinein.

Ich schaute nicht noch mal zu ihm hin, um zu sehen, ob er noch da war. Stattdessen blickte ich Linus und Nola an.

»Stimmt was nicht?«, fragte Linus, und ich überlegte. Ich überlegte, ob ich ihnen etwas sagen sollte. Schließlich kannten sie beide die ganze Geschichte. Ich vertraute ihnen.

Ich sagte:

»Nein, alles gut. Nur kurz das Foto und dann weg hier.«

Das war das Ende. Was wollt ihr noch hier? Ach so, ihr seid die, die auch den Anhang lesen. Na gut, kommt ja schon.

ANHANG

1. DIE AUTORIN

Samara Summer: Freelance Texterin, Musikerin, Roman-Autorin.

Ihre Liebe zum Geschichtenerzählen entdeckt Samara bereits im frühen Kindesalter. Das Schreiben wird schnell zu einer unübertroffenen Leidenschaft, egal ob es sich um erfundene oder wahre Storys handelt. Während der Oberstufenjahre arbeitet die Autorin für diverse Musik-Onlinemagazine und wird selbst als Musikerin aktiv.

Seit *2013* ist sie als freiberufliche Texterin tätig. Dabei betreut sie Unternehmen, Magazine sowie Kunstschaffende in den Bereichen Journalismus, Pressearbeit, Social Media und Marketing.

Seit Juni *2020* schreibt die begeisterte Zockerin als Freelancerin für GamePro.de.

Social Media:

» www.instagram.com/auch_im_winter
» www.twitter.com/auch_im_winter

Romane:

» Der Ether-Song (2016)
» Brodem (Zweiteiler, Teil 1, 2018)
» Lohen (Zweiteiler, Teil 2, 2019)
» 886 Tage Regen (2020)
» Der Fäulnis-Mann (2021)

2. DANKSAGUNG

Ich danke allen Leserinnen und Lesern, die sich in meine Buchwelten stürzen. Großes Shoutout vor allem an diejenigen, die mich darüber hinaus mit Rezensionen, Buchvorstellungen oder Empfehlungen unterstützen, die meine Beiträge teilen und liken. Ihr tragt dazu bei, dass ich weitere Titel veröffentlichen kann.

Natürlich möchte ich auch diejenigen nicht vergessen, die mir bereits im Vorfeld der Veröffentlichung unermüdlich zur Seite standen: Ich danke meiner geduldigen Lektorin, meinen aufmerksamen Testleserinnen und Testlesern, meiner Coverkünstlerin, dem Grafikdesigner sowie BoD.

Vielen Dank an meine Lieben – dafür, dass ihr immer an irgendeiner Stelle mithelft (zum Beispiel beim Testlesen). Aber auch dafür, dass ihr den Buchwahnsinn ertragt und Verständnis zeigt, wenn der Kaffee bereits kalt ist, wenn ich endlich eine Schreibpause einlegen kann.

Am Ende folgt statt Dank noch eine Klarstellung: Bei einigen semi-professionellen Musicals oder Laienmusicals engagieren sich sehr talentierte Menschen und zaubern Großartiges auf die Bühne. Die Darstellung in meinem Roman ist weder eine Anspielung auf ein bestimmtes Projekt, noch dient sie der Verallgemeinerung, sondern nur der Dramaturgie.

3. TRIGGERWARNUNG

Kindheits-Traumata, (häusliche) Gewalt gegen Kinder